Franziska Blum, geboren 1978, lebt am schönen Chiemsee im Süden Bayerns. Dort betreut sie zwei Kinder, zwei Katzen und ein gering motorisiertes Auto namens Wanderdüne, das zwar alt ist, aber dafür eine Sonne auf der Motorhaube trägt. Nach einigen sehr erfolgreichen Küstenromanen, die sie unter dem Pseudonym Lotte Römer veröffentlichte, wollte sie sich als Autorin nun endlich einmal ihrer Heimatregion zuwenden – denn ihre Liebe gilt seit Langem schon der herrlichen Landschaft rund um den Chiemsee, in dem sich die Berge spiegeln. *Chiemseeliebe* bildet den Abschluss der beliebten Chiemsee-Reihe.

Franziska Blum mit der Chiemsee-Reihe in der Presse:

»Zwei Romane, die sich schon beim Lesen wie Urlaub anfühlen!«
HONEY Magazin über »Chiemseesommer« und »Chiemseeträume«

»Voller süßer Momente.« *Frau von Heute über »Chiemseesommer«*

»Romantisch.« *TV für Mich über »Chiemseesommer«*

»Die Geschichte zwischen Liebe, Familie und Selbstverwirklichung, vor allem als Frau, nimmt einen von der ersten Seite an gefangen.«
StadtRadio Göttingen, »Book's n' Rock's«, über »Chiemseeträume«

Außerdem von Franziska Blum lieferbar:

Chiemseesommer

Chiemseeträume

www.penguin-verlag.de

FRANZISKA BLUM

CHIEMSEE-LIEBE

ROMAN

PENGUIN VERLAG

MIX
Papier | Fördert gute Waldnutzung
FSC® C014496

Penguin Random House Verlagsgruppe FSC® N001967

2. Auflage

in der Penguin Random House Verlagsgruppe GmbH,
Neumarkter Straße 28, 81673 München
Redaktion: Susann Rehlein
Umschlaggestaltung: bürosüd
Umschlagabbildungen: bürosüd
Satz: GGP Media GmbH, Pößneck
Druck und Bindung: GGP Media GmbH, Pößneck
Printed in Germany 2024
ISBN 978-3-328-11095-8
www.penguin-verlag.de

1. Kapitel

Der Wecker in ihrem Handy klingelte Kati aus tiefem Schlaf. Schwerfällig beugte sie sich zu ihrem Smartphone hinüber und drückte darauf herum, ließ den Kopf zurück aufs Kissen sinken. Sie hatte erst einen Moment der Orientierung gebraucht, aber jetzt wusste sie, wo sie war: in einem der Bettenlager in der Kürsingerhütte. Gleich würde es losgehen in Richtung Großvenediger.

Um sie herum herrschte schon rege Betriebsamkeit. Getrappel von sieben Menschen auf dem Holzfußboden, leises Flüstern, Leute, die in ihren Sachen wühlten. Das Bett über Kati quietschte. Dort schlief eine Frau aus einer anderen Gruppe. Wie immer auf Hütten waren die Bergsteiger in den Bettenlagern bunt zusammengewürfelt. Das Quietschgeräusch hatte sie immer wieder aus dem Schlaf gerissen. Entsprechend unruhig war die Nacht gewesen. Sie rieb sich mit den Händen über das Gesicht, versuchte, die Müdigkeit zu vertreiben. Sicher war ihre Gruppe schon wach, es war wirklich Zeit, aufzustehen. Als

Bergführerin musste sie parat stehen, konnte es sich nicht erlauben, einfach liegen zu bleiben, auch dann nicht, wenn sie sich total matschig fühlte, weil sie schlecht geschlafen hatte.

Berghütten waren nun mal keine Luxushotels, man schlief in Bettenlagern und wusste nie, wie viele Menschen das Zimmer mit einem teilten. Wenn sie ihre Ohrstöpsel im Tal vergaß, war sie selbst schuld.

»Guten Morgen, Schönheit.« Plötzlich stand lächelnd Paolo neben ihrem Bett, beugte sich zu ihr hinunter und gab ihr einen Kuss auf die Wange.

»Bist du bereit, den Großvenediger zu erobern?« Er strahlte sie an und war offensichtlich kein bisschen müde. Während Kati morgens immer eine halbe Stunde brauchte, bis sie ansprechbar war, schien Paolo wie eine Sprungfeder aus dem Bett zu hüpfen. Besonders, wenn es darum ging, auf Gletschertour zu gehen, konnte er sich vor lauter Begeisterung kaum bremsen. Seine Spannung hielt den ganzen Tag an, bis er schließlich ins Bett fiel, wo er in der Regel sofort einschlief, sobald sein Kopf das Kissen berührte.

»Gleich bin ich so weit. In zehn Minuten. Oh, und nach einem Kaffee.« Kati gähnte.

»Gut, gut.« Paolo klopfte ihr auf den Arm. »Ah, Justine und Milan, ihr seid schon aufgestanden.

Sehr schön.« Er strahlte die beiden an, die auch zu ihrer Gruppe gehörten und gerade mit Zahnbürste und Handtuch bewaffnet zu den Waschräumen wollten, schaute dann zurück zu Kati, die sich ein weiteres Mal mit den Händen über das Gesicht rieb. »Wir haben ein wenig Nebel, aber der wird sich noch lichten, dann haben wir herrliche Bedingungen.«

Wie immer war er Bergführer durch und durch. Kein Wunder, dass die Leute, die ihn einmal für eine Tour buchten, immer wieder auf ihn zurückkamen.

Kati setzte sich im Bett auf. Eine Großvenediger-Besteigung war immer ein Abenteuer. Der Aufstieg über den langen Gletscherbereich am Seil, mit Steigeisen und Eispickel bewaffnet, auf dem Gipfel dann strahlende Sonne, eine hellauf begeisterte Gruppe – das war der Grund, warum sie Bergführerin geworden war. Auf diesem Weg konnte sie ihre Leidenschaft, die Berge, mit anderen teilen und noch dazu Geld damit verdienen – was wollte man mehr? Sie stand auf, der Schlafraum hatte sich bereits geleert, nur im Doppelstockbett ganz hinten am Fenster schlief noch das Paar, er oben, sie unten, das gestern erst im Dunkeln zur Hütte gekommen war und heute wieder nach unten ins Tal wollte.

In Unterwäsche stand Kati neben ihrem Bett und spürte die kühle Morgenluft auf ihren nackten Beinen, ließ sich von der allgemeinen Betriebsamkeit anstecken. Sie schlüpfte in ihre Hochtouren-Hose, dann ins Funktionsshirt, die Jacke: fertig! Mütze und Handschuhe und die restliche Ausrüstung befanden sich in ihrem Rucksack im Erdgeschoss der Hütte. Die Scheibe des Bettenlagers, in dem sie die Nacht verbracht hatten, war von innen beschlagen und die Landschaft draußen kaum mehr als verzerrte Schemen in der Dunkelheit, die jedoch bald der Sonne weichen würde.

Sie nahm ihr Handy, das noch auf der Matratze lag, und wollte es einstecken. Da sah sie, dass eine Nachricht von ihrer Schwester eingegangen war. Automatisch zauberte ihr der Gedanke an Christina ein Lächeln ins Gesicht. Ihre Beziehung zueinander hatte sich verändert, seit Christina eine Töpferei auf der Fraueninsel betrieb und nicht mehr im elterlichen Lakritzgeschäft in Prien am Chiemsee arbeitete. Christina hatte Kati immer vorgeworfen, ohne Rücksicht auf andere ihren Traum zu leben, während sie selbst sich als Gefangene des elterlichen Betriebs empfand. Seit Christina den Schritt gewagt hatte, die Töpferei zu übernehmen, verstanden sie sich sehr viel besser. Außerdem liebte Kati den kleinen Michael, ihren Neffen. Na ja, so klein war der gar nicht mehr, wenn man es genau betrachtete. Immerhin war er mittlerweile Fünftklässler.

Kati gab den Code in ihr Handy ein, um es zu entsperren.

Sonnenuntergang in der Heimat, hatte Christina geschrieben. Das Foto, das sie dazu schickte, musste auf dem Chiemsee aufgenommen worden sein. Vermutlich war sie mit ihrem Freund Bene mal wieder mit dem Kanu unterwegs gewesen. Das Abendlicht färbte das Wasser des Sees orange, dazu spiegelten sich noch die kleinen Schäfchenwolken auf der glatten Wasseroberfläche des Chiemsees. Ein zweites Bild musste etwas später aufgenommen worden sein. Das Licht war jetzt lila, und im Vordergrund sah man Christina in ihrem Kanu, gemeinsam mit Michael, der wie so oft seine Angel in der Hand hielt. Kati zoomte das Gesicht des Kindes heran. Der Junge sah total glücklich aus, stellte sie fest. Für ihn war der Umzug auf die Insel ein Segen gewesen. Michael angelte gern und liebte die Freiheit, die ihm das Leben auf der Insel bot, und auch, dass er dort sein konnte, wer er war: Ein manchmal etwas verträumter kleiner Forscher mit viel Liebe zur Natur. Mit einem Mal spürte Kati, dass sie ihre Familie vermisste, ihre Heimat. Sie war diesen Sommer fast ausschließlich in Österreich und Südtirol unterwegs gewesen. Zuletzt hatte sie sich im Rosengarten, einer Gebirgskette im Osten von Brixen, aufgehalten und eine Touristengruppe auf den Kesselkogel geführt. Mit Paolo in den Bergen unterwegs zu sein, machte diesen Sommer zu einem der schönsten ihres Lebens. Er kannte in Südtirol die aufregendsten Pfade, so wie Kati die in ihrer Chiemgauer Heimat. Sie waren nahezu täglich unterwegs. Wenn es keine Touristen zu führen gab, gingen sie auf Kletterabenteuer oder kundschafteten neue Touren aus. Es schien nie Stillstand zu geben und Kati war wie im Rausch.

Mit diesen Fotos gewinnst du jeden Wettbewerb! Da brauchst du gar nicht mehr zu töpfern, schrieb Kati und schob ein Zwinkersmiley hinterher, bevor sie das Telefon in ihrer Jacke verstaute. Kürzlich hatte Christina bei einem Töpferwettbewerb mit einer Büste der netten Nonne, mit der sie sich auf der Insel angefreundet hatte, den zweiten Preis gewonnen, und die gesamte Familie war wahnsinnig stolz auf sie.

Kati schaute sich um, aber alles, was sie dabeigehabt hatte, trug sie bereits am Körper. Die Reisezahnbürste und die winzige Zahnpastatube befanden sich in der Tasche ihrer Funktionsjacke. Eine Katzenwäsche musste um vier Uhr morgens reichen.

»Ich geh noch ins Bad«, sagte Kati.

Justine winkte mit ihrer Zahnbürste. »Ich komm gleich mit.«

»Dann treffen wir uns beim Frühstück«, meinte Milan, der gerade hereinkam. »Ich bin schon fertig mit allem. Ach, ich kann die Tour kaum erwarten.«

Kati lachte. Das waren ihr die liebsten Gäste. »Na dann, iss dich auf jeden Fall ordentlich satt. Du wirst die Energie heute brauchen.«

Sie riet das jedem Gast, auch wenn sie selbst so früh am Morgen kaum eine Scheibe Brot runterbrachte.

Mittlerweile herrschte in der Hütte Aufbruchstimmung. An Ruhe war nicht mehr zu denken. Alle Bergsteiger, die die Nacht hier verbracht hatten, schienen sich synchron zu bewegen. Die Berghütte war wie ein Organismus, der langsam erwachte.

Justine ging schweigend neben Kati her in Richtung Waschraum. Eine Fünfergruppe Bergsteiger, die schon Klettergurte angelegt hatten, kam ihnen von unten entgegen, waren offensichtlich noch etwas eher aufgestanden als Kati und ihre Gruppe und hatten schon gefrühstückt.

»Das Wasser ist ja eisig!« Justines Hand zuckte vor dem kalten Wasserstrahl zurück. Sie kam aus Ingolstadt, würde heute ihre erste Hochtour erleben.

Kati lachte. »Das weckt dich auf. Das ist Absicht.«

»Echt?« Justine schaute Kati aus großen Augen an.

»Nein, das war ein Scherz. Auf einer Berghütte kannst du nicht so viel Luxus erwarten. Das Frühstück gleich wird auch sehr einfach.«

Vorsichtig hielt Justine ihre Hand unter das kalte Wasser. Dieses Mal zuckte sie nicht zurück, sondern spritzte sich das kalte Nass in ihr Gesicht, das am Vortag schon ordentlich Farbe abbekommen hatte. Anschließend band sie sich die langen blonden Haare zu einem Pferdeschwanz.

»Ich hab so einen Hunger, mir reicht Brot und Marmelade«, meinte sie. »Der Aufstieg gestern war ja nicht ohne.«

»Ich weiß, ja. Aber dafür auch ein Abenteuer.« Kati empfand es als ihre Aufgabe, stets das Positive hervorzuheben. Auf den Berg zu gehen war oft strapaziös, wenn es über einfache Wanderungen hinausging, aber die Ausblicke und die Naturerfahrung waren jede Mühe wert, jedenfalls aus Katis Sicht.

Der Aufstieg zur Kürsingerhütte, wo sie übernachtet hatten, erfolgte über einen leichten Klettersteig, seit der übliche Weg wegen massiver Steinschlaggefahr geschlossen worden war. Diese Tour war die fünfte Tour auf den Venediger, die Kati leitete, und die meisten Gäste waren von der Kletterei am Fixseil mit dem schweren Rucksack auf dem Rücken beeindruckt. Nicht alle hatten so etwas schon erlebt. Justine hatte sich von Kati noch zusätzlich am kurzen Seil sichern lassen, war aber problemlos mitgeklettert.

Auf dem Weg zum Einstieg des Steiges lief man einen sogenannten Aufklärungsweg entlang, das war so etwas wie ein Naturlehrpfad, auf im Stein angebrachten Tafeln konnte man lesen, wie sehr das Weiterbestehen des vermeintlich ewigen Eises der Gletscher bedroht war. Viele der Gäste waren nachhaltig beeindruckt gewesen von der Erfahrung, die ihnen bereits der erste Tag auf Hochtour geboten hatte. Wenn sie später am Gipfel stünden, würde sicher auch Justine so begeistert sein wie alle anderen Menschen vor ihr, die es geschafft hatten, den hohen Gipfel zu besteigen. Es würde ein anstrengender Tag für alle werden, und es war ein Glück, dass Justine und Milan im Alltag regelmäßig joggen gingen. Eine solche Unternehmung wie diese Gipfelbesteigung wäre ihnen sonst kaum möglich gewesen.

Kati sah Justine im Spiegel an, die gerade ihren Pferdeschwanz band. »Mach den Zopf eher weiter unten, du musst ja nachher einen Helm tragen können.« Kati war schon so erfahren als Bergführerin, dass sie solche Details wusste. Justine nickte und fasste ihre Haare erneut zu einem Zopf zusammen. Dann standen sie nebeneinander und putzten sich die Zähne. So langsam hatte Kati das Gefühl, ganz wach zu sein. Und das schon vor dem Kaffee, dachte sie amüsiert. Sie freute sich auf den Tag, der vor ihr lag. Es war immer wieder erhebend, auf dem Gipfel des Großvenedigers zu stehen.

Kati spuckte die Zahnpasta aus. »So. Fertig. Wie sieht es aus, Justine? Bereit für neue Abenteuer?«

Justine nickte eifrig, die Zahnbürste noch im Mund. Sie war schon Anfang vierzig, hatte aber wenig Erfahrung mit dem Bergsteigen. Diese Tour hatte ihr Mann Milan ihr zum Geburtstag geschenkt. Auch Justine beugte sich über das Waschbecken. »Auf jeden Fall!«, antwortete sie schließlich. »Komm, lassen wir uns eine Scheibe Brot und dünnen Kaffee schmecken.«

»Woher willst du wissen, dass er dünn ist?«, entgegnete Kati.

»Na, du hast doch gesagt, ich soll nicht zu viele Erwartungen an das Frühstück haben.« Justine lachte. Sie war herrlich unkompliziert.

»Stimmt.« Kati seufzte. An schlechten Kaffee am Morgen konnte sie sich einfach nicht gewöhnen.

Ein weiteres Mal wanderten Katis Gedanken zu Christina, die sicher noch schlief. Aber später würde ihre Schwester den Tag auf ihrer kleinen Terrasse mit Blick über den See beginnen, mit einer Tasse ihres göttlichen Kaffees aus der kleinen Espressokanne zum Schrauben, die man auf den Herd stellte und die den wundervollsten Kaffee lieferte, den man sich vorstellen konnte. Hätte Kati sich für das Frühstück auf die Fraueninsel, wo Christina lebte, beamen lassen können, sie hätte jeden Tag mit ihrer Schwester in der herrlichen Morgensonne gefrühstückt, wenn man das Plätschern des Wassers hörte, während man den würzigen Kaffee roch, den Christina mit einer Prise Zimt verfeinerte. Kaffee war das Einzige, was ihre Schwester wirklich kochen konnte. Dazu tanzten die Bienen schon morgens durch die Kletterrose, die ihre Mutter im vergangenen Frühjahr hier gepflanzt hatte. Es war ein Fest der Sinne, dort auf Christinas Terrasse, ganz anders als hier, wo es mehr um Nahrungsaufnahme als um Genuss ging. Aber das gehörte dazu, das war der Preis für einen Tag in atemberaubender Berglandschaft.

Justine war mit ihrer Morgentoilette fertig, und sie gingen in den Gastraum hinunter, der ein Stockwerk tiefer lag. Paolo winkte schon, ein breites Grinsen im Gesicht. Der Platz neben ihm war frei, er hatte bereits einen Teller mit Brot, Wurst und Käse auf dem Tisch abgestellt.

»Für dich«, strahlte er Kati an. Sie schielte in Richtung der Marmelade auf dem kleinen Frühstücksbüffet. Eigentlich mochte sie kein salziges Frühstück, hatte sie noch nie. Andererseits war da Paolos liebevolle Geste, die Kati nicht zurückweisen wollte.

»Danke«, sagte sie deshalb und setzte sich zu ihrer Gruppe, die diesmal nur aus Paolo, Justine und Milan bestand, die die Wanderung schon im April gebucht hatten. Fast sofort spürte sie Paolos warme Hand auf ihrem Oberschenkel. Sie kannten sich jetzt ein knappes Jahr, aber die erotische Spannung zwischen ihnen war noch wie am ersten Tag. Kati rückte ein Stück näher an ihn heran. Sofort war es gar nicht mehr so schlimm, Käse statt Marmelade zu essen.

Der Kaffee war schön heiß – was wollte man mehr? Vorsichtig nahm Kati einen ersten Schluck. Bitter und so stark, dass er einen unter normalen Umständen für Tage wach halten konnte. Genau das Richtige vor einer langen Bergtour. Da hätte sie ihre Erwartungen gar nicht so niedrig ansetzen müssen, dachte sie erfreut.

»Also, gehen wir alles noch mal durch.« Paolo hatte schon fertig gegessen und wischte sich mit dem Handrücken über den Mund. »Ihr habt eure Stirnlampen bereit, draußen ist es noch dunkel, ihr werdet sie also brauchen. Ihr braucht Steigeisen, Helm und Klettergurt. Deshalb sind diese Sachen ganz oben im Rucksack. Denkt auch daran, dass es weiter oben kalt werden kann. Vergesst eure Handschuhe nicht, genauso wie eine Mütze und die warme Jacke. Alles, was ihr nicht braucht, bleibt bitte hier. Je weniger ihr tragen müsst, umso besser. Wir kommen auf dem Rückweg noch mal her und holen alles ab.«

Die beiden Gäste nickten. Täuschte sich Kati, oder hing besonders Justine an Paolos schönen Lippen? Gewundert hätte es Kati nicht, er war ein Frauenmagnet mit seinen dunklen, fast schwarzen Haaren. Außerdem hatte er heute einen leichten Bartschatten, der sein verwegenes Abenteurer-Image, das ihm als Bergführer automatisch anhing, noch unterstrich.

Während er sprach, konzentrierte Kati sich auf ihre Brote. Sie hatte keinen Appetit um diese Tageszeit, aber es war unerlässlich, dass sie etwas aß, damit ihr später nicht die Kraft ausging. Ihr fiel auf, dass Paolo zu diesem Thema etwas Entscheidendes vergessen hatte zu erwähnen. Wenn man selbst so viel in den Bergen unterwegs war, wurden viele Details zur Selbstverständlichkeit, die für Gelegenheitswanderer aber wichtig waren.

»Entschuldige, Paolo, kann ich auch kurz was sagen?«, fragte sie deshalb. Sie ärgerte sich, weil sie so vorsichtig formulierte, aber Paolo war längst zu Landschaftsbeschreibungen übergegangen und schwärmte vom zu erwartenden Panorama, sodass Kati ihn mitten im Satz unterbrechen musste.

»Klar«, seine Rechte lag noch immer auf ihrem Schenkel und streichelte jetzt weiter nach oben, begleitet von einem verschmitzten Grinsen, das Kati die Hitze in die Wangen trieb. Großer Gott, dieser Mann! »Was wolltest du denn sagen?«

»Ach so, ja.« Kati räusperte sich und versuchte, ihre Aufmerksamkeit auf die Gruppe zu lenken. »Nehmt euch genug zu trinken mit. Ihr habt doch beide eine Thermoskanne für Tee dabei, oder? Super. Füllt sie auf und denkt zusätzlich noch an Wasser. Jeder sollte mindestens zwei Liter Flüssigkeit dabeihaben.«

»Stimmt, das hätte ich fast vergessen, danke, Schatz.«

Es fühlte sich immer seltsam an, wenn Paolo sie vor den Gästen mit einem Kosenamen ansprach. Aber zugleich genoss sie es so sehr, dass sie ihn noch nie darum gebeten hatte, es zu lassen.

Kati lächelte ihm stattdessen zu und er schaute sie aus seinen dunklen Augen an. Paolos Blick hatte immer etwas Feuriges, egal wann und wo. Selbst nach langen Bergtouren verfehlte er diese Wirkung nicht, und auch jetzt sah er einfach umwerfend aus, und Kati strich sich die Haare aus der Stirn, weil sie ganz nervös wurde.

Sie biss von ihrem Brot ab, kaute, schluckte mühsam. Nein, sie brachte beim besten Willen keine zweite Scheibe runter.

»Herrlich«, Justine wirkte ganz schön mitgenommen, fand Kati. Auch Milan schwitzte stark, hatte rote Wangen. Kati schrieb es der Anstrengung zu. Ein Sonnenbrand konnte es nicht sein, denn sie hatte am Einstieg zum Gletscher noch eine Runde Sonnencreme für alle ausgegeben, weil der Morgennebel sich mit Sonnenaufgang in nichts auflöste und ihnen ein herrliches Aufstiegspanorama geschenkt wurde. Am Gletscher war guter Sonnenschutz eine der obersten Prioritäten.

Als endlich der Gipfel erreicht war, fielen sich Justine und Milan überglücklich in die Arme. Sie hatten sich tapfer geschlagen. Nicht alle Gruppen kamen oben an.

Natürlich waren sie bei diesem Bombenwetter aber nicht die Einzigen, die das Gipfelkreuz berühren und Fotos machen wollten, doch das störte nicht.

»Ich mach ein Foto von euch«, schlug Paolo vor und wies Justine und Milan an, sich in der Warteschlange für das Gipfelbild einzureihen.

Kati schaute sich um. Ja, dafür stieg sie auf die Berge. Man sah die Dolomiten, den Großglockner, herrliche weiße Bergspitzen vor strahlend blauem Hintergrund. Da war es einem ganz egal, wenn man weniger gut Luft bekam als im Tal oder wenn einem am Ende des Tages die Beine schmerzten. Sie ging ein paar Schritte zur Seite, wo weniger Menschen standen, um einen Moment der Ruhe zu genießen, nur sie und das Panorama, sonst nichts. Sie war schon fünf Mal hier oben gewesen, zweimal allein und dreimal mit einer Gruppe, die sie geführt hatte, aber der Venediger verlor seinen Charme nicht, egal wie oft man ihn auch bestieg.

Plötzlich legten sich zwei Arme von hinten um sie. Kati lächelte und lehnte sich leicht gegen Paolo. Sein Helm und ihr eigener stießen klackend gegeneinander und Kati musste lachen. Dann küsste Paolo sanft ihren Hals.

»Es ist immer wieder ein Wunder, oder?«, sagte er leise und Kati nickte. Paolo musste sie nichts erklären. Er spürte die Berge wie sie selbst. »Wie wäre es, wenn wir nächstes Mal über den Nordgrat aufsteigen?«

»Klingt fantastisch. Aber dann ohne Gruppe.«

»Natürlich ohne Gruppe.« Paolo lachte leise.

So war er: Nach der Tour war vor der Tour. Er hatte immer große Pläne, manchmal so viele, dass man sich über ein Schlechtwetterfenster freute, das man auf dem Sofa verbringen konnte. Der Nordgrat vom Großvenediger war allerdings eine anspruchsvolle Kletterei, die Kati schon eine ganze Weile selbst im Hinterkopf gehabt hatte. »Das wäre großartig. Vielleicht schaffen wir den Grat sogar noch diesen Sommer.«

»Vielleicht, ja.« Paolo verstärkte den Druck seiner Umarmung. Kati schien die Sonne ins Gesicht. Für ein paar Sekunden schloss sie die Augen, gab sich ganz der Umarmung in dieser atemberaubenden Landschaft hin. Das hier war ihr Leben, ihr Glück. Alles war perfekt, voll und ganz perfekt. Kati atmete tief die klare Bergluft ein.

»Sollen wir langsam wieder los? Nicht dass Justine und Milan am Ende zu müde werden«, schlug Paolo vor.

»Ja, klar.« Kati machte die Augen auf. Er löste seine Arme von ihr und Kati drehte sich um. Sie küssten sich, und Paolo zwinkerte Kati zu – ein Versprechen auf sinnliche Stunden am Abend, da war sie sich sicher.

»Auf geht's!«, rief er Minuten später in Richtung Milan und Justine, die ein Stück vom Kreuz weggegangen waren – in Richtung der Schneeverwehung, die sich regelmäßig unterhalb des Gipfels bildete –, um Platz für die folgenden Bergsteiger zu machen.

»Wir wollen schauen, dass es nicht zu spät wird, der Abstieg ist noch ein ordentliches Stück. Habt ihr etwas gegessen oder getrunken?«

»Ja, beides. Wir sind startklar!«, rief Milan zurück.

»Wunderbar.« Kati schulterte ihren Rucksack. Sie selbst hatte einen Proteinriegel gegessen, einen halben Liter Tee getrunken und war bereit. Der Plan war, an der Hütte vorbei, wo sie ihre Sachen holen würden, bis ins Tal abzusteigen, sodass sie sich wirklich ein wenig beeilen mussten.

Kati schaute sich um. »Milan, vergiss deine Stöcke nicht.«

»Oh.«

Sie hatten noch am Kreuz gelehnt, wo gerade zwei Bergsteiger sich glückstrahlend von einer Frau fotografieren ließen. Kati ging hin, lächelte entschuldigend und nahm die Wanderstöcke aus dem Bild, um sie Milan zu bringen.

Dann machten sie sich an den Abstieg. Gleich am Anseilpunkt nahmen sie ihre Gäste ins Seil und bildeten so eine Gletscherseilschaft. Paolo vorne, hinten sie selbst und dazwischen die beiden Gäste. Kati hatte noch den Sitz der Steigeisen kontrolliert – alles passte. Das zweite Ehepaar, das auch noch mit auf die Tour hatte kommen wollen, war an einer hartnäckigen Grippe erkrankt und hatte sich deshalb entschuldigt. Sonst wären sie in zwei Dreierseilschaften unterwegs gewesen. Aber so ging es natürlich auch gut.

Schneeglitzern in der Sonne, dachte Kati bei sich. Davon konnte sie auch Ende Mai nicht genug bekommen, wenn andere den Sommer herbeisehnten.

Der Schnee, der vorhin noch hart und eisig gewesen war, eine Fläche, auf der sie gehen konnten, wurde in der Sonne langsam zu Sülze, in die sie bis zu den Knien einsanken und aus der sie immer wieder mühevoll die Füße herausziehen mussten. Im Aufstieg hatten sie mit Pausen sechs Stunden gebraucht, jetzt im Abstieg würden sie bestimmt schneller sein, wenn die Luft mit jedem Schritt wieder sauerstoffreicher wurde. Paolo ganz vorne schlug jedenfalls ein ordentliches Tempo an, sodass sie die herrliche Aussicht auf die aus dem Schnee ragenden Felsformationen um sie herum, die überzuckerten Nachbargipfel und die weite Landschaft, die sich weiß vor ihnen erstreckte, kaum genießen konnte.

Sie hatten schon die ersten Gruppen überholt. Kati konzentrierte sich auf die Gäste. Ihr Gefühl sagte ihr, dass Justine ganz schön mit der Geschwindigkeit zu kämpfen hatte, die Paolo vorgab.

Kati wollte ihn gerade bitten, langsamer zu gehen, als sie sah, dass sie auf eine weitere Gruppe Bergsteiger aufliefen. Paolo verließ den gespurten Weg und ging den Hang schräg an. Er wollte offenbar die Kurve abkürzen, die der ausgetretene Pfad weiter vorne machte, und querte in Richtung Tal. Das fand sie unnötig, wollte lieber hinter der Gruppe bleiben, deren Tempo ihr okay vorkam.

»Paolo!«, rief sie ihm zu und er drehte sich zu ihr um. In diesem Moment spürte Kati, wie der Boden unter ihr nachgab.

Kati spürte einen harten Schlag gegen den Helm, dann folgte der freie Fall, der plötzlich abrupt vom Seil gestoppt wurde, das mit einem Schmetterlingsknoten an ihrem Hochtourengurt befestigt war. Abrupt zu fallen, kannte sie von der Kletterwand und auch von der einen oder anderen Tour. Was sie nicht kannte, war der Schmerz, der durch ihr Bein fuhr, hinauf bis zur Hüfte strahlte und sie laut aufschreien ließ. Ihr Schmerzensschrei wurde von den eiskalten Wänden der Gletscherspalte, die sie verschluckt hatte, zu einem dumpfen Laut gedimmt. Es war düster um sie herum, sie kam sich vor, als wäre sie ganz allein auf der Welt, nur von Eis und Schnee umgeben. Sie wollte nach dem Knie fassen, sehen, was kaputt war, aber jede Bewegung erzeugte eine leuchtend rote Schmerzwelle. Außerdem baumelten noch ihre Bergstöcke um ihre Handgelenke und behinderten jede Bewegung.

»Hilfe! Paolo!«, schrie sie erneut.

Das war das Tückische am Gletscher: Man sah eine solche Spalte nicht, sie war vom aufgeweichten Schnee verborgen gewesen und hatte an dieser Stelle unter ihrem Gewicht einfach nachgegeben. Sie schaute nach oben, hinauf zu dem wenigen Licht, das durch die Öffnung fiel, die sie durch ihren Fall erzeugt hatte. Aber natürlich war Paolo noch nicht da, mit Sicherheit war er damit beschäftigt, die Gruppe zu beruhigen, bevor er mit ihnen gemeinsam einen Seilanker baute und Kati mit der losen Rolle, einer Rettungstechnik zur Spaltenbergung, befreien konnte. Kati musste sich beruhigen. Sie hing schließlich fest im Seil, das von Paolo gehalten wurde, konnte sich halbwegs gemütlich in ihren Gurt setzen. Sie holte tief Luft, beschwor sich, Ruhe zu bewahren. Vorsichtig versuchte sie, ihr schmerzendes rechtes Bein zu bewegen. Etwas stimmte nicht mit ihrem Knie, da war sie mittlerweile sicher. Sie stöhnte. Nein, es abzuknicken war keine gute Idee. Von der Intensität des Schmerzes wurde ihr schwarz vor Augen, und das Letzte, was sie sich jetzt erlauben konnte, war, ohnmächtig zu werden.

»Paolo!«, schrie sie erneut und hörte selbst die Verzweiflung in ihrer Stimme. Sie hatte jetzt lauter als vorhin gerufen, panischer. Was dauerte denn da so lange? Hier unten wurden Sekunden zu Ewigkeiten. Dabei hatte sie eins noch gar nicht gewagt: den Blick nach unten. Sie wusste nicht, wie weit sie noch fallen hätte können. Aber das war jetzt auch gar nicht wichtig. Nach oben waren es ungefähr vier Meter. Das war nicht die Welt, tröstete sie sich, das war für Paolo ein Klacks. Da wäre sogar theoretisch die Selbstrettung aus der Gletscherspalte noch gut möglich gewesen, hätte sich ihr Bein nicht angefühlt, als hätte jemand ein Messer hineingerammt.

Trotzdem hatte sie, so wie es aussah, Glück im Unglück gehabt, hatte sich im Fallen nicht an den scharfen Spitzen ihrer Steigeisen verletzt.

Sie könnte mit dem gesunden Bein mitarbeiten, sobald die lose Rolle, ein einfacher Flaschenzug, installiert war, den jeder Bergsteiger auf Hochtour beherrschen sollte. Alles, was sie tun musste, war, darauf zu warten, dass das Seil in Sichtweite kam, das mit einem Karabiner zu ihr heruntergelassen würde.

Aber ihr Bein tat minütlich mehr weh, und Kati war jetzt schon klar, dass sie damit den Abstieg keinesfalls würde bewältigen können. Kalte Tränen liefen ihre Wangen hinunter und sie fluchte leise. So ein Pech! Wie ärgerlich! Sie war also am Ende doch hilflos.

»Paolo, wo bleibst du denn?« Das dauerte zu lange.

Vorsichtig warf Kati einen Blick nach unten. Ihr Atem stockte. Das waren sicher noch weitere zehn Meter, bis die Spalte sich verjüngte. Sie hatte ganz schön viel Glück gehabt. Schnell schaute sie wieder hinauf ins Licht. Aber da war noch immer kein Seil. Langsam tat ihr die Sitzposition weh. Der Gurt schnitt sich schmerzhaft in ihren Oberschenkel und ihr Schädel pochte ebenfalls immer unerträglicher.

»Kati? Geht es bei dir?«

Sie schaute nach oben. Endlich! »Nicht besonders. Ich hab mich ziemlich böse am Knie verletzt. Kannst du mir das Seil runterwerfen? Ich muss hier raus«, rief sie zurück. Es war noch nie so schön gewesen wie in diesem Moment, Paolos Stimme zu hören.

»Na klar. Seil kommt!« Er klang ruhig und aufgeräumt. Natürlich wusste Paolo ganz genau, was er zu tun hatte. Als erfahrener Bergführer übte er Spaltenstürze jedes Jahr mehrfach, besonders weil seine Spezialität Hochtouren aller Art waren. Er beherrschte alle Rettungstechniken mit der Routine, die einem Bergführer eigen war.

Auch Kati wusste genau, was zu tun war. Sie befestigte den Karabiner an ihrem Gurt. Gleich würde Paolo sie hochziehen. »Bin so weit!«, rief sie hinauf.

Sekunden später spürte Kati einen kräftigen Ruck von oben. Der Schmerz in ihrem Bein explodierte bei der Krafteinwirkung, aber sie biss die Zähne zusammen, rechnete damit, gleich nach oben gezogen zu werden, und schaute hinauf. Doch im nächsten Moment gab das Seil einfach nach, und Kati spürte, wie sie erneut fiel. Ihr Kopf schlug ein weiteres Mal gegen die eisige Wand der Gletscherspalte. Im nächsten Augenblick wurde alles schwarz und die Welt verschwand.

2. Kapitel

Jemand hielt ihre Hand. Kati spürte die Wärme, die von Paolo ausging. Noch hatte sie die Augen geschlossen, wollte sie nicht öffnen, wollte nicht zurück in die Welt. Warum genau, das hätte sie nicht sagen können. Wo war sie? Was war geschehen?

Ganz langsam lichtete sich die Benommenheit, die ihr Denken lähmte. Sie war in eine Gletscherspalte gefallen. Ihr Körper zuckte bei der Erinnerung ganz automatisch zusammen und der Druck auf ihre Hand verstärkte sich. Es war kein schmerzhafter Druck, mehr so, als versuchte Paolo, sie zu trösten. Dann begann er, ihren Handrücken mit einer Zärtlichkeit zu streicheln, die Kati innerlich lächeln ließ. Wie gut es tat, nicht allein zu sein. Wie gut, dass er bei ihr war. In seiner kleinen Berührung lag so viel Geborgenheit, dass Kati sich in Sicherheit fühlte.

Dennoch – sie brauchte noch ein wenig Zeit für sich, bevor sie die Augen aufschlug, spürte in ihr

Bein, spürte in ihren Kopf hinein. Das wilde Pochen war einem dumpfen Kopfschmerz gewichen, wie sie erleichtert feststellte. Die Schmerzen im Knie schienen verebbt zu sein. Was für eine Erleichterung! Kati erwiderte den Druck auf ihre Hand. Ihr Handrücken wurde noch immer mit einer Zärtlichkeit gestreichelt, die sie klar spüren ließ, wie wertvoll sie für Paolo war. Paolo wurde nicht müde, sie zu liebkosen.

Plötzlich wusste sie, dass sie Paolo sehen wollte. Sie schlug ihre Augen auf.

»Kati! Da bist du ja wieder.« Die Stimme verriet pure Erleichterung, als sie ihre Hand losließ.

»Fabian! Was machst du hier? Wo bin ich?« Kati wollte sich aufsetzen, aber Fabian hielt sie sanft an den Schultern fest.

»Bitte bleib liegen. Du hast eine ordentliche Gehirnerschütterung und brauchst dringend noch Ruhe.«

Kati schaute sich um, aber sie erkannte nichts an ihrer Umgebung. Ein weißer Raum mit Aussicht auf einen Vorplatz. Das war die Nüchternheit eines Krankenzimmers, natürlich.

»Bin ich sonst okay?«, fragte sie und schaute Fabian an, der seinen Stuhl ein Stückchen vom Bett weggeschoben hatte. Er sah aus wie immer, nur ein wenig blasser und mit dunklen Augenringen. Sie kannte Fabi schon seit ihren gemeinsamen Jugendtagen. »Und was machst du überhaupt hier?«

»Na, ich schau dir beim Wachwerden zu, wonach sieht es denn aus?«

»Schlagfertig wie immer, hm?« Kati versuchte ein Grinsen.

»Wir haben uns ordentlich Sorgen um dich gemacht.« Fabian schaute Kati direkt in die Augen. Es war ihm noch nie schwergefallen, Blickkontakt zu halten. Er war der Typ Mensch, dem es leichtfiel, über sich und seine Emotionen zu sprechen.

»Apropos wir – wo ist denn Paolo?« Beim Reden wurde das Pochen hinter ihrer Stirn wieder stärker.

»Der kommt bestimmt später noch vorbei. Vielleicht magst du mir ja seine Nummer geben, dann kann ich ihn anrufen.«

»Das kann ich selber.«

»Ich glaube, dein Handy ist in die Gletscherspalte gefallen. Außerdem sollst du dich noch ruhig verhalten. Du musst dich wirklich schonen.« Fabian knetete seine Hände. Dann langte er in die Innentasche seiner Jeansjacke. »Also, wenn du seine Nummer auswendig weißt, dann her damit!«

Kati kramte in den Tiefen ihres Gedächtnisses herum, aber wollte nicht so recht etwas zutage bringen. Sich Zahlen zu merken, war eh nicht ihre Spezialität. »Im Moment nicht.«

»Gut, macht ja nichts, lass dir Zeit.« Fabian tätschelte ihren Handrücken. Die Geste wirkte irgendwie unbeholfen, als wäre er nicht der gleiche Mann, der eben noch ihre Hand festgehalten hatte.

»Ja. Er wird gleich kommen.«

Fabian lächelte. »Natürlich.«

»Wie kommst du überhaupt hierher?«, wollte Kati wissen. Wenn sie flüsterte, tat es weniger weh.

»Mit dem Auto.«

»Haha.«

»Entschuldige. Christina hat mich gefragt, ob ich mit zu dir kommen kann. Sie war völlig außer sich, hat die Töpferei einfach zugesperrt und Michael zu euren Eltern gebracht. Nelly konnte nicht mit, die war im Laden unabkömmlich. Aber natürlich wäre sie auch gerne gekommen. Jedenfalls bin ich dann mitgefahren.«

Nelly und Christina waren Katis Schwestern, und Nelly betrieb ein Lakritzgeschäft in Prien, das davor schon ihr Vater geleitet hatte. Um diese Jahreszeit konnte man den Laden nicht so einfach zusperren, das verstand Kati gut. Fabian hingegen arbeitete in der Gemeindeverwaltung, ein relativ langweiliger Bürojob, zu dessen Vorteilen allerdings gehörte, dass man sich meistens kurzfristig freinehmen konnte.

»Warum war Christina denn so außer sich?«

»Meine Güte, Kati, du bist echt unglaublich. Schließlich bist du in eine Gletscherspalte gefallen, verdammt noch mal!« Fabian schüttelte ungläubig den Kopf. »Noch dazu hast du dich verletzt und …« Er stockte und sprach nicht weiter.

»Du meinst die Gehirnerschütterung«, stellte Kati fest.

»Die auch.«

Da war die ganze Erinnerung wieder. Natürlich, ihr Bein! »Was ist mit meinem Knie?«

Fabian schaute auf den Boden, stand auf und ging ans Fenster. »Ah, da kommt Christina!«

»Fabi! Lenk nicht ab. Was ist mit meinem Knie?« Kati schlug die Decke zur Seite, um sich selbst ein Bild von ihrem Bein zu machen.

»Das besprichst du vielleicht besser mit dem Arzt.« Er drehte sich um und lehnte sich gegen das Fensterbrett.

Kati verdrehte die Augen, was ihr Körper sofort mit ziehenden Kopfschmerzen quittierte. Dann begutachtete sie ihr Bein. Das Knie war eingebunden und ruhig gestellt, sodass sie es nicht auf seine Beweglichkeit hin überprüfen konnte. Kein gutes Zeichen, schoss es ihr durch den Kopf. Sie dachte an den Nordgrat des Großvenedigers, an die Spätsommertouren in der Schweiz, die sie mit Paolo geplant hatte, an den Klettertag zu Hause an der Zellenwand, den sie dem kleinen Michael versprochen hatte. Ihre Augen füllten sich ganz automatisch mit Tränen. Verdammt! Es war Ende Mai, noch dazu in einem Jahr mit wenig Schnee, sodass sie ihre Tour schon hatten unternehmen können. Wie lange würde es dauern, bis ihre Verletzung heilte? Das konnte Monate dauern! Kati haute mit der Faust auf die Matratze, direkt neben dem Bein.

»Verdammt!« Sie wischte sich die Tränen aus den Augen.

Kati war so mit sich selbst beschäftigt gewesen, dass ihr gar nicht aufgefallen war, wie Fabian neben ihr Bett gekommen war. Jetzt legte er seine Hand auf ihre Faust.

»Nicht, Kati. Tu dir nicht noch mehr weh, hm?« Seine leise, ruhige Stimme tat ihr gut. Sie nahm einen tiefen Atemzug.

»Seit wann bin ich hier?«, wollte sie wissen.

»Seit gestern Nachmittag.«

»Und wann seid ihr gekommen?«

»Auch gestern. Aber am Abend. Der Arzt meinte, man würde dich operieren und du würdest dann heute aus der Narkose aufwachen.« Fabians Hand lag noch immer auf ihrer. Aber jetzt nahm er sie weg, griff nach der Bettdecke und legte sie wieder über Katis Beine.

»Nicht, dass du frierst«, erklärte er.

Kati dankte ihm mit einem Nicken, als es an der Tür klopfte.

Christina öffnete sie ganz vorsichtig, wie es ihre Art war. »Kati, oh mein Gott, Kati!«, rief sie aus, als sie sah, dass ihre Schwester aufgewacht war. Dann stürzte sie regelrecht in den Raum, ließ die Tür einfach offen, und es war Fabian, der aufstand, um sie leise zu schließen, während die Schwestern sich in die Arme fielen.

»Geht es dir gut? Wie fühlst du dich? Ach, bin ich froh, dich zu sehen! Hast du Hunger oder Durst? Ich könnte dir was bringen.«

Kati lachte leise. »Nicht alle Fragen gleichzeitig, okay?«

»Ja, entschuldige. Ich bin aufgeregt, weißt du?« Sie hielt Kati an den Schultern fest und schaute sie an. »Du hast geweint«, stellte Christina schließlich fest.

»Nein, hab ich nicht.«

»Hat sie geweint?«, wandte Christina sich an Fabian, als wäre Kati ein Kind.

»Ich bin die Schweiz, mich darfst du nicht fragen.« Fabian hob abwehrend die Hände und zwinkerte Kati zu. Ihr Verbündeter durch und durch, wie früher schon in der Schule.

»Typisch!« Christinas tadelnder Blick schien allerdings an Fabian einfach abzuprallen. Er grinste nur.

In diesem Moment klopfte es erneut energisch an der Tür und ein Mann im weißen Kittel trat herein.

»Na, Frau Rieger, da sind Sie ja wieder! Sie haben geschlafen wie Dornröschen.«

»Hallo.«

Christina war aufgestanden und einen Schritt zurückgetreten, um dem Arzt Platz zu machen.

»Wie geht es Ihnen denn?«, fragte der Arzt, ein freundlicher, ruhiger Mann mit feingliedrigen Fingern, dafür gemacht, Operationen präzise durchzuführen.

Kati lauschte kurz auf das Pochen hinter ihrer Stirn und versuchte, in ihr Bein hineinzuspüren, aber da war nichts.

»Sagen Sie es mir«, forderte sie deshalb. »Wann kann ich wieder meiner Arbeit als Bergführerin nachgehen? Ich habe in diesem Jahr ein paar sehr spannende Touren vor und bin bereit, viel dafür zu tun, dass die auch klappen.« Sie mühte sich um ein Lächeln. Berge waren ihr Leben. Berge und Paolo, mit dem sie ihre Abenteuer in diesem Jahr geplant hatte. Das Leben mit Paolo war ein Fest, eine endlose Bergsteigerparty.

Der Arzt presste die Lippen zusammen und machte eine abwägende Bewegung mit der Hand, die nichts Gutes verhieß, so viel war Kati klar.

»Bitte, seien Sie absolut ehrlich mit mir, ich halte das aus.« Nichts hasste sie mehr, als wenn Menschen um den heißen Brei herumredeten.

»In diesem Jahr werden Sie ganz sicher keine harten Touren mehr unternehmen. Um ehrlich zu sein, können Sie froh sein, wenn sie überhaupt wieder auf Berge steigen können.«

Hatte sie eben noch gesagt, dass sie etwas aushielt? Die Worte des Arztes waren zu viel. Sie waren Messer, die ihr ins Herz gerammt wurden. Sie taten mehr weh als ihre Knieverletzung.

Mit zwei Sätzen hatte der Mann es geschafft, Katis bisheriges Leben auszuradieren. Denn was, fragte sie sich, was blieb von ihr übrig, wenn sie die Berge nicht hatte?

»Verdammt!« Unweigerlich schlug sie erneut mit der Faust auf die Matratze. Heiße Tränen brannten in ihren Augen, aber Kati würde ihnen nicht erlauben, zu fließen. Nein, auf keinen Fall. Man hörte immer wieder von medizinischen Wundern, von schneller Heilung und Irrtümern. Sicher waren ihre Heilungschancen gut, weil sie topfit war. Bestimmt täuschte sich dieser fremde Mann mit dem Bedauern im Gesicht in ihr. Er hielt sie für ein Weichei, jemanden ohne die nötige Power, um sich den Weg zurück in die Berge zu bahnen. Aber da hatte er sich geschnitten!

»Ich schaff das«, sagte sie laut. »Mein Bein wird wieder ganz gesund.«

»Es tut mir leid.« Der Arzt schien das wirklich so zu meinen. Er fing an, mit medizinischen Fachbegriffen um sich zu werfen, redete von Bändern, die gerissen waren, und – ganz entgegen Katis Empfinden in der Gletscherspalte – von einer schweren Verletzung durch das Steigeisen, die sie sich zugezogen hatte und die sie nur wegen der starken Schmerzmittel nicht spürte. Aber Kati wollte die Details nicht wissen. Am liebsten hätte sie sich die Ohren zugehalten, während der Arzt sprach.

Was ging sie die Diagnose an? Sie wollte möglichst schnell gesund werden. Denn was blieb von ihr übrig, wenn die Berge wegfielen? Nicht viel, dachte sie, wirklich nicht viel. Kati war ohne Berge nicht denkbar.

Draußen wurde es dunkel. Christina war wieder gegangen, nachdem Kati ihr mehrfach versichert hatte, dass sie zurechtkam und ein bisschen schlafen wolle.

»Paolo kommt doch eh noch vorbei«, hatte sie gesagt, und schließlich war ihre Schwester tatsächlich bereit gewesen, in die Pension zu fahren, die sie für sich und Fabian gebucht hatte.

»Hals- und Beinbruch«, hatte er mit einem dicken Grinsen im Gesicht zum Abschied gesagt und wie zwischen ihnen üblich hatte Kati ihm gegen den Oberarm geboxt wegen des blöden Spruchs.

Jetzt wartete sie auf Paolo. Seit zwei Stunden rechnete sie jetzt schon damit, dass er jeden Augenblick kommen würde, aber immer wenn es an der Tür klopfte, kam medizinisches Personal herein. Jetzt würde es bald Abendessen geben und dann wäre die Besuchszeit zu Ende, aber kein Paolo weit und breit. Als die Tür erneut aufging und eine Krankenschwester den Raum betrat, hatte Kati schon damit gerechnet, dass es auch dieses Mal nicht Paolo war.

»Sodala. Heute gibt es Pasta mit Ragout. Haben Sie Hunger?« Die Schwester stellte das Tablett auf dem Nachttisch ab. Kati schnupperte. Es roch so mittel, fand sie. Aber in einem Krankenhaus erwartete man in der Regel keine kulinarischen Highlights.

»Es geht so.« Ihr Magen war leer, das spürte Kati. Aber die Sorge um ihre Zukunft trieb sie ganz schön um. Sie wollte dringend mit Paolo reden. Er würde sie verstehen. Er teilte schließlich ihre Leidenschaft. Wenn sie jetzt jemanden brauchte, dann ihn.

»Na, vielleicht kommt der Appetit mit dem Essen. Ich weiß, was die Leute von Krankenhausessen sagen, aber bei uns ist es wirklich genießbar.« Die

Schwester war um die fünfzig, der Typ, den nichts aus der Ruhe bringen konnte und die auch nach Jahren noch hoch motiviert ihrer Arbeit nachging.

»Sitzen Sie bequem?«, vergewisserte sie sich und schob ihr den Nachttisch mit dem Teller zurecht. Ihr österreichischer Akzent war unüberhörbar.

»Das ist aber wirklich schade, meine Liebe!«

»Paolo!« Kati strahlte ganz automatisch. Er sah großartig aus in seiner lila Kletterhose mit einem dazu passenden Shirt.

»Ciao, Cara!« Cara war das italienische Wort für Liebling, und Kati liebte es, von Paolo so genannt zu werden. Er beugte sich zu ihr herunter und küsste sie sanft auf die Wange.

»Na, ich sehe schon. Hier werde ich nicht mehr gebraucht.« Die Krankenschwester lachte und ging in Richtung Tür.

Paolo setzte sich auf Katis Bettkante. Sie griff nach seiner Hand. »Wie gut, dass du endlich da bist.«

»Ja, ich war noch klettern, das Wetter war ein Traum.« Er grinste sie an.

»Ah«, sagte sie nur. Klettern. Das Wort hallte in Katis Kopf wider. Sie schluckte hart. Er war beim Klettern gewesen, während sie hier im Krankenhaus aus der Narkose aufgewacht war, nach einer langen nächtlichen Operation.

»Stimmt was nicht?«

»Doch, doch. Ich hab ja eh geschlafen und hab dich nicht gebraucht.« Kati versuchte, pragmatisch zu sein. Aber enttäuscht war sie dennoch. Die Berge, in diesem Fall der Fels, waren wichtiger gewesen als sie.

»Eben, dachte ich auch. Wie geht es dir?«

Kati suchte in ihrem Kopf nach der geeigneten Antwort, aber so leicht wollte sich die nicht finden lassen. Ihr tat alles weh. Sie fühlte sich verängstigt. Die Worte des Arztes hallten noch in ihr nach. Sein besorgter Blick, als sie ihm eröffnet hatte, dass sie wieder ganz gesund werden würde, sein Kopfschütteln und die gerunzelte Stirn.

Am Ende schüttelte sie einfach nur den Kopf. Sosehr sie sich allen anderen und sich selbst gegenüber zusammengerissen hatte – als Paolo sie fragte, wie es ihr ging, war das der Tropfen, der das Fass überlaufen ließ. Da waren sie, ihre Tränen, unaufhaltbar flossen sie ihr die Wangen hinunter.

»Aber Cara! Du kannst doch im Winter wieder mitkommen, hm? Kein Problem.« Paolo befreite seine Hand aus Katis und breitete die Arme zu einer weiten Geste aus.

»Nein, keine Skitouren, kein Eisklettern, hat der Arzt gesagt. Jedenfalls nicht in diesem Jahr.« Ihre Stimme brach, sie wischte sich die Tränen von den

Wangen. Nichts wünschte sie sich mehr, als einfach in den Arm genommen zu werden. Aber Paolo ließ einfach nur seine Arme sinken.

»Bitte, Cara. Das kannst du doch jetzt noch nicht wissen.« Ihre letzten Worte hatten sogar ihm, dem ewigen Optimisten, das Lächeln aus dem Gesicht gewischt.

»Der Arzt weiß es«, sagte sie und blickte dem Unvermeidlichen ins Auge. »Das heißt nicht, dass ich nicht darum kämpfe«, fügte sie noch hinzu. Denn das hatte sie sich fest vorgenommen, als der Doktor sie über ihre Verletzung aufgeklärt hatte. So leicht würde sie nicht aufgeben. »Hundertprozentig sicher sind solche Prognosen ja nie.«

»Nein, sind sie nicht.« Paolos Hände lagen in seinem Schoß.

Kati wischte sich die Tränen aus dem Gesicht. Der Moment der Schwäche war vorbei. Aber sie wäre so gern umarmt worden! Warum war es so schwer, Paolo darum zu bitten? Sie dachte an Christina, die sie zum Abschied an sich gedrückt hatte, aber das war nicht das Gleiche.

Paolo stand auf und ging zum Fenster, kam wieder zurück, setzte sich erneut, wippte mit dem Bein, stand ein weiteres Mal auf. Er sagte nichts. Und Kati hatte nichts zu sagen. Der Tag war, obwohl sie viel geschlafen hatte, anstrengend gewesen, für

Körper und Geist gleichermaßen. Sie konnte keinen klaren Gedanken mehr fassen. Die letzten vierundzwanzig Stunden waren viel zu ereignisreich gewesen, als dass sie alles schon klar umreißen konnte.

Sie schob das Tablett mit dem nicht angetasteten Essen von sich weg. Gut, dass der Nachttisch sich einfach zur Seite rollen ließ.

»Ich glaube, ich muss jetzt schlafen«, sagte Kati. Sie spürte, dass sie in Schlaf sinken würde, sobald sie die Augen schloss. Die Schwere, die sie plötzlich empfand, wog mehr, als sie tragen konnte.

Paolo stand auf. »Ja, natürlich. Schlaf dich gesund, Cara. Ich bin dann mal weg.«

Wieder beugte sich Paolo über sie, küsste ihren Scheitel, wie man ein Kind küsst. Dann ging er zur Tür, drehte sich um, winkte. »Halt die Ohren steif, ja?«

Und schon war er weg. Dabei hätte sie sich gewünscht, dass er blieb, bis sie eingeschlafen war. Am liebsten wäre Kati aufgesprungen und hinter ihm hergerannt. Nur ein wenig Geborgenheit zu spüren, war alles, was sie sich gewünscht hätte, jemanden, der sie hielt. Stattdessen schlang sie in der Stille des Krankenzimmers die Arme um ihren Körper und schloss die Augen. Der Sturz in die Spalte, Paolos schönes Lächeln, die Schmerzen, die

Worte des Arztes. In Sekunden tanzten einzelne Fragmente des Erlittenen durch ihren Kopf. Dann ertranken Katis Erinnerungen gnädig in der Dunkelheit tiefen Schlafes.

3. Kapitel

Es duftete nach Rosen. Natürlich tat es das. Kati lächelte. Im Garten ihrer Mutter in Prien duftete es den ganzen Sommer über herrlich nach den Blumen, die sie über alles liebte. Für ihre Mutter Gitti waren Rosen das, was für Kati die Berge waren. Oder besser: gewesen waren. Aber den Gedanken schob sie ganz weit von sich. Sie musste geduldig sein. Aber es tat gut, die vertraute Umgebung zu sehen und nach all der Trauer und den Schmerzen endlich dem tristen Krankenhaus entkommen zu sein.

Auf ihre Krücken gestützt trat sie durch das Gartentor, das von einer rosafarbenen Kletterrose umrankt wurde. Um Kati herum summten die Bienen und ein wunderschön gemusterter Schmetterling flatterte vorbei und zauberte ihr ein Lächeln ins Gesicht.

Christina hatte Kati zurück nach Prien gefahren, total glücklich, dass ihre Schwester endlich aus dem Krankenhaus entlassen worden war.

Beim Anblick des Pfauenauges fiel Kati etwas ein und sie blieb einen Moment stehen.

»Erinnerst du dich noch daran, wie Michael klein war und immer ›Mingel‹ zu Schmetterlingen gesagt hat? Ich fand das damals so niedlich.« Kati lächelte bei der Erinnerung an ihren Neffen, wie er als kleines, pausbackiges Kind durch Omas Garten gelaufen und jedem Schmetterling aufs Neue mit Staunen begegnet war.

»Mingel!«, hatte er gerufen und mit seinem kleinen Finger auf die Schmetterlinge gezeigt. Die ganze Familie war wie verzaubert gewesen von dem niedlichen kleinen Jungen.

»Stimmt«, sagte Christina. »Dass du dich daran noch erinnerst!«

»Natürlich erinnere ich mich. Michael ist schließlich mein Neffe«, antwortete Kati mit der gebotenen Empörung. Fast hätte sie sich mit einer ihrer Krücken an einem der unebenen Pflastersteine verheddert. Aber sie hielt das Gleichgewicht und machte den nächsten Schritt in Gittis Garten hinein. Wie erwartet standen viele der Rosen in voller Blüte und sorgten dafür, dass der Garten wie ein Märchenland daherkam: Rot- und Rosatöne waren genauso vertreten wie weiße und sogar lila Rosen.

»Stimmt. Aber du warst oft nicht da«, stellte Christina sachlich fest. »Vorsicht, da ist die kleine Stufe.«

»Hab ich gesehen, danke.« Kati ging weiter. Ihre Schwester hatte recht. Wegen ihrer Arbeit als Bergführerin war sie in den vergangenen Jahren im Sommer wenig zu Hause gewesen. Genau genommen war ihre Wohnung im Haus ihrer Eltern nicht mehr als ein Stützpunkt gewesen, wo sie ihre Sportutensilien lagerte und zur Ruhe kam, wenn sie tatsächlich mal ein paar Tage pausierte. Auch das würde sich jetzt ändern.

»Tante Kati!« Michael musste sie gehört haben. Er tauchte plötzlich weiter hinten im Garten auf und rannte jetzt in Katis Richtung.

»Sei vorsichtig mit deiner Tante!«, rief Christina aus, aber Kati hatte ihre Krücken schon fallen gelassen und die Arme ausgebreitet. Sie liebte ihren Neffen von ganzem Herzen.

Michael wurde langsamer und umarmte seine Tante ganz zart.

»Na, ein wenig mehr halte ich schon aus. Hallo, Lieblingsneffe.« Sie atmete den vertrauten Duft seiner Haare ein, als sie ihren Kopf zu ihm hinunterbeugte. »Lass dich anschauen.« Kati hielt den Jungen auf Armeslänge von sich weg.

»Ich bin dein einziger Neffe«, stellte Michael trocken fest. »Oh, und sag jetzt nicht, dass ich groß geworden bin. Das machen immer alle.«

Kati lachte. »Auf keinen Fall.«

»Dann ist es ja gut.«

»Aber alt bist du geworden«, sagte Kati mit einem Grinsen.

Christina hatte zwischenzeitlich die Krücken aufgehoben. »Hier, nimm, bevor du umkippst.«

»Das passiert nicht. Ich bin schon wieder ganz stabil. Bald kann ich vorsichtig ohne Krücken gehen, und stehen sowieso.« Kati war eigentlich ganz zufrieden mit den Fortschritten, die sie machte, auch wenn sie weit weg davon war, schmerzfrei zu sein.

Vorsichtig gingen sie weiter in Richtung Haus.

»Kati, da bist du ja!« Von der Terrasse her hörte Kati die Stimme ihrer Mutter. »Anton, unser Mädel ist da!«

»Mich ignoriert Mama mal wieder, typisch«, beschwerte sich Christina, aber Kati wusste, dass ihre Schwester es scherzhaft meinte. Die alten Rivalitäten zwischen ihnen waren vorbei, seit Christina ihren Lebenstraum verwirklicht hatte und auf die Fraueninsel gezogen war, um ihre Töpferei zu betreiben.

Früher hatte Christina darunter gelitten, dass ihre Schwester sich den Traum von der Bergsteigerei verwirklicht hatte, während sie selbst das Gefühl gehabt hatte, im Familienbetrieb, einem Lakritzgeschäft im Herzen von Prien, zu versauern.

Michael lief voraus, hinauf zum Haus. »Ich hab eine Überraschung für dich. Eigentlich wir alle!«

Er rannte an seiner Oma vorbei, die längst auf dem Weg in Katis Richtung war, um sie zu umarmen. Auf der Terrasse angekommen, sprang er auf und ab wie ein Flummiball.

»Komm her, Tochter!« Gitti hatte bereits den Arm um Kati gelegt und zog jetzt auch Christina mit dazu. Sie umarmten einander zu dritt, während Michael zusätzlich zum Hüpfen noch begann, in die Hände zu klatschen. Das musste eine aufregende Überraschung sein.

Am Fenster tauchte Anton Rieger auf und winkte. »Servus, Kati, da bist du ja! Setzt euch draußen an den Tisch. Ich hab Kaffeedurst.«

»Komm, na los, ich hab Erdbeertorte gebacken.« Gitti hakte sich bei Christina unter. »Magst du vorausgehen, Kati? Brauchst du Hilfe?«

»Nein, das klappt wunderbar, danke.«

»Ich komm zu euch raus«, rief Anton Rieger vom Haus her. »Ich habe eine neue Sorte Sahnebonbons gemacht, die *müsst* ihr einfach probieren.«

»Bonbons?«, fragte Kati leise in Gittis Richtung.

»Oh ja. Seit er mehr Zeit hat, probiert Anton alles Mögliche aus. Er braucht das, so wie ich meine Rosenschere.« Ihre Mutter lachte leise und Christina grinste breit.

»Tante Kati!« Das war wieder Michael, der drängelte. Sein zweiter Vorname lautete ganz sicher nicht Geduld.

Es war alles wie immer, stellte Kati zufrieden fest: liebevolles familiäres Chaos, alle redeten gleichzeitig, und irgendwie klappte es, dass man sich trotzdem verstand. Hier war sie daheim.

»Netter Vergleich, Mama. Sehr treffend, das mit der Rosenschere«, sagte sie. Die drei Frauen tauschten einen verständigen Blick. Anton hatte sein Lakritzgeschäft mittlerweile seiner Tochter Nelly übergeben, aber die Leidenschaft für die Manufaktur war ihm erhalten geblieben. Er verbrachte noch immer viele Vormittage in der Bonbonküche und half im Geschäft mit. Besonders liebte er es, neue Sorten zu erfinden, und so war es für Kati kein Wunder, dass er sich jetzt zusätzlich zur Lakritzherstellung auch noch dem Kreieren von Bonbons zugewandt hatte. Besonders, weil Nelly seine Liebe zur Materie teilte und sie zu zweit kaum zu überbieten waren.

Langsam, in Katis Tempo, gingen sie auf die Terrasse zu, wo Michael es kaum noch erwarten konnte, seine Überraschung zu präsentieren.

»Nelly ist im Laden«, stellte Kati fest. Es war keine Frage, wenn alle anderen an einem Werktag hier waren, musste es so sein. »Da könnte ich ja später noch vorbeischauen.«

»Klar, ich fahr dich hin«, bot Gitti sofort ihre Hilfe an.

»Vielleicht schaffe ich es zu Fuß. So weit ist es ja nicht.«

»Bist du verrückt, Kind? Mit den Krücken? Das kommt gar nicht infrage!« Gittis Empörung war nicht gespielt.

»Ich möchte wieder mobiler werden. Zumindest eine Wegstrecke möchte ich versuchen. Du kannst mich ja dann abholen.« Kati hatte schon im Krankenhaus damit begonnen, ihre Wege zu Fuß zurückzulegen. Sie wollte nicht zu sehr körperlich abbauen und mittlerweile konnte sie schon wieder kleine Strecken schaffen. Jetzt überwand sie die Treppenstufen, hinauf auf die Terrasse. Besonders machte ihr noch immer die Unsicherheit zu schaffen, die sie aufgrund der gerissenen Bänder spürte. Es fehlte an Stabilität im Knie und das würde wohl auch die Reha nicht ganz revidieren können.

»Hallo, meine Schöne.« Anton Rieger stand in der Terrassentür. Jetzt kam er herüber und auch er umarmte seine Tochter. So viele Umarmungen, dachte Kati.

»Möchtest du erst mal einen Kaffee trinken oder die Überraschung sehen?« Michael machte große Augen.

Kati schaute sehnsüchtig in Richtung der Erdbeertorte, die ihre Mutter in der Mitte des Gartentischs aufgestellt hatte, aber sie wollte ihren Neffen keinesfalls enttäuschen.

»Natürlich die Überraschung!«

»Jaaa!« Er sprang erneut auf und ab wie ein Flummi. Dann bedeutete er Kati, ihm ins Haus zu folgen. Sie gingen durch das große Wohnzimmer. Langsam hatte Kati eine Ahnung. Michael lief nämlich in Richtung seines großen Spielzimmers, das an das Wohnzimmer angrenzte. Er hatte früher, als er jünger gewesen war, so viel Zeit bei den Großeltern verbracht, dass sie ihm einen Raum für sein Lego und den Chemiebaukasten hergerichtet hatten. Bestimmt war Michael mal wieder ein Bauwerk gelungen, oder er hatte einen chemischen Versuch gemacht, der ihrer Aufmerksamkeit bedurfte.

Vor der geschlossenen Tür zu seinem Zimmer blieb Michael stehen. »So, Tante Kati, bist du bereit?«

»Sehr bereit.«

Michael nickte. Sein Gesicht verriet heiligen Ernst. »Et voilà!«, rief er. Seit diesem Schuljahr hatte er Französisch in der Schule, und er liebte es, eine zweite Fremdsprache zu erlernen. Dann machte er die Tür ganz weit auf.

»Ach, du meine Güte.« Kati machte unter Zuhilfenahme ihrer Krücken zwei große Schritte auf die

Tür zu. Der Raum war nicht wiederzuerkennen. An der einen Wand war eine große Bildtapete mit der Kampenwand angebracht worden, gegenüber stand ein Bett, genau genommen das Bett, das normalerweise in ihrer kleinen Wohnung im Souterrain ihres Elternhauses stand. Kati lebte in ihrem Elternhaus in einer eigenen Wohnung, eben im Souterrain, wenn sie mal zu Hause war, was ohnehin nicht zu oft der Fall war. Deshalb hatte sie nie Ambitionen gehabt, offiziell auszuziehen.

Am Bett stand ein kleiner Nachttisch und darauf, wie sollte es anders sein, eine Vase mit Rosen. Außerdem gab es einen Kleiderschrank und eine kleine Sitzgruppe.

»Das sieht ein wenig aus wie ein Luxuskrankenzimmer«, sagte Kati. Sie war überrascht, was ihre Familie auf die Beine gestellt hatte. Zugegebenermaßen hatte sie ein wenig Angst vor der langen, engen Treppe ins Souterrain hinunter gehabt.

»Ich hab dir mein Zimmer geschenkt«, verkündete Michael, der noch immer im Türrahmen stand, stolz.

»Ehrlich?« Kati war gerührt. Sie humpelte vorsichtig in den Raum.

»Ganz ehrlich. Und ich hab die Tapete ausgesucht. Magst du die Tapete?«

»Michael, sie ist großartig, einfach großartig«, antwortete Kati. Außerdem tat die Tapete weh.

Aber das sagte Kati nicht dazu. Normalerweise machte sie mehrmals im Jahr eine Kampenwand-Überschreitung mit einer Gruppe. In diesem Jahr würde es nicht dazu kommen. Und ob es im nächsten Jahr passieren würde, war unklar. Trotzdem würde Kati sich hüten und ihrem Neffen die Begeisterung nehmen – noch dazu, weil er extra für sie sein Zimmer aufgegeben hatte.

»Ich dank dir, das habt ihr alle ganz toll gemacht.« Es war ein heller, freundlicher Raum mit Blick in den Garten, ein Ort, an dem man gesund werden konnte.

»Na, wie gefällt dir das Zimmer?« Anton Rieger steckte den Kopf zur Tür herein. »Ich hoffe, du findest es nicht übergriffig, dass wir dir hier oben ein Plätzchen zurechtgemacht haben.«

»So ein Schmarren«, antwortete Kati. »Natürlich nicht. Ich bin ja froh, dass ich die Reha ambulant machen kann und hier bei euch sein darf. Das Zimmer ist wunderschön geworden!«

Sogar neue Vorhänge hingen vor den Fenstern, sah sie. Ein zarter Blauton, der das Fenster wunderschön umrahmte und mit dem blauen Himmel, der heute den Horizont schmückte, perfekt harmonierte.

»Du musst natürlich noch deine persönliche Note reinbringen«, stellte Gitti fest. Auch sie war im Türrahmen aufgetaucht. »Ich helfe dir gern. Vielleicht magst du ein paar kleine Rosenstöcke auf dem Fensterbrett?«

»Mama, das wäre dann eher *deine* persönliche Note!« Christina drängte sich mit Katis Reisetasche in der einen und ihrem großen Tourenrucksack in der anderen Hand am Rest der Familie vorbei ins Zimmer. »Ich muss das abstellen, der Rucksack wiegt eine Tonne. Was hast du da denn alles drin?«

»Oh, nichts, was ich so schnell bräuchte.« Kati setzte sich auf die Bettkante, um kurz auszuruhen und sich ein weiteres Mal in Ruhe umzusehen. »Schön. Das ist echt ein schöner Raum«, lenkte sie von ihrem letzten Satz ab. Sie wollte nicht an Kletterseile, Steigeisen und schwere Bergstiefel denken, und trotzdem waren all diese Dinge so sehr mit ihrem Leben verankert, dass sie immer wieder vor ihrem inneren Auge auftauchten, einfach weil sie Katis Leben waren. *Gewesen* waren, korrigierte sie sich innerlich. Dann zwang sie sich zu einem Lächeln für ihre Familie, die extra ein Zimmer für sie renoviert hatte. Es roch sogar noch nach der Farbe.

»Vielen Dank euch allen für die Mühe.« Sie warf einen weiteren Blick durch den Raum. »Oh!«

Der Nachttisch war ein besonderes Schmuckstück und bestand aus einer dicken Baumscheibe, die kunstvoll bearbeitet war. Man sah jeden einzelnen Jahresring. »Den hat Quirin gemacht, oder?«

»Natürlich.« Christina lachte. »Ist super geworden, oder?«

Quirin war Nellys Lebensgefährte, und wenn er nicht als Segellehrer auf dem Chiemsee unterwegs war, arbeitete er mit Holz und fertigte besondere Möbelstücke an.

»Absolut. Mensch, ich kann es kaum erwarten, auch Nelly und Quirin wiederzusehen.« Darauf freute sie sich wirklich.

»Können wir jetzt vielleicht mal Torte essen?« Anton Rieger trat zu ihnen und klopfte sich auf den Bauch. »Ich hab Hunger.«

»Klingt vernünftig, würde ich meinen«, sagte Michael in gestelztem Ton, der typisch war für den Jungen, der immer ein wenig anders als andere Kinder seines Alters dachte und sprach.

»Na dann, komm. Ich hab dir schon einen Kakao gemacht.« Gitti legte den Arm um die Schultern ihres Enkels.

»Sehr gut. Mit Marshmallow?«

»Mit einem einzigen Marshmallow, genau wie du es magst«, lachte Gitti.

»Prima.« Alle gingen in Richtung Terrasse. Christina blieb mit Kati zurück. Deren Blick war ein weiteres Mal zur Kampenwand gewandert. Wie schön sie aussah!

»Wir könnten doch auch mal mit der Bahn hochfahren«, schlug Christina leise vor.

»Mit der Bahn?« Kati runzelte die Stirn. Nichts gegen Bergbahnen, aber sie war eine Sportlerin. Niemals wäre sie selbst mit der Bahn auf einen aus ihrer Sicht eher kleinen Berg wie die Kampenwand gefahren, jedenfalls nicht unter normalen Bedingungen. Die Schärfe in ihrem Ton war nicht zu überhören.

»Sorry, Christina. Ich bin noch nicht damit fertig, mich umzugewöhnen«, sagte sie beschwichtigend.

»Schon gut. Ich kann dich ja verstehen. Wenn du mich zum Reden oder als Fahrerin brauchst – du weißt ja, wo du mich findest.«

»Ja, danke.« Kati mühte sich zu lächeln. Sie würde sich keinesfalls der depressiven Stimmung ergeben, die sich immer mal wieder aufdrängte.

»Kommst du auch raus auf die Terrasse?«, fragte Christina.

»Ja, gleich. Gib mir nur eine Sekunde.«

»Gut, bis gleich.«

Als Kati allein war, holte sie ihr Handy aus der Tasche ihrer Jeansjacke. Paolo und Fabian hatten ihr geschrieben! Sie lächelte. Dann öffnete sie zuerst die Nachricht von Fabian. Das Beste hob sie sich immer für den Schluss auf.

Wie geht es dir? Melde dich mal, ja? Ich will mir schließlich nicht umsonst Sorgen machen! Dazu hatte er ihr einen Smiley geschickt. Wie schön, dass Fabian an sie dachte!

Kati klickte sich ungeduldig weiter zu Paolos Nachricht: ein Panoramafoto vom Gipfel des Matterhorns, ohne Text. Kati schluckte schwer. Sie steckte das Handy zurück in ihre Jackentasche. Paolo hatte sie nur ein weiteres Mal im Krankenhaus besucht. Ansonsten hatte er ihre gemeinsam geplanten Touren mit Gästen alleine abgearbeitet. Das hatte Kati verstanden, aber trotzdem hätte sie sich mehr Fürsorge von ihm gewünscht.

Dennoch gab sie sich jetzt einen Ruck, es war nicht der Moment für Traurigkeit. Es war Zeit für Erdbeertorte, dachte sie. Erdbeertorte. Sie zwang sich, aus dem Raum zu gehen. Sie zwang sich, sich dem Stimmengewirr auf der Terrasse und dem Lachen ihrer Mutter zuzuwenden, sie zwang sich, den Duft der Gartenrosen bewusst einzuatmen, und als sie auf die Terrasse hinaustrat, zwang sie sich, die Tränen, die hinter ihren Augenlidern brannten, einfach wegzulächeln.

Zwei Stücke Erdbeertorte später lag Kati in ihrem Bett, in ihrem neuen Zimmer. Von draußen hörte sie immer mal wieder Schritte, die an dem Raum vorbeigingen, leise Stimmen und Michaels laute, der daraufhin zischelnd ermahnt wurde. Kati spürte die Anstrengungen des Tages. Ihr Oberkörper fühlte sich seltsam verspannt an, vermutlich wegen der Krücken. Sie streckte die Arme über dem Kopf aus, versuchte, die Muskeln zu dehnen. Es half nicht viel. Morgen würde sie erfahren, ob sie das Knie wieder belasten und ohne Krücken laufen durfte. Sie würde in Bernau eine Reha-Maßnahme beginnen. Es gab dort eine Klinik, vom See nur durch eine Straße und einen Spielplatz getrennt, und Kati konnte es kaum erwarten, endlich in Behandlung dort zu kommen. Ihr Gefühl war, dass ihre Muskulatur in den letzten Wochen abgebaut hatte. Sie fühlte sich alt und unbeweglich, noch etwas, das dazu beitrug, dass sie immer wieder mit ihrer Stimmung zu kämpfen hatte. Kati seufzte, dehnte ihren Oberkörper ein weiteres Mal, indem sie ihre Arme weit über den Kopf streckte. Sie griff nach dem Handy auf ihrem Nachttisch und warf einen Blick darauf. Keine Nachricht von Paolo. Sicher war er noch im Abstieg vom Matterhorn. Mit Gästen dauerte es länger als allein, Kati verstand das schon. Trotzdem vermisste sie ihn gerade. Sie wünschte sich jemanden, in dessen Arme sie sich schmiegen konnte.

Sie schloss die Augen.

Als es an ihre Zimmertür klopfte, schreckte sie hoch.

»Ja?«, rief sie ganz automatisch. Sie fuhr sich durch die Haare, die sie im Nacken zu einem einfachen Pferdeschwanz zusammengefasst hatte.

Als die Tür sich öffnete und Kati sah, wer da zu ihr kam, richtete sie sich im Bett auf.

»Frau Maria? Mit Ihnen hätte ich wirklich überhaupt nicht gerechnet.«

»Ebenfalls einen guten Tag, mein Kind. Mit mir muss man immer rechnen!« Frau Maria war Nonne und lebte im Kloster auf der Fraueninsel. Sie war nicht mit »Schwester« anzusprechen, sondern mit »Frau«. Das war bei ihrem Orden üblich. Maria war so was wie eine Nachbarin von Katis Schwester. Frauenchiemsee war so klein, dass alle Menschen einander nachbarschaftlich verbunden waren, wobei Frau Maria und Christina mittlerweile wohl eher als Freundinnen denn als Nachbarinnen zu bezeichnen waren.

Jetzt trat Frau Maria mit festen Schritten ins Zimmer, schnappte sich einen Stuhl und setzte sich an Katis Bett. »Bleib liegen, meine Liebe. Du musst dich ausruhen.«

Ihrem dominanten Ton würde Kati nicht widersprechen, aber sie musste grinsen. Maria war eine wunderbare Frau.

»Sind Sie extra wegen mir aufs Festland gekommen?«

»Natürlich.« Maria tätschelte Kati die Hand. »Oh, ich habe auch etwas mitgebracht, wie sich das für einen ordentlichen Krankenbesuch gehört.«

»Ich bin nicht krank.«

»Natürlich nicht. Aber eben auch nicht ganz heile, nicht wahr?«

Maria öffnete den Reißverschluss ihrer Tasche, die sie sich beim Hinsetzen auf den Schoß gestellt hatte. Die Ordensschwester brachte ein großes Stück Marzipan mit einem Fischornament zutage und reichte es Kati.

»Das muss in den nächsten paar Tagen gegessen werden«, verlangte die Nonne.

»Warum, wird das Marzipan sonst schlecht?«

»Selbstverständlich nicht!«, rief sie. »Aber du siehst aus wie ein kleines Vögelchen in diesem Bett. Wie viel hast du seit dem Unfall abgenommen, hm?«

Zugegeben, Kati hatte nicht viel gegessen. Die Krankenhausküche, die Sorge um ihre Zukunft, die Schmerzen – nichts hatte geholfen, ordentlichen Hunger zu entwickeln.

»Vermutlich zu viel.«

»Eben. Und schau mal, was ich hier noch habe.« Die Klosterfrau hatte erneut in ihre Tasche gelangt. Jetzt präsentierte sie Kati eine Flasche Kräuterlikör. »Du wirst sehen, der bringt dich wieder auf die Beine.«

»Na hoffentlich. Meine Beine wollen in letzter Zeit so gar nicht wie ich.« Kati griff nach der Flasche und las das Etikett. »Halbbitter. Wie ich.«

»Na, na, na! Jetzt reiß dich mal zusammen!« Der rügende Ton von Frau Maria ließ Kati aufhorchen.

»Wie bitte?«

»Ich würde mal denken, dass der liebe Gott durchaus seine Hand über dich gehalten hat bei deinem Unfall.«

»Hat er?« Kati hob die Augenbrauen. Aber dann bat Frau Maria sie, ihr alles zu erzählen, und im Gespräch mit der Nonne wurde ihr klar, dass sie darüber, dass sie Glück gehabt haben könnte, noch keine Sekunde nachgedacht hatte, vielmehr hatte sie ständig damit zu kämpfen gehabt, nicht zu sehr mit ihrem Unfall zu hadern.

»Christina hat gesagt, das hier ist deine erste richtige Sportverletzung?«

Kati nickte. »Stimmt.«

»Das bedeutet, du warst viele Jahre lang verletzungsfrei, richtig?«, fragte Frau Maria nach.

»Ja, das stimmt wohl auch.«

»Gut. Und dann bist du in diese Spalte gefallen, richtig? Eine Längsspalte, was ein sehr ungewöhnlicher Spaltensturz ist.«

Kati horchte auf. »Kennen Sie sich mit Gletschern aus?«

Die Ordensfrau lachte und schüttelte den Kopf. »Oh nein. Mein Feld ist eher der Klostergarten mit seinen Kräutern. Aber ich habe mich informiert, bevor ich hierhergekommen bin.«

Kati stellte die Flasche mit dem Kräuterlikör zurück auf den Tisch, den ihr Fast-Schwager geschreinert hatte.

»Also, wo war ich?«, fragte Frau Maria.

»Sie waren bei der Längsspalte und ungewöhnlichen Stürzen«, half Kati ihr auf die Sprünge.

»Ach ja. Schau mal, du bist mit einer Knieverletzung aus der Spalte gerettet worden, oder? Die Gehirnerschütterung war kaum der Rede wert, ich glaube, das sehen wir beide ähnlich, nicht wahr?«

Kati nickte zögerlich. Ja, ihr hatte ordentlich der Schädel gedröhnt, aber wirklich schwerwiegend war die Gehirnerschütterung nicht gewesen.

»Dein Bein – du wirst wieder laufen können, oder?«

»Natürlich.«

»*Natürlich* sagst du, als ob das nicht ganz großartig wäre! Laufen, meine Güte!« Frau Maria warf theatralisch die Arme in die Luft. »Es gibt Menschen, die dich sehr um diese Fähigkeit beneiden.«

»Ja schon, aber ...«

»Ich glaube nicht, dass es da ein Aber gibt.«

Kati wurde langsam wütend auf die Nonne. Aber wie sollte eine Frau, die ihr Leben auf einer winzigen Insel zubrachte, sie auch verstehen können, dachte sie bei sich. Das Leben im Kloster beschränkte den Horizont doch ganz gewaltig.

»Ich glaube nicht, dass Sie mich verstehen können«, sagte sie.

»Nein? Weil ich eine alte Frau bin, die zudem seit vielen Jahren innerhalb dicker Mauern lebt?«

Kati fühlte sich ertappt. Sie schaute auf ihre Hände, die sie fest ineinander verschränkt auf die Bettdecke gelegt hatte.

»Möglicherweise«, gab sie widerwillig zu.

Frau Maria lachte leise. »Meine Freiheit liegt woanders als die deine, denke ich.«

Kati verstand nicht, was die Frau ihr sagen wollte und das erkannte Frau Maria sofort.

»Nun ja, sieh mal. Meine Gedanken sind frei. Ich kann wählen, wo ich lebe, und denken, was ich möchte. Das empfinde ich als sehr erfüllend, während du offensichtlich die Ferne mit Freiheit gleichsetzt.« Es war typisch für die Nonne, dass sie sich nicht lange mit Small Talk aufhielt, und eigentlich war das eine Eigenschaft, die Kati schon so manches Mal an ihr bewundert hatte, wenn sie bei ihrer Schwester auf der Fraueninsel zu Besuch gewesen war. Heute allerdings, wo es um sie selbst ging, wusste sie nicht recht, ob ihr die direkte Art der Nonne gefiel.

»Nicht die Ferne empfinde ich als Freiheit«, korrigierte Kati die Nonne jetzt. »Aber die Berge.«

»Dann eben die Berge. Aber meinst du nicht, es könnte auch eine Art Flucht sein, wenn du immer hinauf auf irgendwelche Gipfel rennen musst, um dich frei zu fühlen?«

»Es ist mein Beruf.« Langsam ging Kati das Gespräch zu weit. »Außerdem – waren Sie schon mal auf einem Berg?«

Die Ordensfrau wirkte empört. »Selbstverständlich! Was ist das denn für eine Frage! Und es war sehr schön dort, das möchte ich nicht leugnen.«

»Sehen Sie!«

»Aber das schließt nicht aus, dass ich noch andere Dinge in meinem Leben wirklich mag: meine Kräuter, einen Nachmittag mit deinem Neffen beim Schach, die morgendliche Andacht oder einen schönen Sonnenaufgang.«

»Ja, natürlich«, antwortete Kati. Aber das alles

wirkte im Licht des Fotos, das Paolo ihr vorhin vom Matterhorn aus geschickt hatte, eher blass. Ganz nett, dachte Kati, das traf es, während die Besteigung eines hohen Gipfels sich für sie immer perfekt angefühlt hatte. Allein wie sie auf dem Großvenediger gestanden hatte, kurz vor ihrem Unfall, dieses ruhige Glücksgefühl, das konnte ihr nichts sonst auf der Welt bieten, da war sie sicher.

»Du glaubst mir nicht«, stellte die Nonne fest. »Oder sagen wir so: Du denkst, ich habe zwar schon irgendwie recht, aber auf dich trifft das nicht zu.«

Kati spürte, wie ihr die Tränen kamen – schon wieder. War es ihr vorhin am Kaffeetisch gelungen, sie zurückzuhalten, wollte es ihr bei Frau Maria nicht gelingen.

»Es ist halt so, dass mein ganzes Leben gerade eine Kehrtwende macht.«

»Das versteh ich. Aber gib diesem Leben doch einfach Zeit, sich neu zu entfalten.« Frau Maria holte Taschentücher aus ihrer Handtasche und reichte sie Kati.

Kati nickte und wischte sich das Gesicht trocken. Aber die Tränen hörten nicht so einfach auf zu fließen. Ihre Kehle war wie zugeschnürt, sie konnte nicht sprechen.

»Na komm, meine Liebe. Vor uns liegt der Sommer! Lass ihn dir nicht nehmen, hm?«

Frau Maria hatte ihre Hand auf Katis Unterarm gelegt, ganz ruhig und faltig und tröstlich lag sie da, und seltsamerweise versiegten Katis Tränen. Sie schaute aus dem Fenster. Bunte Rosen bewegten sich leicht im Wind. Das Licht draußen färbte sich schon orange, es ging gegen Abend. Kati hatte länger geschlafen als angenommen.

»Ich weiß, dass Sie recht haben«, sagte sie zu Maria. »Aber ich werde noch ein wenig brauchen, bis ich akzeptieren kann, was mir passiert ist.«

Die Nonne nickte. »Natürlich. Und das hier ist der Anfang. Vergiss bitte nicht, dein Marzipan zu essen, ja?« Sie stand auf. »Ich muss langsam eh wieder los. Christina nimmt mich mit dem Boot mit zurück. Ist das nicht nett?«

Wie die meisten Insulaner hatte auch Katis Schwester ein eigenes kleines Boot mit Außenbordmotor.

»Fährt Michael auch mit?«

»Nein, der schläft heute hier und geht dann von hier aus in die Schule, soweit ich weiß.« Maria schloss den Reißverschluss ihrer Handtasche und hängte sie sich um.

»Ah, gut.« Kati fasste einen Entschluss. Sie schlug ihre Bettdecke zurück und langte nach den Krücken, die am seitlichen Kopfende ihres Bettes lehnten.

»Warum ist das gut?«, wollte Maria wissen.

»Weil ich dann den Spätnachmittag mit ihm beim Schach verbringen werde. Das soll glücklich machen, hat mir eine weise Frau gesagt.« Kati wusste nicht, wann genau das passiert war, aber sie merkte, dass ihre Tränen versiegt waren und das zerknüllte Taschentuch neben ihr auf dem Bett lag.

Schwester Maria grinste. »Das ist mein Mädchen! Genau so geht es.«

Kati lachte und die Klosterschwester stimmte mit ein.

»Danke, dass Sie hergekommen sind. Ich verspreche Ihnen, dass ich versuchen werde, auf mich aufzupassen.«

Maria griff sich an das unauffällige Kreuz, das sie um den Hals trug. »Ich wünsche dir auf jeden Fall viel Glück. Du wirst es brauchen, wenn du gegen Michael gewinnen willst. Er ist ein hervorragender Schachspieler.«

Mit diesen Worten verließ die Nonne zügig Katis Zimmer, als wäre das Gespräch, das sie gerade noch geführt hatten, ganz normal und nichts Besonderes.

4. Kapitel

»Du siehst super aus, mein Schatz!« Gitti lächelte ihre Tochter an.

»Findest du?« Kati hatte zum ersten Mal seit ihrer Operation ein Kleid an. Es war knielang und verbarg nur knapp die frischen Narben. Aber es war ein warmer Tag, das Kleid fröhlich geblümt und, wie Kati fand, dem Anlass angemessen. Paolo hatte nämlich frei, und heute würde er nach Prien kommen, um sie zu besuchen.

»Ja, das dunkle Rot steht dir hervorragend.«

»Finde ich auch.« Anton Rieger biss in einen Apfel, den er sich aus der Küche mitgebracht hatte. »Du solltest viel öfter Kleider tragen. Ich mag es, wenn du so feminin aussiehst.«

Kati verdrehte die Augen. »Papa!«

»Na, ich werde ja wohl noch sagen dürfen, was ich denke.« Er zuckte mit den Schultern.

»Na dann. Danke für das Kompliment.« Kati fand sich ja auch schön. Sie trug Sandalen und brauchte jetzt, eine Woche nach Beginn der Reha, die sie ambulant in Bernau absolvierte, auch keine Krücken mehr zur Unterstützung. Ein wenig humpelte sie noch, aber dank ihrer Disziplin und Unermüdlichkeit war der Physiotherapeut sehr zufrieden mit ihr. Mittlerweile machte sie sogar schon die ersten kleinen Spaziergänge, und genau das würde sie Paolo nachher zeigen, wenn er kam.

»Kommt Paolo hierher? Nelly würde ihn nämlich gern kennenlernen, und sie meinte, sie käme dann vielleicht zum Kaffee dazu.«

Nelly hatte Paolo nie getroffen. Er war erst ein einziges Mal hier in Prien bei Kati gewesen und das lag schon ein wenig zurück. Damals, im Advent, war es außergewöhnlich kalt gewesen und im Chiemgau waren die Wasserfälle zugefroren, sodass Paolo zum Eisklettern gekommen war. Bei dieser Gelegenheit hatte er fast die ganze Familie kennengelernt. Alle außer Nelly und Quirin. Das lag vor allem daran, dass Nelly in der Vorweihnachtszeit im Laden extrem eingespannt war. Das Weihnachtspäckchen, das die *Süße Liebe*, wie das Lakritzgeschäft hieß, neuerdings anbot, war heiß begehrt und wurde mittlerweile von vielen Kunden vorbestellt. Darin befand sich nicht nur der köstliche Lakritzlikör, nein, auch eine Überraschungskreation, die sich exklusiv in diesem hübschen Päckchen befand, war überaus beliebt. Allerdings bedeutete die neue Geschäftsidee, dass Nelly noch mehr arbeitete als sonst und keine Zeit für ein Treffen mit Paolo gehabt hatte.

Zwar hätte Kati ihn zu gern mitgenommen in den Laden, aber der Fokus hatte klar auf dem Eisklettern gelegen und sie wollten die kalten Tage gemeinsam ausnutzen. Das Geschäft, tröstete Kati sich, würden sie auch ein anderes Mal anschauen können. Dann, am letzten Tag von Paolos Aufenthalt, an dem ein Essen mit der ganzen Familie stattfinden sollte, hatte er einen Anruf aus Südtirol bekommen. Er sollte eine Skitour auf den Schneebiger Nock führen und war überraschend noch am selben Tag abgereist. Das war der Preis des Bergführer-Jobs: Wenn die Arbeit rief, folgte man ihr und diese spezielle Buchung wurde sehr gut bezahlt.

Zum Glück würde heute das schöne Essen endlich nachgeholt werden. »Na klar soll Nelly dazukommen! Ich freu mich schon total auf sie.«

Sie war seit ihrer Rückkehr in die Heimat nur ein einziges Mal auf Nelly getroffen, als die kurz auf einen Kaffee vorbeigekommen war. Neuerdings hatte Nelly auf dem Bauernhof, wo auch Quirin lebte, ein Pferd und hatte Kati natürlich schon zu sich eingeladen, um Sternenschweif zu treffen.

»Ja, Sternenschweif, so heißt er nun mal!«, war Nellys Antwort auf Katis Gelächter wegen des

Namens gewesen. Sie hatte erklärt, dass das Pferd von der vorherigen Besitzerin Sternenschweif genannt worden war und sie es nicht einfach umbenennen wollte. Schließlich, so argumentierte sie, würde sie auch nicht von einem Tag auf den anderen plötzlich Annegret statt Nelly heißen wollen.

»Wir freuen uns alle auf sie«, sagte Gitti. »Man kriegt das Mädchen kaum zu Gesicht, weil dein Vater sie ständig nur arbeiten lässt.«

»Also bitte!«, nuschelte Anton, den Mund noch voll Apfel. »Ich seh Nelly ziemlich oft.«

»Im Geschäft. Genau.« Gitti lächelte ihrem Mann zu. »Aber so seid ihr zwei eben. Ich würde das Mädchen nur auch gern ab und zu mal sehen.«

Gitti und Nelly hatten ein liebevolles Verhältnis zueinander, obwohl Nelly nicht ihre Tochter war. Nelly war vorletztes Jahr im Laden aufgetaucht, und es hatte sich herausgestellt, dass sie die Tochter von Anton Riegers Jugendliebe war. Gitti, warmherzig, wie sie war, schloss Nelly damals sofort in ihr großes Herz.

»Heute siehst du sie ja.« Katis Vater küsste Gitti auf die Wange.

»Bah! Der war klebrig.« Lachend wischte Gitti sich mit dem Handrücken übers Gesicht. Dann wandte sie sich wieder an Kati. »Wann kommt Paolo?«

»Er sollte jeden Moment hier sein. Ich setz mich noch einen Moment zu euch auf die Terrasse. Es scheint so schön die Sonne heute.«

»Mach das. Möchtest du was trinken?«

Kati schüttelte den Kopf. »Nein danke, Mama. Ich wollte mit Paolo einen Spaziergang ans Seeufer machen und dort einen Kaffee trinken oder so. Außerdem kann ich das jetzt ohne die Krücken auch schon wieder super selber schaffen.«

»Ist gut. Dann geh ich mal los und kümmere mich um die Stockrose neben der Haustür.«

»Mach das.« Kati war immer wieder erstaunt, wie viel Zeit ihre Mutter freiwillig in den Garten steckte.

»Dann mach ich das Dessert für heute Abend, okay? Es gibt Erdbeer-Tiramisu.« Anton Rieger rieb sich die Hände. Er war selbst der größte Fan seines Rezepts. Schon verschwand er in Richtung Küche.

Die Sonne schien herrlich, Kati genoss die Wärme auf ihrer Haut und schloss die Augen. Doch Sekunden später machte sie sie wieder auf. Es war aufregend, dass Paolo kam. Sie stand auf und ging langsam in Richtung Gartentor. Keine Minute mit Paolo wollte sie verpassen. Er war eh schon spät dran. Eine dicke Hummel flog ganz dicht an Kati vorbei und landete schwerfällig in einer rosafarbenen, riesigen Rosenblüte. Das Bild war so niedlich, dass Kati ihr Handy hervorholte und ein Foto schoss. Sie stutzte, als sie sah, dass eine Kurznachricht von Paolo eingegangen war. Anscheinend hatte sie den Signalton nicht gehört.

Cara, ich komme erst am Abend. Das Wetter,
die Zellerwand, es hat sich da was Einmaliges
mit einem Bergführer aus Prien ergeben.
Küsse, Paolo.

Kati schaute auf die Hummel, die zufrieden vor sich hin brummelte, und schluckte schwer. Die Zellerwand war ein Klettergebiet in Richtung Schleching, das bei örtlichen Kletterern sehr beliebt war. Es gab dort auch einen kleinen See zu Füßen der Wand, in dem man nach dem Klettern baden konnte, und die malerische Landschaft, die die Felswand umrahmte, tat ihr Übriges. Natürlich war es großartig, dort zu klettern.

Kati las Paolos Nachricht erneut, seine wenigen hingeworfenen Worte. *Cara*, ja, *Cara* hatte er geschrieben, aber dann behandelte er sie so, als ob sie nicht wirklich sein Liebling wäre. Plötzlich war Kati kalt. Eine Gänsehaut überzog ihre Haut und die Wärme der Sonne konnte nichts dagegen ausrichten. Sie schluckte. Er war zum Klettern gegangen.

Langsam ging Kati weiter in Richtung Gartentor. Ihr Herz schlug einen seltsamen Takt, sie wünschte, sie hätte einen Pullover gehabt. Aber sie hatte keinen. Sollte sie zurück ins Haus gehen? Nein. Ihre Familie würde Fragen stellen, die sie nicht beantworten wollte. Sie musste erst selbst herausfinden, wie sie es fand, dass Paolo zum Klettern gegangen war. Sekunden später schalt sie sich eine blöde Kuh. Schließlich kam er! Er würde nur ein paar Stunden später ankommen, was war da das Problem?

Kati holte ihr Handy, das sie vorhin achtlos in ihre Umhängetasche hatte gleiten lassen, wieder hervor.

Ist gut. Mach es dir schön. Dann sehen wir uns gegen achtzehn Uhr zum Abendessen.

Es kam keine Antwort, nicht einmal ein Häkchen, das Kati verriet, dass ihre Nachricht gelesen worden war. Aus Erfahrung wusste sie, dass der Empfang bei der Zellerwand nicht der beste war. Hoffentlich würde Paolo ihre Nachricht rechtzeitig sehen!

Sie nahm einen tiefen Atemzug. Das war doch alles gar nicht so schlimm. Paolo käme später, keine große Sache, ermahnte sie sich selbst erneut. Sie schaute die Straße entlang, nach links und nach rechts, nachdem sie durch das Gartentor hinausgetreten war. Wohin sollte sie gehen?

Dann entschied sie sich dafür, Fabian zu besuchen. Er wohnte nur ein paar Straßen weiter, und heute, am Samstag, war die Chance, dass er daheim war, relativ groß.

In ihrer Kindheit war sie oft bei Fabian zu Hause gewesen. Bei ihm im Garten gab es ein Baumhaus, um das alle Nachbarskinder ihn glühend beneideten. Stundenlang hatten Kati und er da oben gesessen und Kirschkerne zum Fenster hinausgespuckt.

Jetzt allerdings war sie seit einer ganzen Weile nicht mehr dort gewesen. Kati rechnete kurz im Kopf nach. Tatsächlich, es waren drei Jahre vergangen. Zuletzt war sie zu seinem Geburtstag dort gewesen. Fabian lebte im ersten Stock seines Elternhauses, in der Wohnung, die zuvor seine Großmutter bewohnt hatte. Allerdings war die alte Dame vor fünf Jahren verstorben und Fabian war eingezogen. Er sagte, er mochte es, an sie erinnert zu werden, als wären die Räume von ihrem Andenken erfüllt. Seine Eltern hatten viel in ihrem eigenen Sportstudio gearbeitet, sodass Fabian als Kind viel Zeit bei seiner Oma verbracht hatte.

Ob es wohl das Baumhaus noch gab? Sie konnte sich nicht erinnern, bei der Geburtstagsparty von

Fabian darauf geachtet zu haben. Warum eigentlich nicht?

Da war es schon, das hübsche Zweifamilienhaus mit den dunkelgrünen Fensterläden. Jetzt war sie nicht mehr so sicher, ob ihr plötzliches Auftauchen nicht doch aufdringlich war. Vielleicht sollte sie einfach wieder gehen.

Da klingelte hinter ihr eine Fahrradglocke. »Hey! Wen haben wir denn da?«

Kati drehte sich um – und da war Fabian. »Hallo, Fabi.«

»Du hier? Was treibt dich in meine Gegend?«

Fabian stieg vom Rad. Er hatte einen Anhänger hinten an das Rad angekoppelt, darauf lag ein Stand-up-Paddelboard.

»Ich dachte, ich schau mal vorbei.« Sie fügte den entscheidenden Teil nicht mit hinzu, nämlich dass sie hergekommen war, weil sie sich irgendwie von Paolo verletzt fühlte und Ablenkung brauchte.

»Wie schön! Mensch, das freut mich. Lass mich nur eben das Brett aufräumen, dann mache ich uns eine Eisschoki!«

Erst jetzt realisierte Kati, dass sie nicht mehr fror. Vielleicht war es der Spaziergang, vielleicht die Sonne, in jedem Fall war ihr angenehm warm.

»Gerne. Danke.«

»Ich muss aber in einer Stunde wieder los. Ich hab noch was vor.«

»Was vor, hm?«, stichelte sie wie in alten Tagen.

»Nicht das, was du denkst.« Fabian grinste. Er hatte das Garagentor geöffnet und hängte jetzt das Paddelbrett an die Wand, vorsichtig, damit er nicht sein Auto streifte.

»Nein? Was denke ich denn?«, stichelte sie weiter. Fabian hatte um sein Liebesleben immer ein großes Geheimnis gemacht und nur vielsagend gegrinst, wenn Kati ihn nach Details gefragt hatte.

Fabian kam wieder aus der Garage, aus der Kati ein kühler Luftzug entgegenwehte. Er koppelte den Anhänger ab und schob ihn an die Seite.

»Komm mit, das Fahrrad parke ich immer hinter dem Haus«, sagte er.

»Alles klar. Ich wollte eh wissen, ob es das Baumhaus noch gibt.«

»Natürlich gibt es das noch!« Fabian schob das Rad mit der linken Hand. »Also ehrlich, als ob ich das je aufgeben würde. Es gibt keinen besseren Platz, wenn man mal in Ruhe ein Buch lesen möchte.«

»Oder Kirschen essen.«

»Sehr richtig.« Fabian lächelte Kati an. »Dann erinnerst du dich also auch noch daran.«

»Natürlich. Das ist ein Stück Jugend.« Das Baumhaus kam in Sicht. Es hatte zwischenzeitlich einen neuen Anstrich bekommen. »Wow. Perfekt gepflegt.«

»Aber sicher! Wenn ich mal eine richtig tolle Frau kennenlerne, dann führe ich sie in mein Baumhaus aus. Und bis dahin bleibt es mein Rückzugsort.« Fabian ging auf einen kleinen Schuppen zu, öffnete die Tür und brachte sein Rad hinein.

»Komm mit.«

Als Kati sich in Richtung Haus wandte, sah sie eine weitere Neuerung: Seitlich führte jetzt eine Treppe vom Garten aus hinauf auf den Balkon. Fabian hatte schon die ersten Stufen überwunden.

»Die Treppe kenne ich auch noch nicht«, sagte Kati.

»Das haben meine Eltern umgebaut, damit ich hier eine Wohnung für mich allein haben kann. Du kommst zu selten her.«

»Vermutlich, ja. Aber wir Bergführer …«

»Ich weiß. Du liebst deine Berge und kannst es kaum erwarten, wieder von hier zu verschwinden.«

»Nein, es ist nur …«

»Lass gut sein. Du musst dich nicht rechtfertigen. Jeder Mensch braucht eine Leidenschaft, oder?« Fabian zuckte mit den Schultern und drehte sich zu Kati um. »Ach, Mensch, ich Ignorant! Schaffst du überhaupt schon Treppen?«

Er kam schnell wieder die Stufen herunter.

»Weißt du was? Lass es mich mal ganz langsam probieren.« Irgendwann musste sie schließlich damit anfangen, mehr als drei Stufen zu gehen.

»Dann geh ich hinter dir, damit ich dich im Zweifel stützen kann.«

Kati nickte. »Danke.«

Langsam begann sie, Stufe um Stufe zu steigen. Etwa bei der Hälfte spürte sie, dass es in ihrem Knie leicht zog. So war das eben. Der Arzt hatte ihr gesagt, viele Bewegungen würden wehtun, vieles wäre neu zu lernen. Daran hielt sie sich, solange der Schmerz erträglich blieb. Vorsichtig nahm sie die nächste Stufe, als sie merkte, dass ihr Knie leicht nach außen wegknickte.

»Ich bin da.« Sie spürte Fabians Hände an ihrem Rücken. Er hielt sie, griff ihr sanft unter die Achseln, als ob sie eine alte Frau wäre. Aber genau diese vorsichtige Stütze war es, die ihr die nötige Sicherheit gab, um trotz des kurzen Schrecks weiterzugehen. Ihre Hände krampften sich um das Geländer, vorsichtig zog sie sich hoch.

»Geschafft! Ich bin oben!« Kati drehte sich um. Sie strahlte. »Wow! Wenn das kein gutes Zeichen ist. In Kürze bin ich wieder ganz gesund.« Das leichte Pochen in ihrem Knie ignorierte sie einfach! Das Gefühl, etwas Großes geschafft zu haben, war unbeschreiblich schön.

»Dann lass uns mal den Moment genießen, solange du da bist.«

»Wie meinst du das?«

»Na, mit Sicherheit bist du in Kürze wieder mit deinem geliebten Freund in deinen geliebten Bergen und gehst deiner geliebten Bergführertätigkeit nach.«

Katis Hochstimmung erlosch. »Das glaube ich kaum. Aber danke für die positiven Worte, wie lieb von dir.«

»Ich weiß. Es ist nicht einfach.« Fabian war ja dabei gewesen, als der Arzt ihr seine Diagnose eröffnet hatte. »Aber sag, hätte heute nicht Paolo kommen sollen?«

»Doch, ja. Er kommt später.« Kati versuchte ein Lächeln, aber Fabian kannte sie viel zu gut.

»Was heißt das?«

»Er ist noch zum Klettern gegangen, zur Zellerwand. Mit irgendeinem Bergführer, frag mich nicht.«

Fabian hatte sich einfach neben Kati gesetzt, die sich zwischenzeitlich vorsichtig auf einen Stuhl geschoben hatte. Weder er noch sie dachten in diesem Moment an die Eisschokolade, von der vorhin noch die Rede gewesen war.

»War das so geplant?«

Kati senkte den Blick. Sie war sich nicht sicher, wie viel sie Fabian erzählen wollte.

»Nicht ganz, nein. Er hat das spontan entschieden. Das ist schon okay.«

Fabian, der immer ein Lächeln auf dem Gesicht hatte, sah ganz fremd aus mit seiner ernsten Miene. »Sag mal, wie lange habt ihr euch jetzt nicht gesehen?«

»Seit dem Unfall, einmal war er kurz im Krankenhaus. Aber seitdem musste er die ganze Zeit arbeiten.«

Kati sah Fabian an, dass er nachdachte. »Das sind über zwei Wochen, oder?«

»Ungefähr, ja.«

»Okay.« Er musste nicht aussprechen, was er dachte. Dafür kannten sie sich viel zu gut. Sie sah es an seinem Blick und der gerunzelten Stirn.

»Er meint es nicht böse«, verteidigte Kati ihren Freund.

»Nein, bestimmt nicht.« Fabian klang wenig überzeugt.

Zeit, das Thema zu wechseln. Kati brauchte einen Moment, bis ihr etwas einfiel. »Wie wäre es, wenn du uns jetzt die versprochene Eisschokolade machst?«

Fabian nickte und ging ins Haus und kam zehn Minuten später mit zwei gewaltigen Gläsern zurück auf die Terrasse, sogar Schlagsahne und Streusel waren obendrauf.

»Sieht köstlich aus. Danke.«

»Immer gerne. Wenn du öfter kommst, kriegst du öfter so eine Schoko. Unten drin ist Schokoeis, wie du es am liebsten magst. Eigentlich gehört ja Vanille rein.« Er grinste breit.

»Danke, du bist toll. Eventuell komme ich wirklich öfter.« Kati zwinkerte Fabi zu, dann nahm sie einen ersten, eiskalten Schluck der süßen Köstlichkeit. »Mmmh!«, machte sie nur und Fabian strahlte.

Kati schaute auf ihre Armbanduhr. »Wie lange hast du Zeit? Du sagtest, du musst weg?«

Fabian nickte. »Ja, ich hab noch was vor.«

»Triffst du dich mit jemandem?« Kati kannte Fabian nur als Single. Sie wünschte sich sehr für ihn, dass er die Richtige fände. Aber Fabian hielt sich wie so oft bedeckt, was sein Liebesleben anging.

»Nein. Heute nicht.« Er schaufelte sich mit dem langen Dessertlöffel ein Wölkchen Sahne in den Mund. Kati wollte nicht aufdringlich sein, aber ihr stellte sich nun doch die Frage, ob Fabian an einem anderen Tag durchaus eine Frau traf. Aber da er von selbst nicht auspackte, würde sie ihn nicht drängen.

»Weißt du was? Ich nehm dich mal mit zu einem meiner momentanen Ausflüge, okay? Sozusagen als Überraschung. Falls du in den nächsten Tagen mal Zeit hast, natürlich nur. Es wird dir gefallen«, sagte er mysteriös. »Ich denk an dein Knie, keine Sorge, es wird nicht anstrengend.«

»Oha, da bin ich aber gespannt. Mich hat schon ewig niemand mehr überrascht. Darf ich mich bei dir melden, wenn Paolo wieder weg ist?«

Fabian zuckte mit den Schultern. »Na klar. Du darfst dich immer bei mir melden, mit und ohne Paolo. Aber du musst wissen, dass mein Projekt Ende Juni endet.«

»Ist gut. Ich verspreche dir, dass ich dich vorher anrufe.«

»Mach mir ja keine falschen Versprechungen.«

»Wie bitte?«

»Na ja. Ich musste in der Vergangenheit schon einige Male einem Berg weichen, sozusagen.« Fabian versuchte, komisch zu klingen, aber Kati hörte den ernsten Unterton. Und sie wusste, dass er recht hatte. Erst heute, wo Paolo sie versetzt hatte, wurde ihr klar, dass sie ihn mit ihren spontanen Absagen möglicherweise verletzt hatte.

»Weißt du was? Dann machen wir gleich was aus. Hast du übermorgen Zeit? Findet dein Dings, was auch immer es ist, da statt?«

»Ja. Im Moment findet es so oft statt, dass ich mir dafür zwei Wochen Urlaub genommen habe.«

»Ernsthaft?«

»Ja, ernsthaft. Außer Stand-up-Paddeln und meinem Projekt geht gerade nichts«, erklärte Fabian.

»Du machst es aber spannend. Dann übermorgen. Kannst du mich abholen?«

»Na klar. Ich freu mich.« Er hob seinen Eisbecher. »Komm, wir stoßen an. Auf alte Freundschaft.«

Kati tat es ihm nach und hob das große Glas. Die Eisbecher klirrten dumpf, als sie gegeneinandergestoßen wurden. »Auf die Freundschaft! Und darauf, dass ich in Zukunft zuverlässiger bin dir gegenüber.«

Fabian deutete eine Verbeugung an, steckte das Ende seines Strohhalms in den Mund und schlürfte laut. Kati musste lachen. Ihr Blick wanderte ein weiteres Mal hinüber zu dem Baumhaus, auf dessen Dach jetzt eine Meise saß, die neugierig zu ihnen herüberschaute. Tatsächlich fühlte sich dieser Garten nach einem Stück Heimat an, dachte Kati. Sie lehnte sich zurück und nahm ihren Strohhalm in den Mund. Mit Sicherheit konnte sie mindestens genauso laut schlürfen wie Fabian!

5. Kapitel

Es war neunzehn Uhr, die Kohle im Grill war weiß, sprich: Alles war bereit für einen Abend mit leckeren Bratwürsten, Grillkäse und Salaten. Alle waren da. Nur Paolo fehlte.

Kati war den Tränen nahe. Sie hatte versucht, Paolo zu erreichen – erfolglos. Das Freizeichen ertönte, aber er hob nicht ab. Immer wieder fuhr sie auf, weil sie glaubte, das Schnappen der Gartentür zu hören, die ins Schloss fiel, aber jedes Mal hatte sie es sich nur eingebildet.

»Meinst du, ihm ist etwas passiert?« Nelly hatte sich neben ihre Halbschwester gesetzt. Sie wirkte besorgt.

»Das will ich nicht hoffen.« Kati griff nach ihrem Hugo und trank einen viel zu großen Schluck auf nüchternen Magen.

»Aber er hätte sich doch sicher gemeldet, wenn ihm etwas dazwischengekommen ist?« Für Nelly war Zuverlässigkeit so selbstverständlich, dass sie sich jemanden wie Paolo, der sich komplett im Moment verlieren konnte, der sich dann schnell zu einer Stunde ausdehnte, gar nicht vorstellen konnte.

»Er ist manchmal so vertieft in das, was er gerade macht.«

»Hm. Also, ich hab auf jeden Fall ordentlich Hunger«, sagte Anton.

Christina mischte sich ein. »Ich auch. Aber wir sollten trotzdem warten.«

»Tanten! Schaut mal!« Michael stand unten in der Wiese. Er hatte sich eine Vorrichtung für übergroße Seifenblasen konstruiert. Jetzt tanzten die fragilen Gespinste durch den Garten, stiegen bunt schillernd in die Luft und platzten schließlich.

»Wow! Das sieht ja super aus!«, rief Michaels Oma.

»Finde ich auch. Wie sagt ihr jungen Leute: Mega!« Anton ließ die Grillzange in seiner Hand zuschnappen. Um seinen runden Bauch spannte sich seine Schürze mit der Aufschrift *Bratwurstfriedhof*, die er beim Grillen trug. Das war Tradition.

Kati meinte ein weiteres Mal die Gartentür zu hören. Aber auch dieses Mal spielte ihr Wunschdenken ihr einen Streich. »Komm, wir legen jetzt die Würste auf den Grill«, rief sie in Richtung ihres Vaters. »Alle sind hungrig.«

»Wollen wir nicht auf unseren Gast warten?«

Kati schüttelte den Kopf. »Der kommt dann schon noch.«

Sie fühlte sich fürchterlich, wissend, wie sehr ihre Familie Unpünktlichkeit verabscheute und wie alle für sie so taten, als wäre alles okay, obwohl sie mit Sicherheit Paolos Verhalten missbilligten. Schon wieder ein Moment, in dem sie tapfer über ihre unguten Gefühle hinweglächelte. Das hatte sie häufig getan in letzter Zeit, kam ihr vor. Vielleicht zu häufig.

Die Würste zischten, als Anton sie auf den Grill legte. »Dieser Duft!«, rief er aus. »Köstlich. Es gibt im Sommer nichts Besseres als eine Grillparty.«

Gitti ging zu ihrem Mann und legte ihm den Arm um die Hüfte. Eine selbstverständliche Geste, jahrelang so gemacht, immer wieder. Kati spürte eine ziehende Sehnsucht in sich.

Vermisste Paolo sie denn nicht? Sie hatten sich seit zwei Wochen nicht gesehen, er schrieb auch selten, schickte nur Fotos der Gipfel, die er gemeistert hatte, als wüsste er nicht, dass sie das quälte. Und nun verschob er ihr Treffen nach hinten, weil ihm der Fels wichtiger gewesen war.

In Gedanken versunken saß sie am Tisch, das Kinn in die Hand gestützt.

»Er kommt bald«, flüsterte Nelly ihr ins Ohr. »Wirst schon sehen.« Ihre sensible Schwester strich ihr sanft über den Rücken. Laut verkündete sie: »Kati bekommt die erste Bratwurst!«

»Kein Problem, solange ich die zweite kriege«, lachte Christina. Eine riesige Seifenblase schwebte über den Tisch und zerplatzte, als sie in die Nähe des Grills kam.

Kati beobachtete das Treiben um sie herum. Quirin und Benedikt, die Partner ihrer Schwestern, spielten weiter hinten im Garten Federball. Christina faltete eine Serviette zu einer Rose. Sicher hatte sie das von Michael gelernt, der noch immer mit den Seifenblasen beschäftigt war. Dann noch ihre Eltern am Grill, die so offensichtlich zusammengehörten. Kati kam sich plötzlich vor wie eine Außerirdische.

Wieder meinte sie das Gartentor zu hören, aber sie ging nicht nachsehen, schaute stattdessen auf die Uhr. Es war halb acht. Eineinhalb Stunden nach der vereinbarten Zeit. Wenn es nach ihr ging, konnte Paolo jetzt auch wegbleiben. Katis Vater drehte sich zu ihr um und reichte ihr einen Teller mit einer perfekt gegrillten Käseknacker-Wurst. Ihr lief das Wasser im Munde zusammen.

»Hallo allerseits.«

Kati schaute von ihrem Teller auf und da war Paolo. Er hatte noch Kreide an der Hose vom Klettern und strahlte in die Runde. Ganz selbstverständlich gab er allen die Hand, stellte sich Nelly, Benedikt und Quirin vor, die ihr Federballspiel beendet hatten, um zu essen, und beteuerte, es sei eine Freude, Christina wiederzusehen, die er im Winter kennengelernt hatte. Die Selbstverständlichkeit, mit der er agierte, mit der er sein Zuspätkommen nicht einmal erwähnte, ließ Kati bass erstaunt sein. Sie starrte ihn an. Hatte sie sich gerade noch wie eine Außerirdische gefühlt, empfand sie jetzt Paolo als höchst seltsam und sozial auffällig.

Paolo winkte indessen Michael zu, der im Gegenzug Paolo mit einem Nicken begrüßte. Zuletzt kam er auf Kati zu und küsste sie auf die Wange.

»Du bist spät«, sagte sie und konnte den Vorwurf in ihrer Stimme kaum unterdrücken.

»Anna-Lena wollte noch eine Achter-Route klettern und hat ewig gebraucht.« Schwierigkeitsgrad acht war sehr fortgeschrittenen Kletterern vorbehalten, aber dafür hatte Kati gerade keinen Gedanken übrig. Sie war an etwas anderem in Paolos Aussage hängen geblieben.

»Anna-Lena?« Wer zum Teufel war Anna-Lena?

»Ich hab dir doch gesagt, dass sich etwas mit jemandem aus Prien ergeben hat, Cara.«

»Einem Bergführer, ja.«

Die ganze Familie war verstummt. Keiner aß, alle Erwachsenen außer Anton, der gerade Grillwürste wendete, saßen am Tisch und starrten Paolo an, der noch keinen Platz gefunden hatte.

Hier war nicht Zeit oder Ort für diese Diskussion, wurde Kati klar, nicht, wenn sie wollte, dass Paolo in ihrer Familie noch ein Bein auf den Boden bekam.

Sie lächelte – natürlich tat sie das – und sagte: »Hier, schau, setz dich doch. Papa, hast du noch ein Würstchen?«

Paolo setzte sich neben sie. Falls er bemerkt hatte, dass Kati verstimmt war, tat er sehr erfolgreich so, als wäre alles normal. »Das riecht köstlich. Ich habe den Duft schon draußen beim Gartentor gerochen. Allerdings hab ich auch einen Bärenhunger. Man glaubt gar nicht, wie hungrig man beim Klettern wird.«

Er strahlte wieder in die Runde. Ganz Paolo, der Sonnenschein, so wie er auch auf Tour die Gäste anstrahlte – und mit seiner Ausstrahlung für sich gewann. So, wie er auch Kati für sich gewonnen hatte.

»Na, wenn das so ist. Hier ist der Kartoffelsalat.« Gitti hielt ihm die große Schüssel hin, und Paolo bediente sich reichlich, zu reichlich, fand Kati, die befürchtete, es würde nicht für alle reichen.

Als Paolo begann, sich den Salat in den Mund zu schaufeln, noch bevor er eine Wurst auf seinem Teller hatte und ohne zu beachten, dass noch nicht alle am Tisch saßen, merkte Kati, dass sich etwas in ihr veränderte, ihre Gefühle für Paolo einer Wandlung unterworfen waren. Außerdem beschäftigten ein paar Fragen sie, während sie schweigend aß: Wer war Anna-Lena? Warum konnte Paolo sich nicht wenigstens für sein Zuspätkommen entschuldigen und wo zur Hölle waren seine Manieren?

Kati hatte gerade so ihre Wurst geschafft, von den Salaten hatte sie kaum etwas gegessen. Ihr Magen war plötzlich wie zugeschnürt gewesen, und als ihr Vater ihr einen Teller mit seinem Pfirsich-Tiramisu reichte, hatte sie dankend abgelehnt. Dafür hatte Paolo drei Portionen davon verdrückt. Damit hatte zumindest Anton mit Sicherheit schon wieder vergessen, dass Paolo zu spät gekommen war. Jemand, der sein Essen so sehr lobte, sammelte bei Anton Rieger automatisch Pluspunkte, da war Kati sicher. Sie selbst hatte kaum einen Bissen hinunterbekommen.

Die Stimmung am Tisch war insgesamt nicht einmal so schlecht gewesen. Paolo hatte von ihren gemeinsamen Bergabenteuern erzählt, was alle am Tisch gut unterhalten hatte.

»Ehrlich gesagt bin ich ja lieber auf dem Wasser«, hatte Benedikt irgendwann eingeworfen und Quirin hatte genickt.

»Darauf trink ich! Für mich geht auch nichts über eine frische Brise und einen ordentlichen Chiemseesommer«, Quirin, der Segellehrer, hatte sein Glas Johannisbeerschorle gehoben und einen kräftigen Schluck genommen.

Die Freunde ihrer Schwestern hatten sich wie immer prächtig verstanden. Benedikt, der als Fischer auf der Fraueninsel arbeitete, war genauso verliebt in den Chiemsee wie Quirin. Mittlerweile kam es vor, dass die zwei Männer sich alleine, ohne die Frauen, zum Kanufahren trafen, ein Hobby, dem Benedikt schon lange nachging und das offenbar auch Quirins Interesse zu wecken vermochte. »Für die windstillen Tage«, pflegte er zu witzeln.

Als sie den Tisch abgeräumt hatten und die zwei Pärchen gegangen waren, war sie mit Paolo allein. Er schaute sich in dem Zimmer um, das ihre Familie für sie eingerichtet hatte.

»Wer wohnt denn jetzt in deiner Wohnung?«, fragte er und setzte sich auf Katis Bett. Wieder zeigte er dabei eine Selbstverständlichkeit, für die sie kein Verständnis hatte. Er war hier Gast, warum spürte nur sie selbst das ganz klar?

»Na, ich.«

»Kommst du nicht mal in den Keller?« Für einen Moment schien er tatsächlich besorgt.

»Jetzt schon. Aber vor einer Woche sah das noch

ganz anders aus.« Kati hatte hart an sich gearbeitet, wieder und wieder die Übungen wiederholt, die der Physiotherapeut ihr gezeigt hatte, und sich in einem Tempo weiterentwickelt, das selbst ihren Arzt überraschte.

»Dann ist es ja gut. Meine Güte, ich sag dir, das Klettern heute war ein Traum. Ich wäre natürlich lieber mit dir gegangen, aber …« Er zuckte mit den Schultern.

»Ja. Schon klar.« Kati hatte so eine leise Ahnung, dass es auch nicht schlecht gewesen war, mit dieser Anna-Lena am Fels zu sein. »Wer ist eigentlich diese Frau?«, fragte sie nach.

»Wer? Ach, du meinst Anna-Lena?«

»Ja, genau.«

»Ich hab jemanden für eine Tour im Großglocknergebiet gebraucht und sie wurde mir empfohlen.«

»Ah.« Eigentlich wäre Kati mit auf diese Tour gegangen.

»Ja, und wir haben uns sofort ganz gut verstanden.« Paolo klopfte auf Katis Kissen, aber sie hatte keine Lust, sich neben ihn zu setzen. »Du weißt ja, wie das ist«, sagte er.

»Nein, weiß ich nicht so wirklich genau.« Kati lächelte nicht.

»Na ja, gleiche Interessen, die Berge, ach, Cara! Dir muss ich das doch nicht erklären. Sie hat einen wahnsinnig guten Blick für den Fels.« Er legte sich zurück, verschränkte die Arme hinter dem Kopf. Schon war er auch aus seinen Schuhen geschlüpft und fläzte sich jetzt auf ihrem Bett.

Ein Fremdkörper, dachte Kati. Wie konnte man sich so fremd werden in so kurzer Zeit. Das konnte doch nicht wahr sein! War sie zu nachtragend, zu eifersüchtig, zu misstrauisch ihm gegenüber?

»Ich finde das nicht so toll, dass du eine andere Frau mir vorziehst.«

Paolo verdrehte die Augen. »Das tu ich doch nicht, du bist meine Cara.«

»Aber wir waren verabredet.«

»Und ich bin da!« Im Liegen breitete Paolo die Arme aus. Verstand er sie wirklich nicht?

»Hast du mich denn nicht vermisst?«, versuchte sie, sich ihm verständlich zu machen.

»Doch, natürlich.« Paolo klang leicht genervt.

»Aber du hast dann heute Anna-Lena mir vorgezogen.«

»Vorgezogen würde ich das nicht nennen.«

»Wie denn sonst?« Kati stand vor dem Bett und schaute auf Paolo hinunter.

Er rollte die Augen, griff aber Sekundenbruchteile später nach ihrer Hand. »Na los, Cara. Komm ins Bett. Ich zeig dir, wie ich dich vermisst habe.«

Aber Kati schüttelte den Kopf, entzog ihm ihre Hand und trat einen Schritt zurück. »Nein. Das habe ich schon gesehen. Mehr muss ich gar nicht wissen.«

»Was meinst du damit?« Er stützte sich auf die Ellbogen und schaute Kati fassungslos an.

»Ich meine, dass du besser gehst.«

»Gehst?«, echote er.

»Ja. Wie hast du es formuliert? Da ergibt sich bestimmt was mit einem Bergführer aus Prien – oder aus sonst wo.« Kati war überrascht von ihrer eigenen Entschlossenheit. Aber sie wusste mit einem Mal, dass Paolo nicht der Richtige für sie war. Sie wusste, dass mehr die Berge sie verbunden hatten als eine Liebe. Ja, sie hatten einander angezogen, die erotische Spannung zwischen ihnen beiden war etwas gewesen, das Kati zuvor noch nie mit einem Mann erlebt hatte, aber die letzten drei Wochen hatten Paolo entzaubert.

»Kati, übertreib doch nicht so.«

Sie schnaubte, verschränkte die Arme vor der Brust. »Wie oft hast du nachgefragt, wie es mir geht? Oder dich nach meinen Fortschritten erkundigt? Willst du mir wirklich erzählen, du wärst in der letzten Zeit für mich da gewesen?«

Paolo hatte sich jetzt ganz aufgesetzt und seine Beine wieder aus dem Bett geschwungen. »Du bist unfair. Ich hab die ganze Zeit über hart gearbeitet. Da muss ich mir jetzt wirklich von dir keine Vorwürfe anhören.«

»Du hast so hart gearbeitet, dass du mir Fotos schicken konntest, aber keine Frage nach meinem Bein?« Kati sah die Situation mit Paolo plötzlich ganz klar vor sich. Er war ein Egoist. Solange sie funktioniert hatte, hatte auch die Beziehung funktioniert. Aber was blieb davon übrig, wenn sie nicht mehr extrembergsteigen würde können? Dann wäre da immer irgendeine Anna-Lena und Kati würde sich immer schlecht fühlen. Das wollte sie nicht und das konnte sie auch nicht.

Paolo schwieg. Zusammengesunken saß er auf dem Bett.

»Cara, es tut mir leid, ich ...«

»Muss es nicht«, unterbrach sie ihn.

»Und das mit Anna-Lena«, setzte Paolo ein weiteres Mal an. »Ich würde nur morgen noch mal mit ihr zum Klettern gehen und dann ...«

Kati konnte kaum glauben, was sie da hörte. Ihre Wut war eine rote Wand vor ihren Augen.

»Geh. Na los! Geh einfach.« Sie war laut geworden, aber sie konnte gerade nicht anders.

»Cara.«

»Nein. Und ich möchte auch nicht, dass du mich weiter so nennst. Ich heiße Kati. Und wie es aussieht, hat sich zwischen dir und der Bergführerin ja schon was ergeben. Den Kosenamen kannst du ja weiter verwenden.«

Kati trat einen weiteren Schritt zurück. Ihr Impuls war, aus dem Zimmer zu laufen, aus dem Haus und aus dem Garten und zu rennen, bis sie weit weg und noch dazu müde war. Stattdessen zwang ihr Bein sie zu einem langsameren Rückzug.

In all ihrer Wut, ihrer Verletztheit und Not spürte sie auch, dass sie wild entschlossen war. Langsam nahm sie die Treppe hinunter in ihre eigene Wohnung. Nur kurz im Vorbeigehen sah sie, dass ihre Eltern noch auf der Terrasse saßen, vermutlich bei einem Glas Wein. Kati machte kein Licht. Sie wollte nicht bemerkt werden. Leise nahm sie Stufe um Stufe, hinunter in ihr kleines Reich. Sie öffnete die Tür, ging hinein und schloss sie von innen ab. Dann erst ging sie zu ihrem Sofa, das eigentlich zu klein war, um darauf zu schlafen. Aber heute würde es gehen, Hauptsache, sie konnte für sich sein. Eine alte Wolldecke, ein Kissen, mehr brauchte sie nicht. Sie war es gewohnt, an ungemütlichen Plätzen zu schlafen.

Von oben hörte sie ihre Mutter leise lachen, während sie selbst regungslos im Dunkeln lag und verwundert die Wut in sich wahrnahm, die kein anderes Gefühl zuließ.

6. Kapitel

Kati schlenderte durch den Garten. Sie hatte vorhin zum Morgenkaffee das Marzipan von Frau Maria gefuttert und fühlte sich ziemlich gut und in Harmonie mit der Welt. Marzipan zum Frühstück, dachte sie und grinste. Sie glaubte, dass die Klosterschwester zustimmend – und verschwörerisch – genickt hätte, hätte sie gewusst, wann Kati ihr Geschenk genoss.

Es war ein ruhiger Morgen und der Tau glitzerte auf den Rosenblättern. Ihre Eltern schliefen noch um diese Zeit, und Kati genoss es, allein zu sein. Gleich würde Fabian kommen und sie abholen.

Gestern hatte Paolo noch mal angerufen, sich entschuldigen wollen, aber für Kati gab es kein Zurück. Egal, von welcher Seite sie die Situation auch betrachtete – mit Paolo reichte es nicht für das, was sie sich langfristig wünschte. Nein, sie brauchte niemanden, der immer um sie war und alle Hobbys mit ihr teilte. Aber ein Partner, der da war, wenn sie ihn brauchte, das war dann doch ihre Mindestanforderung an eine Beziehung. Davon abzuweichen kam nicht infrage, wenn Kati sich weiterhin morgens im Spiegel anschauen wollte – und der Gedanke gab ihr überraschend viel Trost. Außerdem war sie die vergangenen drei Wochen schon ohne Paolo zurechtgekommen. Die paar Bergfotos konnte sie sich auch im Internet anschauen, dafür brauchte sie keine Handynachrichten von Paolo.

Kati hörte ein Summen und ging dem Geräusch nach. Eine Biene war schon unterwegs und saß inmitten einer weißen Rosenblüte. Ohne zu überlegen, zückte Kati ihr Handy und machte eine Nahaufnahme. Seit sie das neue Smartphone hatte, fand sie Spaß an diesen Fotos, die bis ins kleinste Detail scharf waren.

»Hey, Kati!«

»Fabian, schön, dich zu sehen.«

Er stand am Gartentor und winkte ihr zu. »Was machst du da?«

»Ach, nichts. Ich fotografiere neuerdings Insekten.« Tatsächlich war es in der letzten Woche immer häufiger vorgekommen, dass sie Bienen, Hummeln und schillernde Käfer abgelichtet hatte. Gestern war es ein Schmetterlingspärchen gewesen, das sie hier im Garten beim Tanz beobachtete. Sie hatte viele Fotos gemacht, aber nur eines war perfekt gewesen. Es handelte sich um eine Aufnahme, wo der eine

Schmetterling fast gegen die Linse geflogen war, sein Flügel war leicht verschwommen im Bild, während man dahinter den zweiten Schmetterling glasklar sehen konnte. Kati hatte sich so sehr in das Foto verliebt, dass sie überlegte, es vergrößern zu lassen und an die Wand ihres Zimmers zu hängen.

Fabian kam durch das Gartentor. »Magst du mir ein Bild zeigen, das du gemacht hast?«

»Äh.« Sein Interesse überraschte sie. »Na klar.«

Sie scrolle zu dem Schmetterlingsfoto.

»Wow. Einfach nur wow!« Fabian war ehrlich begeistert. »Das ist ja klasse geworden.«

»Danke. Ist keine große Sache, ich mach das nur so zum Zeitvertreib. Du kannst dir gar nicht vorstellen, wie langweilig mir oft ist.« Neben ihrer Reha gab es wenig zu tun. Rund um sie standen alle im Leben und hatten den ganzen Tag über ihre Beschäftigungen – nur sie war zur Untätigkeit verdammt, kam es ihr vor.

»Dann ist es ja gut, dass ich vorbeigekommen bin.« Fabian hielt ihr den Arm hin, damit sie sich unterhaken konnte. »Wollen wir?«

»Sehr gern.« Gemeinsam gingen sie zu Fabians Auto. Er hielt ihr die Beifahrertür auf und deutete eine Verbeugung an, was angesichts seines legeren Outfits witzig wirkte. Im Sommer trug Fabian eigentlich nur Shorts und T-Shirt. Er hatte rotblonde

Haare, die immer gut geschnitten waren, und Sommersprossen.

»Dann mal los. Es sind nur ein paar Minuten.«

Kati schob sich auf den Beifahrersitz und schaute nach hinten.

»Hast du einen Hund?«, fragte sie, als Fabian eingestiegen war.

»Nein, wieso?«

»Wem gehört dann die hier?« Auf dem Rücksitz stand eine Transportbox für Hunde.

»Das wirst du gleich sehen!« Ganz selbstverständlich beugte Fabian sich zu Kati herüber und machte das Handschuhfach auf. »Bedien dich!«

»Das weißt du noch?« Im Handschuhfach befanden sich zwei Dosen Eiskaffee, der billige aus dem Discounter. Zu Schulzeiten hatte Kati die Dinger geliebt und fast täglich getrunken. Sie nahm eine der eiskalten Dosen und öffnete sie. Als sie den ersten Schluck nahm, stiegen zahlreiche Erinnerungen in ihr hoch: Nachmittage im Freibad, ein schnelles Wiederholen des Stoffs vor der Englischstunde, der Schulweg durch das Zentrum von Prien, immer mit einem Eiskaffee in der Hand.

»Na klar. Hat man dich je ohne deinen Eiskaffee gesehen?« Fabian lachte und startete den Motor. »Auch wenn mir bis heute schleierhaft ist, wie du das Zeug trinken kannst.«

Er setzte den Blinker und bog ab.

Zehn Minuten später kam der Bauernhof in Sicht, auf dem Nelly mit Quirin lebte. Er gehörte seiner Familie und sie war dort mit ihm zusammengezogen.

»Kommt Nelly auch mit?«

»Nein. Der Hof ist unser Ziel.« Fabian gab ein wenig mehr Gas, als könne er die Ankunft kaum erwarten.

Kati runzelte die Stirn. »Warum das denn?« Sie konnte sich nicht vorstellen, was Fabian hier zu tun haben könnte.

»Wir treffen uns mit Melanie. Die will heute mähen.« Melanie war Quirins Schwester und managte den Hof samt Tieren und Weide- und Ackerland.

»Okay. Und dafür braucht sie dich?«

»Mich und meine Hundebox.« Fabian parkte im Hof, direkt vor dem Stallgebäude, in dem die Kühe untergebracht waren, und stieg aus. Kati nahm den letzten Schluck aus ihrer Dose und ging ihm nach. Melanie kam schon auf sie zu, in Arbeitshose und rot-schwarz kariertem Männerhemd.

»Hallo miteinander! Oh, du hast Kati mitgebracht, das ist ja super. Wir können ein paar mehr Hände brauchen.«

»Auf jeden Fall. Welches Feld willst du mähen?« Fabian und Melanie schüttelten sich die Hand, danach schloss Melanie Kati in die Arme.

»Schön, dass du auch da bist«, sagte sie auf ihre herzliche Art. Dann deutete sie nach Westen. »Dort drüben, der Bereich am Waldrand ist heute dran.«

»Gut, dann pack ich mal die Drohne aus.«

Hundebox und Drohne. Kati verstand nur Bahnhof.

»Ich fahr schon mal rüber und treffe euch dann dort.« Melanie verschwand in der großen Fahrzeuggarage, in deren Tür ein gelber Traktor stand.

Fabian öffnete die Kofferraumklappe und holte einen großen Kescher hervor. »Magst du den nehmen?«

»Fangen wir Fische und stecken sie in die Hundebox?« Kati griff nach dem riesigen Kescher.

»Nein. Wir fangen Rehkitze.« Fabian wirkte verlegen. »Letztes Jahr hat sich ein Verein gegründet, der Rehkitze vor dem Mähwerk retten möchte. Wir bieten Bauern an, sich bei uns zu melden, dann kommen wir mit unserem Equipment, suchen nach den Jungtieren und versetzen sie, damit sie beim Mähen nicht umkommen. Am Ende ist damit sowohl dem Bauern geholfen, weil seine Silage nicht verdirbt, als auch den Wildtieren.«

»Sind denn viele Rehkitze im Feld?« Kati hatte sich noch nie mit dieser Frage beschäftigt.

»Manchmal ja. Die Mütter verstecken ihre Jungtiere dort im Getreide. In den ersten zwei Wochen haben die Kitze noch keinen Fluchtinstinkt. Wenn der Bauer mit dem Mähwerk und dem Traktor kommt, ist alles, was die Kleinen tun, sich noch tiefer ins Getreide zu ducken. Das geht nie gut aus.«

Fabian und Kati gingen langsam nebeneinanderher. Ihr Knie zwickte leicht, aber für nichts in der Welt hätte sie sich die Rettung eines jungen Rehs entgehen lassen.

»Ich bin überrascht«, sagte sie.

»Dass man die Kitze rettet?«

»Nein, dass *du* das machst.« Sie hatte geglaubt, Fabian in- und auswendig zu kennen, und wurde gerade eines Besseren belehrt.

»Warum denn nicht? Es macht Spaß, hat mit Technik zu tun, und man hilft den Jägern, die mit dieser Aufgabe im Mai und Juni sehr an ihre Grenzen kommen. So ist jedem geholfen.«

Sie kamen zu dem Feld, Melanie war mit ihrem Traktor an ihnen vorbeigefahren.

»So, was muss ich tun?«, fragte Kati, noch immer den Kescher in der Hand.

»Warte erst mal hier bei mir. Das Feld ist nicht sehr groß. Da müssen wir nicht weit gehen. Du könntest dir schon mal Handschuhe anziehen«, Fabian machte die Hundebox auf und brachte ein

Paar einfache Gartenhandschuhe zum Vorschein. »Wenn du sie anhast, reibst du sie mit Gras ein. Damit sie nicht nach Mensch riechen. Ich mach so lang die Drohne fertig.«

Kati nickte. »Ist gut.«

Sie sah Fabian dabei zu, wie er die Drohne vorbereitete. Keine Ahnung habend, was er da tat, erkannte Kati dennoch, dass er wie ein Experte seine Arbeit verrichtete. Vermutlich, weil er einer ist, dachte sie und grinste.

Er schaltete den Monitor an der Fernbedienung ein und erweckte die Drohne damit zum Leben.

Melanie sprang vom Traktor, der ein Stück weiter vorn am Feldrand stand, und trat zu ihnen. »Er macht das großartig«, sagte sie. »Er findet die Kitze immer, obwohl sie wie Maulwurfshügel aussehen, wenn sie so klein sind.«

»Nur wenn der Hügel frisch aufgegraben ist«, wandte Fabian ein. »Deshalb suchen wir auch am liebsten morgens, da ist der Boden noch kalt, und man kann dank Wärmebildkamera sicher sein, dass man ein Rehkitz gefunden hat.« Er lachte leise und ließ die Drohne aufsteigen.

»Kati, willst du mit auf den Bildschirm schauen?«, bot er an.

»Unbedingt.« Sie stellte sich ganz nah neben ihn und schaute gebannt auf den kleinen Monitor.

Als eine rote kleine Stelle auftauchte, schaute Fabian auf. »Da. Wir haben eins.«

Melanie nahm Kati den Kescher ab, den sie noch immer in der Hand hielt.

»Gut, dann gehen wir mal. Ich fange das Kitz mit dem Hechtkescher hier, du nimmst es dann mit den Handschuhen und wir stecken es in die Box«, Melanie zeigte auf die Hundebox. »Kannst du die tragen?«

Katis Herz schlug schneller. Rehkitze kannte sie nur von Fotos. »Na klar.«

»Gut. Bleib hinter mir. Wir wissen nicht, wie alt das Kitz genau ist. Ab drei Wochen spätestens entwickeln die Kleinen ein Fluchtverhalten, und wir wollen auf keinen Fall ein Risiko eingehen. Am Ende findet die Mutter ihr Kleines dann nicht mehr.« Melanie hatte sehr leise geredet. Sie ging schon durch das beinahe hüfthohe Getreide in die Richtung, in die Fabian mit der Hand wies, machte langsame, ruhige Bewegungen, damit das Kitz sich nicht erschreckte. Als sie nach etwa zwanzig Metern innehielt, blieb auch Kati ganz automatisch stehen.

Melanies Körper spannte sich an, sie machte zwei kleine Schritte nach vorne, hob den Kescher. Dann ließ sie ihn sinken und ihr Körper entspannte sich. »Ach, das hier ist noch ganz klein. Das lässt sich leicht einfangen. Du kannst es einfach aufheben und in die Box setzen. Am besten rupfen wir zur Sicherheit noch Gras aus. Das nimmst du in die behandschuhten Hände, dann greifst du dir das Kitz. Es ist wichtig, dass es am Ende nicht nach dir riecht.«

Kati nickte. Sie stellte sich auf die Zehenspitzen, um das Rehjunge zu sehen.

»Oh mein Gott.« Das kleine Tier war das Niedlichste, was Kati in ihrem Leben je gesehen hatte. Schwarze, riesige Augen, das Fell in Braunschattierungen mit weißen Punkten und dazu eine unfassbar süße schwarze Nase sowie riesig wirkende Ohren. Sie konnte noch nicht lange auf den Zehenspitzen stehen, weil das im Knie zwickte, und verlagerte ihr Gewicht auf das gesunde Bein.

»Na los, wir wollen fertig werden«, flüsterte Melanie ihr zu. »Gib her, die Hundebox. Ich mach sie schon mal auf.«

»Ist gut.« Kati begann, Gras auszurupfen. Dann überwand sie die wenigen Meter, die zwischen ihr und dem Tier lagen. Als sie es hochnahm, glaubte sie, durch die Schicht aus Gras hindurch das Herz des Kitzes rasen zu spüren.

»Ist ja gut, mein Kleines«, flüsterte sie dem Zauberwesen zu. Nicht auszudenken, dass es ohne Fabian und Melanie einfach aus dem Leben gemäht worden wäre. Das Baby wog nicht mehr als zwei, vielleicht drei Kilo, so viel wie eine Hauskatze. Vorsichtig schob Kati es in die Box, die Melanie bereithielt und verschloss, sobald sich das Kitz darin befand.

»Was passiert denn jetzt mit dem Kitz?«, fragte Kati besorgt.

»Wir bringen es zum Waldrand. Das sind nur ein paar Meter, da findet es seine Mutter.«

Kati nickte beruhigt und trug den Korb mit dem kleinen Reh an die Stelle, die Melanie vorschlug.

»Wusstest du, dass die Ricke, also die Mutter von dem kleinen Wurm hier, nur alle paar Stunden zum Säugen kommt?«

»Nein. Ich hab wenig Ahnung von Rehen«, musste Kati zugeben.

»Wenn du mehr wissen willst – Fabian ist ein richtiger Wild-Fachmann.«

»Ist er das?« Kati schaute überrascht zu ihrem alten Freund hinüber, der konzentriert auf den Monitor der Drohne schaute, aber just in diesem Moment aufblickte und zu winken begann.

»Schau mal, ich glaube, er hat noch ein Kitz gefunden.« Kati deutete in seine Richtung.

»Oh. Ich glaube, dann muss ich eben zum Haus laufen, einen Wäschekorb holen«, meinte Melanie und war auch schon unterwegs. »Dieses Jungtier lassen wir in der Hundebox, bis wir gemäht haben. So ist es am besten geschützt.«

Kati nickte. »Ist gut.«

Vorsichtig stellte sie die Box ab und schaute noch mal hinein. »Wir wollen dir nichts Böses. Ich komm nachher und lass dich raus, okay?«, flüsterte sie dem Kitz zu. Dann lief sie hinter Melanie her, aber ihr Knie protestierte eindringlich, und ein leiser Fluch kam über ihre Lippen. Sie hasste es noch immer, nicht so schnell sein zu können, wie sie wollte. Etwas langsamer ging sie weiter in Fabians Richtung, der ihr besorgt entgegenblickte.

»Alles okay bei dir? Du humpelst!«

»Überhaupt nicht«, widersprach sie halbherzig.

Fabian stemmte eine Hand in die Hüfte und schaute sie kritisch an. »Pass auf dich auf, okay? Übertreib es nicht, sonst bereue ich am Ende noch, dass ich dich mitgenommen habe.«

»Oh, bitte nicht. Ich möchte unbedingt wieder mitkommen, wenn du das hier noch mal machst.«

»Ich mache das erst seit zwei Wochen und bin die nächsten paar Tage auch noch am Start. Und wenn du magst, kannst du gern noch mal mit.«

»Prima. Das ist eine ideale Tätigkeit für Flachlandtiroler.«

»Flachlandtiroler? Brauchst du mehr Action?«

»Entschuldige. Ich meinte nur …«

»Lass gut sein, Kati. Wir müssen erst mal dieses Kitz retten, schau.« Er deutete auf den Monitor. »Dieses Mal muss allerdings Melanie das machen, weil du dich jetzt hinsetzt und dich ausruhst.«

»Aber ich kann das«, protestierte Kati. Sie war sich ganz sicher, dass es süchtig machte, Rehkitze zu retten, und dass sie unbedingt noch mehr niedliche Tiere vom Feld tragen musste.

»Setz dich an den Wegrand, sonst nehm ich dich nie mehr mit.«

»Das ist Erpressung!«

»Ganz genau.« Fabian lachte leise. »Ah, da kommt schon Melly. Die hat sich ganz schön beeilt. Sehr gut!«

Er wandte sich an Melanie. »Reibst du den Korb noch eben mit Gras aus?«

»Oh, klar. Das hätte ich fast vergessen.« Sie beugte sich hinunter und ging mit routinierten Bewegungen an die Arbeit.

»Ihr seid ein super Team«, sagte sie.

»Stimmt, aber dieses Feld ist auch nicht besonders groß, da ist es einfach. Wenn es größer wäre, müsste ich mich in der Mitte aufstellen und dann langsam selbst mit in Richtung des Tieres gehen. Sonst hätte ich keine Chance, seine Lage konkret auszumachen«, erklärte ihr Fabian, der gerade dabei war, die Drohne zu landen, die leise surrend neben ihm auf dem Weg aufkam, sanft wie eine Feder.

»Sieht nach einer schönen Arbeit aus.«

»Na ja. Es ist mehr ein Hobby. Wir sind ein gemeinnütziger Verein, der die örtliche Jägerschaft unterstützt. Das wäre alles gar nicht für die Jäger allein zu schaffen sonst und viele Jungtiere würden elendig eingehen. Außerdem sterben die Kühe, wenn Teile der Rehkadaver in ihr Futter geraten. Es gefällt mir, den Tieren zu helfen.« Fabian machte die Drohne aus, klappte sie zusammen und verpackte sie in einer eigens dafür vorgesehenen Tasche.

»Außerdem sind die kleinen Kitze unfassbar niedlich«, fügte Kati noch hinzu.

Fabian strahlte sie an. »Finde ich auch. Ich bin zufällig mal dabei gewesen, bei so einer Drohnenrettung, meine ich. Mein Kumpel Werner aus Endorf, vielleicht erinnerst du dich an ihn?«

Kati nickte. »Der war bei uns in der Schule und hat immer diese rote Schirmmütze getragen.«

»Genau der! Jedenfalls: Er hat aufgehört, rote Caps zu tragen, und hat diesen Verein gegründet. Seit er von seinen Eltern den Bauernhof übernommen hat, hat er sich viele Gedanken zum Tierschutz und zum Tierwohl gemacht. Ich war dort, weil jemand ausgefallen ist und er Hilfe gebraucht hat. So bin ich auf den Verein gestoßen. Als ich dann das erste Mal so ein winziges Reh in den Armen gehalten habe – das war Liebe auf den ersten Griff, sozusagen.« Fabian lachte leise. »Ich freu mich jetzt schon, wenn wir nachher die zwei Süßen wieder in die Freiheit entlassen können, safe and sound.«

»Oh ja! Ich hatte gehofft, dass wir das nachher machen und nicht Melanie allein.« Kati freute sich jetzt schon darauf, die kleinen Rehe wiederzusehen.

Fabian war fertig mit dem Einpacken seiner Gerätschaften. Sie sahen Melanie schweigend zu, wie sie mit dem Wäschekorb an den Feldrand ging, dann weiter zu ihrem Traktor marschierte und den Motor anmachte, um das Feld zu mähen. Im Hintergrund sah man die Berge, die einen Kontrast zu den weichen Hügeln boten. Das Morgenlicht zeigte die Landschaft heute besonders klar, und man sah sogar die Felsmassive der Kampenwand und des Hochgern – die beiden Hausberge hier – im Detail, obwohl sie so weit entfernt waren. Es war schön, einfach auf einer Decke am Wegrand zu sitzen. Man hörte nichts als das Brummen des Traktors. Zu wissen, dass gerade zwei Leben gerettet worden waren, gab Kati ein gutes Gefühl.

»Das ist schon was anderes als Bürokram, oder?« Sie spielte auf seinen Job bei der Gemeindeverwaltung an.

»Das mal sicher«, er lachte. »Aber es hat auch viel gemeinsam. Hier helfe ich den Tieren und in der Gemeindeverwaltung bin ich für die Menschen und ihre Nöte da.«

»Auch wieder wahr.«

Kati dachte über ihren eigenen Beruf nach. Sie hatte auch schon Menschen geholfen, natürlich. Aber eher dabei, Erlebnisse und Abenteuer zu sammeln, indem sie sie in Gegenden führte, die sie sonst nicht erreicht hätten. Fabians Profession war da anders. Er sorgte dafür, dass keine Tiere starben und Menschen Hilfe bekamen.

Sie schaute ihn an. Er merkte es nicht. Sein Blick war weiter geradeaus gerichtet, auf die Berge. Ein Lächeln umspielte seine Lippen, das Lächeln eines zufriedenen Menschen. Um die Augen herum hatte er schon Lachfältchen und wie immer war er perfekt rasiert. Fabian war nicht dick, aber er war stämmig, ein richtiger Kerl. Außerdem war Fabian, das wusste Kati, ein Genussmensch, der exzellent kochen konnte. Er liebte das Leben, war immer offen für Neues und hatte einen wachen Verstand und Lust, Dinge auszuprobieren – Rehe retten zum Beispiel.

Eines war klar: Kati hatte ihren besten Freund heute noch mal ganz neu kennengelernt.

7. Kapitel

Die Sonne stand hoch am Himmel. Kati roch den Chiemsee. Der Motor von Edeltraut, dem Dampfer, mit dem Kati auf die Fraueninsel fuhr, brummte laut, und Kati spürte im ganzen Körper, wie das Schiff vibrierte. Es war ein windiger Tag und kleine Wellen mit Schaumkrönchen schmückten den See. Das Wasser glitzerte, und war vor drei Tagen bei ihrem Ausflug mit Fabian die Luft ganz klar gewesen, war sie mittlerweile diesig und verriet damit, dass das Wetter auch in den nächsten Tagen noch schön sein würde. Die Berge waren blaue, ferne Gestalten, die dennoch die Seenlandschaft majestätisch überragten. Kati war nach der Krankengymnastik am Nachmittag gleich aus Bernau losgefahren, um den restlichen Tag mit ihrer Schwester zu verbringen. Christina feierte heute ihren Geburtstag und da wollte Kati auf keinen Fall fehlen. Erst würde sie im Laden helfen, später wollten sie grillen. Irgendwie, so kam es Kati vor, wurde in ihrer Familie im Sommer ständig gegrillt. Das war ihr vorher noch gar nie so aufgefallen. Vielleicht, weil sie nie so lange am Stück zu Hause gewesen war.

Kati war vergangenen Sommer öfter bei Christina gewesen, um in der Inseltöpferei mitzuarbeiten, und sie machte es gerne. Im Verkauf zu arbeiten war sie ja gewohnt, das kannte sie aus dem Lakritzgeschäft ihrer Familie. Als Schülerin hatte sie ausgeholfen, aber dann schnell gemerkt, dass ihr Herz nicht für Süßigkeiten, sondern für Berge schlug. Daran hatte sicher auch die Klettergruppe ihren Anteil gehabt, in der sie in der Pubertät Anschluss gefunden hatte. Pascal, ihre große Jugendliebe, und sie waren sich dort begegnet – kein Wunder, dass es sie immer wieder in die Halle gezogen hatte. Kati grinste breit und schaute in Richtung Kampenwandmassiv. Es gab keine Kletterroute, die sie nicht schon begangen hatte. Wunderschöne Erinnerungen, dachte sie, die sie sich für immer bewahren würde. Überrascht stellte sie fest, dass sie zum ersten Mal nicht mit Bitternis an ihre Bergabenteuer dachte. Vielleicht, weil sie noch immer ganz erfüllt von ihrem Morgen war. Als sie vorhin beim Mittagessen Gitti und Anton von dem Abenteuer mit den Rehkitzen erzählt hatte, war ihr erst vollumfänglich klar geworden, für wie viel Begeisterung das Erlebnis in ihr sorgte.

»Vielleicht machst du ja im nächsten Jahr in dem Verein mit?« Anton zwinkerte seiner Frau zu. Er hielt sich wohl für unauffällig, aber Kati hatte genau gesehen, wie er sie sanft mit dem Ellbogen angestoßen hatte, auch wenn Kati nicht wusste, warum. Es war doch eine ehrbare Sache, Tieren zu helfen!

»Vielleicht mach ich das wirklich«, hatte sie deshalb trotzig erwidert und Gitti hatte genickt.

Jetzt saß sie auf dem Außendeck des Dampfers und ließ sich die Luft um die Nase wehen. Nie hätte sie gedacht, dass sich der kühle Morgen in einen warmen Sommertag verwandeln würde. Aber der Fahrtwind machte es angenehm, in der Nachmittagssonne zu sitzen. Vorsichtig massierte Kati ihr Knie. Sie hatte festgestellt, dass es den geschundenen Sehnen guttat, wenn sie sie stimulierte. Langsam glitt das Königsschloss an ihr vorbei und sie umrundeten die Herreninsel mit ihren riesigen Eichen. Schon kam die Fraueninsel in Sicht. Kati liebte es immer wieder, hierherzukommen. Die kleine, süße Insel mit dem Kloster, der eindrucksvollen Kirche und den alten Häusern, die allesamt herrlicher Blumenschmuck zierte, ließen Katis Herz höherschlagen. Besonders gern mochte sie auch die Weihnachtszeit mit dem Christkindlmarkt, der jedes Jahr stattfand. Wenn dann noch Schnee lag, war die Insel wie eine eigene Welt.

Sie umrundeten die Fraueninsel und landeten am Steg an. Kati ging unter Deck, um auszusteigen. Als sie gerade einen Fuß auf den Steg gesetzt hatte, hörte sie schon ihren Namen. Ein wild winkender und rufender Michael drängte sich durch die zahlreichen Passagiere und kam auf Kati zugerannt.

»Hallo, Tante Kati! Endlich bist du hier. Gehen wir schwimmen? Oder soll ich dir meinen neuen Lego-Roboter zeigen? Ich hab ihn gemeinsam mit meinem Freund gebaut. Er ist so cool geworden.«

»Dein Freund?« Kati lachte.

»Natürlich nicht! Der Roboter.«

Kati nahm ihren Neffen in den Arm. »Das weiß ich doch!«

Gemeinsam gingen sie über den Steg auf die Insel zu. Beim Klosterwirt, der sich gleich links befand, herrschte Hochbetrieb. Aber Kati und Michael wandten sich nach rechts in Richtung Töpferei.

»Weißt du, ich habe versprochen, deiner Mama heute in der Töpferei zu helfen.«

»Ah. Und sie wollte dir von Benedikts Heiratsantrag erzählen«, sagte Michael ganz unschuldig, wie nur Kinder es können.

Kati blieb abrupt stehen. »Wie bitte?«

»Benedikt hat Mama gefragt, ob sie ihn heiratet.« Michael ging noch ein paar Schritte weiter, erst dann realisierte er, dass seine Tante nicht mehr neben ihm ging. »Ist was?«

»Nein, gar nichts.« Kati ging wieder los. Das waren ja Neuigkeiten! Kati erinnerte sich noch daran, wie sie damals Michaels Vater geehelicht hatte. Das war im Zuge von Michaels Entstehen und Geburt passiert, sicher wollte sie dieses Mal alles spektakulärer und feierlicher gestalten und nicht nur mit einer kleinen standesamtlichen Trauung abwickeln.

»Ich finde die Idee gut. Dann hilft mir endlich mal jemand, auf Mama aufzupassen.« Michael schaute ganz ernst drein, während Kati sich ein Lachen verbeißen musste. Denn wenn Christina eins war, dann eine verantwortungsbewusste Mutter, die gut auf ihren Jungen achtgab.

»Das versteh ich natürlich«, sagte sie und spürte, wie ihre Mundwinkel zuckten. Sie gingen an einem Haus mit herrlichen Geranien an den Fenstern vorbei. Weiter vorne kam die Töpferei in Sicht. Sie befand sich in einem alten Bootsschuppen und die großen Tore standen weit offen. Um diese Jahreszeit war hier eigentlich immer was los, und die Kundschaft strömte in den hellen, freundlichen Raum, der zur Töpferei umgebaut war. Draußen hatte Christina farbenfrohe Schmetterlinge auf Holzstäben in Blumenkübel gesteckt, die gerade von einem älteren Herrn inspiziert wurden. Kati fand sie wunderschön. Anfangs hatte Christina auch noch klassische Gartenkugeln verkauft, aber anscheinend war sie davon ganz abgekommen.

Michael bemerkte Katis Blick. »Der Fachbegriff für Schmetterling ist Lepidoptera«, sagte er und Kati nickte. Das hatte sie nicht gewusst. Wer außer Michael interessierte sich schon für solche Dinge? Das liebte sie so sehr an ihrem Neffen: Er war ein ganz besonderer Mensch mit einem eigenen Blick auf die Welt.

Kati trat gemeinsam mit Michael in den kühlen Raum.

»Mama, sie ist da!«, rief er so laut, dass eine Kundin sich erschrocken umschaute.

Christina kam hinter ihrer Scheibe hervor. Sie trug wie so oft ihre Schürze und ihre Hände waren von feuchtem Schlick überzogen. Mit geröteten Wangen und einem Lächeln auf den Lippen kam sie auf Kati zu und hielt ihre Hände hoch. Wenn sie in ihrer Werkstatt oder ihrem Laden war, sah Christina immer aus wie der glücklichste Mensch der Welt, und Kati war sich relativ sicher, dass ihre Schwester genau das auch war.

»Hallo, Schwesterherz! Wie schön, dich zu sehen.« Kati ging auf Christina zu und umarmte sie.

»Gleichfalls. Vorsicht! Sonst wirst du dreckig.«

Kati lachte. »Mir doch egal, schließlich bist du heute das Geburtstagskind. Happy Birthday!«

»Erinnere mich nicht daran, ich werde alt.« Christina versuchte, gequält zu klingen, aber sowohl Kati als auch Christina wussten, dass Alter für sie keine Rolle spielte.

Sie wurden von einer Kundin unterbrochen, die mit einer riesigen Schale in den Händen aufgetaucht war, um sich nach dem Preis zu erkundigen. Die Schüssel war in einer Technik gestaltet, die Christina selbst entwickelt hatte und die etwas mit den Furchensteinen zu tun hatte, die man auf der Krautinsel, der kleinsten Chiemsee-Insel, finden konnte. Es war wohl eine Art Stempeltechnik. Christina hatte es Kati erklärt, aber die hatte keinen Draht zum Töpferhandwerk. Auf jeden Fall war die Schüssel ein Kunstwerk und ihren hohen Preis wert.

»Ich würde die Schüssel gern nehmen«, beschloss die Kundin.

»Dann schlage ich vor, ich begleite Sie zur Kasse und wir lassen Christina zurück an die Töpferscheibe.« In dem Moment realisierte Kati, dass Michael nicht mehr an ihrer Seite war. Als sie sich umschaute, stand der Junge draußen vor der Tür, gemeinsam mit einem Gleichaltrigen. Auf den zweiten Blick erst erkannte Kati darin seinen Freund von der Insel. Wie hieß er noch gleich? Sie kramte in ihrer Erinnerung. Sebastian, genannt Sebi, genau.

Der Junge war unglaublich gewachsen seit vergangenem Jahr. Die beiden waren in eine Unterhaltung vertieft. Das war gut. Michael würde sie also vorerst nicht vermissen. Sekunden später rannten die beiden Jungs auch schon weg. Das war einer der Vorteile der Insel: Die Kinder konnten sich frei bewegen. Es gab keinen Autoverkehr und alles war überschaubar.

»Die Sachen hier sind alle wunderschön«, sagte die Kundin und lächelte Kati an.

»Ja, meine Schwester ist überaus talentiert.« Sie waren bei der Kasse, die nur ein paar Schritte von der Töpferscheibe entfernt stand. Kati schob ihre kleine Umhängetasche unter den Tisch bei der Kasse. Dann war sie bereit. »Soll ich Ihnen die Schale als Geschenk einpacken?«

»Oh nein. Dieses Prachtstück behalte ich selbst.« Die Frau strich mit einer zarten Bewegung über den Ton. »Man muss sich selbst auch mal was gönnen, sage ich immer.«

Kati grinste. »Sie haben absolut recht. Das sollten viel mehr Leute machen.«

Vorsichtig schlug sie das Kunstwerk in Zeitungspapier ein und packte es anschließend noch in einen Karton, damit ja nichts passieren konnte auf dem Weg. Als die Kundin ging, kam auch schon ein etwa vierzehnjähriges Mädchen mit einem der

Schmetterlinge von draußen herein und ließ ihn als Geschenk verpacken. Der Kundenstrom riss nicht ab, es entstanden nur kleine Pausen zwischen den Kassiervorgängen, sodass keine Langeweile aufkam. Erst als es Abend wurde, kehrte Ruhe ein.

Kati und Christina hatten immer wieder Blicke getauscht, einander zugelächelt, und Kati freute sich schon darauf, mit ihrer Schwester über die tollen Neuigkeiten zu plaudern, aber es würde noch ein Weilchen dauern, bis sie alleine miteinander wären. Womöglich würde Christina die Grillfeier nutzen, um allen von ihrer anstehenden Hochzeit zu erzählen.

Als sie gegen neunzehn Uhr die Tore der Töpferei schlossen und in den hinteren Teil des Hauses gingen, wo Christina mit Michael wohnte, roch man schon das aromatische Feuer des Grills. Katis Magen knurrte. Sie stellte überrascht fest, dass sie Hunger hatte, das erste Mal, seit sie Paolo den Laufpass gegeben hatte. Die Kränkung saß tief, vor allem weil er nicht einmal angerufen hatte, keine Nachricht, nichts. Es war von seiner Seite keine Liebe gewesen, und sie selbst war sich ihrer Gefühle für ihn auch nicht mehr sicher. Ja, es war eine starke Anziehung da gewesen, eine Art Rausch. Aber sonst? Kati wusste, sie hatte einige Dinge zu sortieren.

Benedikt stand am Grill, am Tisch saßen bereits Nelly und Quirin und winkten fröhlich herüber. Im Gegensatz zu Anton, der mit seiner Schürze kokettierte, war Benedikt nur mit abgeschnittener Jeans und T-Shirt bekleidet und schwenkte fröhlich die Grillzange. Als er Kati sah, legte er die Zange beiseite, kam auf sie zu und gab ihr die Hand.

»Na, wie geht es dir? Wo hast du denn Paolo gelassen? Wollte der nicht ein paar Tage bleiben?« Benedikt spähte über Katis Schulter.

»Äh. Nein. Er ist nicht da.« Benedikts Fragen versetzten ihr einen Stich.

»Oh. Hat ihn der Berg gerufen?«, spöttelte Benedikt, und Kati schüttelte den Kopf.

»Keine Ahnung. Ehrlich gesagt habe ich mich von ihm getrennt.«

»Wie bitte?« Christina, die an den Tisch gegangen war, um Nelly und Quirin zu begrüßen, kam zurück. »Das hast du gar nicht erzählt.«

»Tut mir leid, dass ich keine Rundmail verfasst habe, nur weil ich keinen Typ mitbringe.«

»So hab ich das doch gar nicht gemeint. Ich meinte nur, wenn …« Christina unterbrach sich mitten im Satz. Ihr Blick war zum Gartentor gewandert, wo Frau Maria mit froher Miene und mit einem riesigen Präsentkorb bewaffnet in den Garten kam.

»Hallo allerseits. Komme ich zu spät?«

Kati schüttelte den Kopf. »Wie immer kommen Sie genau zum richtigen Zeitpunkt. Guten Abend, Frau Maria.« Ein Glück, so konnte sie der Konfrontation aus dem Weg gehen. Ihre Lust, ihr Gefühlsleben vor allen auszubreiten, hielt sich sehr in Grenzen.

Maria stellte den Korb neben sich ab. »Komm her, meine Liebe! Lass dich umarmen!«, rief sie und lief mit ausgebreiteten Armen in Christinas Richtung. »Danke für die Einladung, ich freue mich sehr, dass ich dabei sein darf.«

Christina ließ sich lachend umarmen. »Es ist nur ein Grillfest.«

»Das macht gar nichts. Für mich ist es etwas Besonderes, wenn mich jemand einlädt.« Sie deutete auf den Korb. »Ich hab Salat dabei und die ersten frischen Kräuter, außerdem habe ich im Klosterladen ein wunderbares Buch über Mut entdeckt, das hab ich dir auch mitgebracht. Hier, schau.« Sie ging zurück zu ihrem Korb, stellte ein paar Likörflaschen daneben ab, die sie ebenfalls mitgebracht hatte, und reichte Christina das Buch. »Irgendwie dachte ich, das passt zu dir, frag mich nicht, warum.«

»Danke schön. Ich … äh … schau mal bei Gelegenheit rein.« Christina räusperte sich, schenkte dem Buch aber ansonsten kaum Beachtung. »Möchten Sie was trinken, Frau Maria?«

»Ich nehm gern eine Radlerhalbe. Es war schrecklich warm beim Garteln heute.«

»Das übernehme ich.« Benedikt legte ein weiteres Mal die Grillzange zur Seite. »Der Grill wäre dann auch gleich so weit.«

»Kommen die Eltern nicht?«, fragte Nelly vom Tisch her.

»Nein, Mama hat heute einen schlimmen Tag mit ihrem Rheuma«, erklärte Kati.

»Oje.« Christina schaute besorgt drein. Jeder wusste, wie schmerzhaft die Erkrankung zuweilen für ihre Mutter war.

Benedikt kam mit einer Flasche aus dem Haus und gab sie der Nonne. »Oh, ein Glas, Moment«, sagte er, aber die Klosterschwester winkte ab.

»Es wird mir eine Freude sein, endlich mal wieder unanständig aus einer Flasche zu trinken. Drüben im Kloster falle ich damit immer unangenehm auf.« Schon setzte sie die Flasche mit dem Alsterwasser an die Lippen und nahm einen großen Schluck. Was für ein Bild sie bot! Kati grinste. Die Lebensfreude der Nonne war ansteckend.

»Wollen wir uns dann alle setzen?«, fragte Christina, das Buch noch immer in der Hand.

»Gerne.« Kati tat vom langen Stehen das Knie weh.

Benedikt ging zurück zum Grill, und man hörte das charakteristische Zischen, das entstand, wenn man ein Kotelett auf den Rost legte.

Kati sah, dass es Kartoffelsalat und einen zweiten Salat gab, der aussah, als wäre Mango mitverarbeitet. »Du hast also Salate mitgebracht«, stellte sie fest und umarmte Nelly. »Hallo übrigens.«

»Ja, habe ich. Wir haben schließlich alle Hunger, oder?« Nelly zwinkerte Kati zu. Jeder wusste, dass Christina viele Talente hatte, aber nicht besonders gern kochte.

Bald saßen alle miteinander am Tisch. Michael war auch noch aufgetaucht, mit nassen Haaren und ohne T-Shirt sah er so zufrieden aus, wie man nur sein konnte als Junge.

Benedikt hatte das Grillgut mitten auf den Tisch gestellt, auf einem riesigen, selbst getöpferten Teller von Christina, von dem sich nun alle bedienten. Allerdings war das Zischgeräusch am Grill nicht von Koteletts gekommen. Vielmehr hatte Benedikt zuerst selbst geangelte Chiemsee-Renken auf den Grill gelegt – und dazu noch Knoblauchbutter, Zitrone und frisches Baguette aus der Küche geholt.

Nelly erzählte von ihrer neusten Lakritzkreation, Quirin bestätigte, wie köstlich die von Vollmilchschokolade umhüllten Kugeln auch ihm schmeckten, und Nelly strahlte ihn an wie frisch verliebt.

Lakritze und Schokolade, erklärte Nelly, das sei mit Sicherheit ein Verkaufsschlager und würde von der Kundschaft bestimmt gut angenommen werden.

Kati dankte Quirin endlich für ihren neuen Nachttisch, denn das war auf der Feier, auf der Paolo da gewesen war, völlig untergegangen. Und Maria trank zufrieden aus ihrer Radler-Flasche und wischte sich genüsslich seufzend den Mund ab.

Benedikt kam mit dem übrigen Grillgut, Koteletts und Würstchen.

»Lasst es euch alle schmecken«, bat Benedikt und setzte sich neben Christina. Sein Blick fiel auf das Buch, das neben Christinas Teller lag. Er studierte den Titel. »Was ist das?«

Kati beugte sich nach vorn. Auch sie hatte den genauen Titel noch nicht gesehen und versuchte jetzt, einen Blick auf Marias Geschenk zu erhaschen.

»Ist das jetzt so wichtig?« Christina klang mit einem Schlag genervt. Sie legte ihre Serviette so betont unauffällig auf das Buch, dass es jeder mitbekam.

Benedikt runzelte die Stirn und Frau Maria schaute von ihm zu Christina und wieder zurück.

Die Stimmung am Tisch, gerade noch locker und unbeschwert, war angespannt. Kati schaute zu Benedikt, zu Michael, der zufrieden seinen Fisch filetierte und vom Geschehen am Tisch anscheinend nichts mitbekam, weiter zu Nelly und Quirin, die schweigend in Christinas Richtung schauten, aber im Gegensatz zu ihr selbst nicht irritiert wirkten.

»Das Buch heißt *Mut zu entscheiden – Nimm dein Leben in die Hand*«, nannte die Nonne den Titel.

»Okay«, Kati zuckte mit den Schultern. »Dann wissen wir das jetzt, oder? Kann mir jemand mal den Fisch rüberreichen?«

Niemand schien sie zu hören. Stattdessen ergriff Benedikt das Wort. »Wäre ja schön, wenn alle ihr Leben in die Hand nähmen.«

Christina nahm ihr Wasserglas und trank, stellte es dann so unsanft ab, dass etwas Wasser über den Glasrand schwappte. »Bitte, Bene.« Sie wollte ihre Hand auf seine legen, aber er zog sie weg. Dann stand er auf.

»Tut mir leid, ich glaube, ich fühl mich nicht besonders und muss langsam ins Bett gehen.« Grob schob er seinen Stuhl zurück.

Kati hätte erwartet, dass Benedikt ins Haus ging, doch stattdessen ging er zum Gartentor hinaus und hinterließ Schweigen und eine Christina, die den Tränen nah war. Was war da nur los?

Nelly sagte als Erste etwas. »Komm, Christina, essen wir erst mal, hm? Wir alle wissen, dass du kein Feigling bist. Denk dir nichts, das wird schon wieder.«

»Habe ich dir das falsche Buch geschenkt, meine Liebe?« Der Gesichtsausdruck der Nonne verriet ihre

Besorgnis. Die alte Dame legte ihren Arm um Christina, die allerdings vehement den Kopf schüttelte.

»Im Gegenteil. Ich bin schon richtig gespannt auf die Lektüre.« Sie lächelte tapfer. »Na los, lasst uns essen. Das wird doch sonst alles kalt.«

Michael hatte fast schon aufgegessen und langte nach der Schüssel mit Kartoffelsalat. Er war der Einzige, an dem die seltsame Situation einfach so vorbeigegangen war.

Nelly hob ihr Glas. »Auf Christina und das gute Essen.«

Es dauerte eine ganze Weile, bis die Schwestern, Maria und Quirin zurück in eine lockere Unterhaltung fanden. Aber Kati hörte nicht auf, sich zu fragen, was hier gerade vorgefallen war.

Das Wasser plätscherte leise gegen das Ufer. Jetzt, spätabends, hatte es sich beruhigt und war nicht mehr so kabbelig wie am Nachmittag. Kati und Christina hatten sich auf den Steg vor dem Haus gesetzt, nachdem alle gegangen waren und Michael im Bett lag. Jetzt sahen sie zu, wie das Mondlicht mit dem schwarzen Wasser spielte und es glitzern ließ. Es war ruhig und friedlich. Ohne die Tagesbesucher wurde die Insel erst recht zum Kleinod, deshalb liebte Kati es, bei ihrer Schwester zu übernachten, wenn sie mal Zeit fand und in der Heimat war.

Versonnen saßen sie da und schauten aufs Wasser. Kati zog sich Schuhe und Socken aus, um die Füße ins Wasser zu hängen. Die Kälte war ein Schock, auch wenn sie sicher war, dass der See schon Badetemperatur hatte.

»Na, wie läuft es mit dem Bein?«, wollte Christina wissen.

Kati hatte ein langes Kleid an. Jetzt hob sie es ein Stück an, damit Christina die Narben sehen konnte. »Keine Schwellung, schau! Es heilt prima. Ich kann schon ganz gut spazieren gehen oder Rehe retten.«

»Wie bitte?«

Keine Ahnung, warum ihr gerade das eingefallen war. Aber der Vormittag mit Fabian war einer der schönsten in der vergangenen Zeit gewesen, und sie hatte einige Male daran gedacht, wie er beim Freilassen der Rehkitze mit leiser, sanfter Stimme auf die Jungtiere eingeredet hatte, wie still sie sich in seinen Händen hielten und wie sie selbst das Gefühl gehabt hatte, dass die kleinen Rehe ihn verstanden. Kurz erzählte sie ihrer Schwester von der Rettungsaktion.

»Das klingt echt super«, fand Christina. »Ist ja auch schön, dass ihr zwei mal mehr Zeit füreinander habt, oder?«

»Total. Fabian ist schon so lange mein bester Freund, aber ich habe das Gefühl, dass er noch viele Facetten hat, die ich nicht kenne.« Dass ausgerechnet Fabian ein Rehkitz-Retter war, überraschte Kati noch immer.

Christina lachte. »Wundert dich das? Du bist so wenig hier, dass du kaum Zeit hast für Freundschaften.«

Das stimmte. Zugegebenermaßen war Kati ab und zu einsam gewesen unterwegs, besonders bevor sie Paolo kennengelernt hatte. Er war es gewesen, der ihre Leidenschaft verstanden hatte, ihre Lust an der Bewegung und daran, sich steile Wände hinaufzuquälen, es währenddessen zu hassen und danach doch glücklich zu sein, es geschafft zu haben. Mit ihm war sie oft wie im Rausch gewesen. Allerdings war das vorbei, wäre es selbst dann gewesen, wenn Paolo weiter Teil ihres Lebens geblieben wäre.

»Wie geht es dir denn jetzt eigentlich? Ich meine, ohne deinen Freund an deiner Seite?«, wollte Christina wissen. Sie schien Katis Gedanken erraten zu haben.

»Ich weiß nicht. Ich glaube, ich kann das noch nicht abschätzen. Mein ganzes Leben ist ja irgendwie durch den Unfall aus den Fugen geraten.«

»Ja.«

»Ich glaube, uns hat nicht so viel verbunden, wie ich dachte. Beziehungsweise, doch. Die Berge haben uns verbunden und die großen Abenteuer, die wir erleben konnten. Aber das fällt ja für mich in der nächsten Zeit definitiv aus, und damit, das habe ich deutlich gespürt, ist eben auch die Verbindung zu Paolo gebrochen. Macht das Sinn, was ich da sage?«

»Definitiv. Ich glaube, wichtiger als alle Hobbys ist eine emotionale Verbindung.« Christina schaute aufs Wasser hinaus.

»Das stimmt.«

Sie schwiegen einträchtig.

»Du weißt, dass du immer herkommen kannst, wenn du reden möchtest, ja?«, sagte Christina schließlich.

»Danke.« Kati lächelte ihre Schwester dankbar an. Ihre Füße wurden langsam kalt. Sie zog sie aus dem Wasser und setzte sich in den Schneidersitz.

»Was war das mit Benedikt vorhin eigentlich?«, fragte Kati.

»Ach, nichts.« Christina schüttelte den Kopf.

»Hm. Sah nicht so aus für mich. Aber wenn du es sagst.« Kati wollte nicht aufdringlich sein.

»Oh Mann.« Christina zog die Beine an und legte ihr Kinn auf dem rechten Knie ab. »Bene hat mich gefragt, ob ich ihn heiraten möchte.«

»Echt? Wow! Gratuliere. War es romantisch?« Kati wollte ihren Neffen nicht verraten.

»Sehr. Er hat das ganz aufwendig geplant. Wir sind zur Herreninsel gefahren, und dort an einem kleinen Strand war alles wunderschön dekoriert, mit Kerzen, Picknick, Schampus, einfach allem. Sogar Michael war mit dabei, weil es Benedikt wichtig war, ihn nicht zu übergehen.«

»Das klingt prima. Wann ist es denn so weit?« Kati schaute aufs Wasser hinaus. Das Tanzschiff fuhr gerade weit draußen vorbei. Die Chiemsee-Schifffahrt veranstaltete regelmäßig Tanzveranstaltungen auf einem ihrer Dampfer. Jetzt wehte die Musik über das Wasser zu ihnen herüber. Kati war überrascht, dass sie Metallica hörte. Offenbar gab es die Bootstouren mittlerweile für ein sehr breit gefächertes Publikum. Vielleicht sollte sie auch mal eine buchen, dachte sie, mit Fabian oder Nelly.

Christina seufzte und Kati konzentrierte sich wieder auf ihr Gespräch mit ihrer Schwester. Die schlang die Arme fest um ihre Beine und schloss für einen Moment die Augen. »Gar nicht«, sagte sie leise.

»Gar nicht?« Kati hatte nicht laut sprechen wollen, aber Christinas Antwort hatte sie erschreckt. »Wie meinst du das?«

»Ich habe ihm gesagt, dass ich nicht sicher bin,

ob ich noch mal heiraten möchte. Schließlich bin ich schon einmal böse damit auf die Nase gefallen.«

»Oh.«

»Ja, oh. Benedikt war unglaublich enttäuscht. Ich glaube, sogar Michael war enttäuscht, auch wenn er es nicht gesagt hat.« Christina seufzte.

»Aber du liebst Bene, oder?«

»Natürlich liebe ich ihn. Er ist einfach toll, sowohl charakterlich als ... na ja. Ich finde, er ist ein schöner Mann.« Christina zuckte mit den Schultern. »Und obendrein ist er auch noch ein guter Liebhaber.« Sie kicherte leise und auch Kati grinste breit.

»Dann scheint alles zu stimmen, oder?«

»Ja. Aber was, wenn es trotzdem nicht mit uns klappt? Kannst du dir vorstellen, wie Michael das mitnehmen würde? Und mich natürlich auch? Ich will nicht wieder scheitern.« Christina klang ehrlich verzweifelt.

Kati strich ihr über den Rücken. Sie sagte nichts, wollte einfach nur für Christina da sein.

»Und dann kommt Frau Maria mit diesem Buch an. Kein Wunder, dass er sauer geworden ist. Wir haben in den letzten Tagen viel diskutiert und er nimmt meine Entscheidung natürlich persönlich. Er glaubt, ich liebe ihn nicht genug. Seit dem Antrag vor zwei Wochen hat er sich total zurückgezogen, und ich weiß nicht, wie ich ihm begreiflich machen soll, dass es an mir und nicht an ihm liegt.« Christina weinte fast.

Kati hörte nicht auf, ihr über den Rücken zu streichen, ganz gleichmäßig und sanft.

»Ach, Christl!« Ihre Schwester tat ihr leid. Sie konnte durchaus nachvollziehen, warum es nicht leicht für sie war. »Vielleicht wäre es gut, einfach auf dein Herz zu hören statt auf deine Bedenken?«

»Das sagst du so leicht.«

»Ich meine nur, es ist am Ende vielleicht der bessere Ratgeber.« Kati zuckte mit den Schultern.

»Du machst immer genau das, was du willst, und denkst nicht über die Konsequenzen nach.« Christina hatte ihre Schwester weggeschoben und gestikulierte wütend. »Kati, die Bergführerin, Kati, die alles zurücklässt und ihr Leben lebt, Kati ohne Rücksicht auf Verluste.«

»Wie bitte?« Irritiert rückte Kati ein Stück ab.

»Na, du hast dich noch nie um die Gefühle von irgendjemandem gesorgt, außer um deine eigenen. Du handelst einfach. Aber das kann sich nicht jeder von uns leisten.«

»Was meinst du damit?«

»Ach, wir haben doch damals darüber gesprochen, als ich die Töpferei übernommen habe, oder?

Dass ich in der Lakritzmanufaktur von Papa gelandet bin, hatte auch damit zu tun, dass du so kompromisslos deinen eigenen Weg gegangen bist. Du bist einfach in die Berge abgehauen und hast uns alle damit im Stich gelassen.«

»So siehst du das? Als im Stich lassen?«

»Wie denn sonst? Ich meine, ich konnte am Ende weggehen, aber dass ich dabei ein einigermaßen gutes Gewissen hatte, verdanke ich dem Auftauchen von Nelly, die *wirklich* Lust auf Bärendreck und Zuckerstreusel hat. Ohne sie würde ich heute noch hinter dem Tresen stehen und Preise in die Kasse tippen.«

Kati schluckte hart. Ihr war nicht klar gewesen, dass Christina sie tatsächlich dafür verantwortlich machte, dass sie jahrelang bei ihren Eltern gearbeitet hatte. Zumal die Tatsache, dass sie so früh Mutter geworden war, sicher auch eine Rolle dabei gespielt hatte, da war Kati sich ziemlich sicher. Andererseits – ja, sie selbst war definitiv ihren Weg gegangen und hatte das nie angezweifelt. Aus ihrer Sicht war es richtig und wichtig, den eigenen Träumen zu folgen.

»Hm.« Sie hatte gar nichts dazu zu sagen. Über Christinas Worte musste sie erst einmal nachdenken.

»Du hast es dir immer leicht gemacht. Und dafür warst du dann die Tochter, die den besonderen Stellenwert in der Familie hatte, weil sie so selten da war.«

Kati war schockiert. »Das habe ich nicht gewusst.«

»Nein, hast du nicht. Und jeder freut sich so sehr, dass du jetzt endlich mal länger da bist. Ich ja auch. Oder Fabian.«

»Das hab ich bisher immer für selbstverständlich genommen, oder?«

Christina schnaubte leise. »Ja. Kann man so sagen, oder?«

»Es tut mir so leid. Ich dachte nicht, dass du es als Im-Stich-Lassen wahrgenommen hast. Ich dachte eher, du hättest auch gern den Mut gehabt, deinen Weg zu gehen. Ich meine, niemand hat von dir je verlangt, Lakritze zu verkaufen, oder?«

Zögernd schüttelte Christina den Kopf. »Nein, das nicht. Aber ich glaube, ich hab mich geärgert, weil es für dich so einfach war, zu gehen.«

»Na ja. Ich hatte auch ganz andere Voraussetzungen. Ich war Single und kinderlos. Ich hatte niemanden, der von mir abhängig war«, erklärte Kati. Sie schlug bewusst einen sanften Ton an. Sich mit ihrer Schwester zu streiten, war das Letzte, was sie wollte. Früher hatten sie viele Konflikte miteinander ausgetragen, aber seit Christina auf der Insel lebte, verstanden sie sich gut, und das wollte Kati auf keinen Fall gefährden.

Christina nickte erneut, dieses Mal weniger zögerlich. »Trotzdem habe ich schon immer mal wieder das Gefühl, zu wenig Mut zu haben«, gestand sie. »Ich meine, ich liebe Bene. Aber ich habe einfach Angst.«

Kati legte kurz einen Arm um ihre Schwester. »Ich kann dich gut verstehen. Ich hab auch manchmal Angst.«

»Wenn du ein paar Hundert Meter über dem Boden schwebst und nicht seilgesichert bist?«, fragte Christina nicht ohne Ironie.

»Nein.« Kati schüttelte den Kopf. Sie strich sich über die Narben seitlich ihres Knies. »Ehrlich gesagt habe ich total Angst davor, was aus meinem Leben wird. Ich habe nämlich keinen blassen Schimmer, wie es weitergehen soll. Alles, was vor mir liegt, ist mehr oder weniger eine große Leere. Mein Traum von der Bergsteigerei ist zerplatzt. Einen anderen hatte ich nicht.«

Christina schaute Kati fassungslos an. »Darüber habe ich noch gar nicht nachgedacht«, gestand sie. »Aber klingt einleuchtend.«

»Ja. Ich meine, ich hatte, was ich wollte, und jetzt ist da nichts mehr.«

»Versteh ich gut. Ich will mir auch nicht vorstellen, was mit mir wäre, wenn ich nicht mehr töpfern könnte.«

Die beiden Schwestern schwiegen, bis Christina wieder sprach. »Du könntest erst mal bei mir arbeiten, wenn du magst. Dann wärst du zumindest beruflich versorgt. Oder im Lakritzladen.«

»Danke. Aber erst mal mache ich die Reha fertig. Bis dahin habe ich so viele Termine, dass ich keine wirklich zuverlässige Mitarbeiterin wäre. Dann sehen wir weiter, okay?«

Christina nickte verständnisvoll. »Okay. Meldest du dich, wenn du eine Schwester brauchst?«

»Ja, und du dich auch. Weißt du, ich finde es ganz schön mutig, wenn man zugibt, Angst zu haben. So gesehen sind wir beide doch auf einem guten Weg, oder?«

Zögernd nickte Christina. »Ich wünschte nur, ich würde Benedikt nicht so wehtun. Außerdem habe ich eine Scheißangst, ihn zu verlieren.«

Kati schloss ihre Schwester in die Arme, zog sie einfach zu sich heran. Gegen Christinas Angst hatte sie kein Rezept, aber sie verstand ihre Schwester nur zu gut.

8. Kapitel

Ihre Oberschenkelmuskulatur war müde. Kati spürte die Schwere in ihren Beinen, als ob an jedem ihrer Beine eine Zehn-Kilo-Manschette wäre. Langsam schleppte sie sich in Richtung Ausgang. Für heute war die Reha vorbei. Der Physiotherapeut hatte sie ganz schön gedrillt – zum Glück. Grundsätzlich fand Kati gut, dass es vorwärtsging. Trotzdem war sie froh, dass ihr Vater sie abholen würde. Kati schaute auf die Uhr. Sie hatte noch zehn Minuten. Also wandte sie sich nach rechts, ging den Kiesweg ein kleines Stück entlang. Die Birkenallee wurde er von Einheimischen genannt, weil er von Birken gesäumt auf die Berge zulief. Der Blick von hier auf die Kampenwand und den Hochgern war einfach nur schön.

»Hey, Kati!«

Sie drehte sich um. Da war Fabian. Er winkte ihr freudig zu und sie ging in seine Richtung, die schweren Beine waren vergessen.

Sie umarmten einander. »Ich riech nicht gut, tut mir leid«, sagte Fabian scheu und trat einen Schritt zurück. Aber Kati war gar kein unangenehmer Geruch aufgefallen. Fabian roch wie jemand, der sich bewegt hatte. Das war ein schöner Duft, der Tatendrang und Energie verriet.

»Was machst du denn hier?«, fragte sie.

»Na, ich hol dich ab.« Fabian strahlte Kati an.

»Aber das macht doch mein Vater.«

Fabian schüttelte den Kopf. »Dem sind Sahnelakritzen dazwischengekommen.«

»Wie bitte?«

»Na ja. Nelly hat ihn im Laden gebraucht, also hat er mich gefragt, ob ich einspringen kann – und hier bin ich!«

»Das ist aber nett von dir. Musst du denn nicht arbeiten?«

»Doch, eigentlich schon, aber ich bummele Überstunden ab.« Er zuckte mit den Schultern.

»Sprich: Du hast dir freigenommen, nur um mich hier abzuholen?«

»Na, jetzt mach mal keine so große Sache draus.« War Fabian rot geworden, oder hatte er zu viel Sonne abgekriegt und Kati sah es erst jetzt? »Wollen wir?«

»Ja, klar. Gerne. Wo parkst du?«

»Äh. Unten am Wasser.«

Kati verstand nicht. »Wieso das denn?«

Langsam war Fabian losgegangen, aber Kati holte schnell auf.

»Du wirst es gleich sehen. Ich hoffe, du hast heute sonst nichts mehr vor? Dein Vater wusste es nicht mit hundertprozentiger Sicherheit.«

»Äh. Nein. Ich hab nichts mehr vor.« Sie hatte sich in den Garten legen und ein Buch lesen wollen. Das war alles. Aber wenn sie eine Stunde später im Garten lag, war es auch egal.

»Super. Ich hab nämlich eine Überraschung für dich.«

»Okay.« Kati zuckte mit den Schultern.

Hinter ihr und Fabian klingelte ein Radfahrer vehement und Fabian legte den Arm um Kati und zog sie rasch zur Seite.

»Sorry, das war unsanft, aber der hätte dich sonst umgenietet.«

Tatsächlich war der Radfahrer mit hohem Tempo an ihnen vorbeigesaust.

Kati lächelte Fabian an. »Danke, du hast mir das Leben gerettet.«

Einträchtig gingen sie nebeneinanderher. »Jetzt bin ich aber gespannt. Willst du mit dem Dampfer nach Prien fahren?«

»Nein, auf keinen Fall.« Fabian zeigte in Richtung Wasser. »Siehst du das leuchtend grüne SUP da vorne?«

Direkt am Ufer lehnte am Steg mit den Tretbooten tatsächlich ein Board. Der See lag heute ruhig da, die Segler, die sich mit ihren Booten aufs Wasser gewagt hatten, litten bestimmt unter der Flaute, die den See zu einem Spiegel glättete.

Vom Strandbad her wehten laute Kinderstimmen herüber.

»Das ist meins.« Fabian schien so stolz auf sein Board wie andere Männer auf einen Porsche.

»Oh.« Langsam dämmerte Kati, was Fabian vorhatte.

»Du willst doch nicht etwa mit mir nach Prien fahren – auf diesem Ding?«, fragte sie.

Mittlerweile hatten sie das Paddelboard erreicht. »Doch, genau das will ich.«

Aus der Nähe war das Stand-up-Board riesig. Zugegebenermaßen war leicht Platz für zwei Personen und den riesigen blauen Packsack, der vorne auf das Brett montiert war.

»Dauert das nicht ewig? Das ist ein ganzes Stück!«

»Ach, eigentlich geht es ganz schnell. Das hier ist ein Race-SUP. Es ist schlanker und länger als andere dieser Bretter und entwickelt eine ganz ordentliche Geschwindigkeit.«

»Du kennst dich wohl aus mit den Dingern?« Kati war noch immer skeptisch. Aber zugleich weckte das Board auch ihre Neugier.

»Na klar. Das ist seit ein paar Jahren mein Hobby.«

Kati stutzte. »Und warum weiß ich davon nichts?«

Fabian zuckte mit den Schultern. »Vielleicht, weil du nie da bist.«

Das hatte sie jetzt schon von ein paar Seiten gehört.

»Aber im Sommer ist es nirgends schöner als auf dem Wasser. Wirst schon sehen.«

Fabian griff nach dem Packsack, öffnete ihn und holte ein T-Shirt und eine Badeshorts heraus. »Für dich. Du kannst dich im Strandbad umziehen, wenn du magst. Da sind Umkleidekabinen. Die Sachen sind natürlich frisch gewaschen.«

»Warum kann ich nicht meine Sachen anlassen?«, fragte Kati. Sie trug eine lockere Sporthose und ein T-Shirt.

»Ach so. Ja, das geht natürlich auch. Aber wenn du nass wirst?«

»Dann werde ich eben nass. Ich bin ja nicht aus Zucker.«

Fabian lachte. »Aber doch ziemlich süß.«

Kati verdrehte die Augen. »Du immer und deine Sprüche. Was möchtest du machen? Süßholz raspeln oder mit diesem Ding rausfahren?«

Vielleicht war es genau das Richtige, etwas Neues auszuprobieren. Sie hätte eh nicht gewusst, welches Buch sie hätte im Garten lesen sollen, weil Kletterführer und Berggeschichten sie nur traurig machten – und das die Lektüre war, die sie normalerweise bevorzugte.

»Na, dann mal los. Gegen Süßholzgeraspel bist du eh immun. Du müsstest nur die Schuhe ausziehen. Ich pack sie hier in meinen Sack, dann bleiben sie trocken.« Fabian selbst war aus Flipflops geschlüpft und hatte sie hinten auf dem Board befestigt.

»Okay.« Schnell schlüpfte Kati aus ihren Turnschuhen. Plötzlich spürte sie ein altvertrautes Gefühl: Tatendrang, gekoppelt mit einer Prise Abenteuerlust. Das hier war etwas Neues, was sie nicht kannte und nicht ganz abschätzen konnte.

Fabian verstaute alles in dem Sack, um Sekunden später alles noch mal fluchend herauszukramen, nach einer Sprühflasche mit Sonnenschutz zu angeln und sie Kati zu reichen. »Hier. Man holt sich in der prallen Sonne sonst sehr leicht einen Sonnenbrand. Oder bist du schon eingecremt?«

»Ähm. Nein, noch nicht. Danke.« Seine fürsorgliche Art tat Kati gut. Er kümmerte sich auf so unaufdringliche Weise um sie, wie er es schon im Krankenhaus getan hatte, als er ihr am ersten heißen Sommertag ein Eis mitbrachte oder als er ihr die Zitronenlimo kommentarlos auf den Nachttisch stellte, die sie sich so wünschte.

Sie sprühte Sonnenöl auf ihre Arme und begann sich einzuschmieren, während Fabian schon das Board mit einer mühelosen Bewegung ins Wasser hob und dann den Packsack darauf befestigte.

»Ich wär so weit.« Kati reichte ihm die Creme und er steckte sie in eine kleine Seitentasche.

»Gut. Fürs Erste mach ich dir den Chauffeur. Und später versuchst du es mal, okay? Wenn es dir Spaß macht, kann ich nächstes Mal ein SUP von meinem Kumpel leihen.«

»Klingt großartig.« Kati watete ins Wasser. Fabian hielt das Brett fest, während sie sich daraufsetzte und die Füße anzog.

»Sitzt du gemütlich?«, wollte Fabian wissen.

»Sehr.« Das Board war zwar ein wenig wackelig, aber auf keinen Fall so sehr, wie es zuerst den Anschein gehabt hatte.

Dann spürte sie, wie Fabian auf das Brett stieg und es doch stark ins Schwanken geriet. Kichernd hielt sie sich an den Rändern des Boards fest, während Fabian ihnen mit dem anderen Bein einen Schubs vom Ufer weg gab. Schon waren sie auf dem See. Fabian fand seine Position, und als Kati sich umschaute, ragte er hinter ihr auf und wirkte um einiges größer als sonst. Mit kräftigen Schlägen paddelten sie los und gewannen schnell an Tempo.

»Du machst das häufiger, oder?«

Fabian lachte. »Ja, definitiv. Als du neulich bei mir aufgetaucht bist, bin ich doch auch gerade vom See gekommen.«

»Stimmt. Da hab ich gar nicht so sehr auf das Board geachtet. Ich war so sauer auf Paolo.«

»Warum, was war denn?«, fragte Fabian.

»Nichts, was jetzt noch wichtig wäre. Ich habe mich auf jeden Fall von ihm getrennt. Aber können wir das Thema wechseln und den Moment genießen?«

»Okay. Wie du möchtest.« Fabian beugte sich zu ihr herunter und drückte zart ihre Schulter.

Kurz legte Kati ihre Hand auf seine, dann ließ sie ihn weiterpaddeln.

Auf keinen Fall wollte sie sich diesen Augenblick ruinieren lassen, denn es war wunderschön hier auf dem ruhigen See. Das durchs Wasser schneidende Brett erzeugte ein ähnliches Geräusch wie ein Segelboot. Man hörte ein leises Plätschern. Außerdem sah man bis zum Grund des Sees hinunter, so klar war das Wasser. Vereinzelt flohen kleine Fische, es gab Wasserpflanzen, Steine und Muscheln zu sehen. Außerdem verebbten die Stimmen aus dem Strandbad mehr und mehr, je weiter sie auf den Chiemsee hinausglitten.

»Das ist großartig«, entfuhr es ihr.

Ihr wurde klar, dass ihre besten Momente, seit sie aus der Narkose aufgewacht war, alle mit Fabian zu tun hatten. Der Aufwachmoment, wo er ihre Hand gehalten hatte, der Moment, als sie das Rehkitz sah, und nun dieser Augenblick, ihr erstes Abenteuer seit dem Unfall.

»Ja, gefällt es dir?« In Fabians Stimme klang seine Freude mit.

»Total. Ich hätte das gar nicht gedacht.« Es war wie Liebe auf den ersten Blick. Kati würde sich so ein Board kaufen, definitiv. Vielleicht wusste sie nicht, was sie lesen sollte, aber dass sie auf so einem Brett übers Wasser schippern wollte, war klar.

Fabian lachte. »Siehst du. Es gibt Dinge, die kann man hier super machen.«

»Wie oft fährst du raus?«, fragte Kati. Seine Paddelschläge wirkten ruhig und unangestrengt.

»So oft ich kann. Manchmal übernachte ich auf einem der Campingplätze am See. Ich bin auch schon die Alz runtergefahren, das macht auch total viel Spaß.«

Kati nickte. Das konnte sie sich vorstellen. Sie atmete tief die Luft ein. Man roch den See und seinen ganz eigenen Duft. Die Wasserqualität des Chiemsees war hervorragend. Sie ließ ihre Finger durch das Wasser gleiten und sich die Haut davon streicheln.

Sie fuhren eine ganze Weile. Fabian fuhr am Freibad Schöllkopf vorbei, wo unter den hohen Bäumen reger Betrieb herrschte, und umrundete die kleine Landzunge, auf der ein Campingplatz angesiedelt war. Alles vom Wasser aus zu betrachten, eröffnete eine ganz neue Perspektive.

»Danke, Fabian, das ist so schön. Ich werde mir definitiv ein SUP besorgen, am besten gleich heute noch.«

Fabian lachte. »Vielleicht solltest du davor mal selber paddeln.«

»Auf jeden Fall, wenn du mich lässt.« Am liebsten wäre Kati sofort aufgestanden.

»Moment, ich fahre eben ins seichte Wasser. Sonst fällst du mir noch rein bei der Aktion.«

»So schlecht wäre das gar nicht. Es ist ziemlich warm.«

»Das stimmt. Ich hab noch eine Cap für dich, wenn du möchtest.«

»Das geht schon, aber danke für die Fürsorge.«

Als sie ins Flache kamen, sprang er vom Board und das Wasser spritzte in alle Richtungen. Kati kicherte. Es war wunderbar erfrischend, sodass sie sich einfach seitlich ins Wasser fallen ließ, in voller Montur. Als sie lachend und prustend auftauchte, machte sie ein paar Schwimmzüge. Nichts tat ihr weh, sie fühlte sich frei und leicht. Schwimmen ging also ohne Schmerzen, das war gut zu wissen.

Fabian schaute ihr verblüfft nach. Dann schlüpfte er aus seinem T-Shirt, warf es auf das Board und ließ sich rücklings ins Wasser fallen. Das Brett schaukelte leicht von den Wellen, die er damit verursachte, und da war es wieder, das herrliche Plätschern.

»Dieses Geräusch ist die reinste Meditation.«

»Was meinst du?« Fabian war neben ihr. Wassertropfen glitzerten in seinen wirr vom Kopf abstehenden Haaren. Er hatte viele Sommersprossen, fiel Kati auf. Tatsächlich. Nicht nur auf der Nase, sie zogen sich bis über beide Wangenknochen. Warum hatte sie das noch nie gesehen?

»Wenn das SUP übers Wasser gleitet oder kleine Wellen bricht. Das klingt wunderbar.«

»Definitiv.« Er strahlte sie an. »Ich wusste, dass du das Stand-up-Paddeln mögen würdest. Möchtest du es jetzt mal versuchen?«

»Gerne.«

»Gut, dann schwimme ich ein Stück. Es macht zum Einstieg sicher mehr Spaß, wenn du das Board für dich allein hast.«

Kati waren die Umstände, die Fabian sich ihretwegen machte, unangenehm. »Wir können aber wirklich auch zusammen fahren.«

»Nein, das ist schon in Ordnung. Ich schwimme zu dem Steg da drüben und du sammelst mich ein. Okay?«

»Na gut. Danke.« Kati war angespannt wie vor einer aufregenden Klettertour. Sie konnte es kaum noch abwarten.

»Ich stell dir noch das Paddel auf deine Körpergröße ein. Dann bist du so weit.« Fabian war schon an ihrer Seite.

»Muss man das?«

»Auf jeden Fall. Die Details lernst du später, Bremstechniken beispielsweise, und wie du schlägst. Da gibt es einiges zu lernen.«

Wie schon beim Retten der Rehkitze wusste Fabian, was er tat, und hatte sich mit der Materie beschäftigt. Das gefiel Kati.

»So, steigst du auf? Ich halte das Board für dich, beim ersten Mal ist es ziemlich wacklig.«

»Okay.«

»Du kniest dich mittig auf das Brett. Kannst du das schon machen mit deinem Bein?«

»Äh, ja. Ich denke schon.« Kati versuchte es und spürte einen ganz leisen Schmerz in ihrem Knie. »Geht gut«, sprach sie sich selbst Mut zu.

»Schön. Ich halte das Board fest.«

Kati nutzte ihr gesundes Bein und stand auf. Es ziepte noch ordentlich im Knie, aber es ging.

»Am besten schaust du, wenn du lospaddelst, nicht auf das Brett, sondern immer eher in Richtung Horizont und auf das, was um dich herum geschieht«, erklärte Fabian.

»Okay, ist gut.« Ganz so leicht, wie Kati es sich erhofft hatte, war es gar nicht, auf dem wackeligen SUP-Board zu stehen.

Ein Stück weiter fuhr ein Elektroboot vorbei, und obwohl der Abstand sicher, objektiv betrachtet, groß genug war, machte Kati sich Sorgen, ob sie rechtzeitig würde ausweichen können.

Fabians Hand schloss sich um ihren Knöchel, ganz warm, und positionierte sanft ihre Füße. »So stehst du stabiler, oder?«

»Stimmt! Das macht einen riesigen Unterschied, danke.«

Er nickte und reichte ihr das Paddel. So, schau, auf dem Paddel sieht man, wie lang es eingestellt werden muss, siehst du das?

Kati nickte und verkürzte das Paddel auf ihre Größe.

»Dann kann es losgehen. Wir treffen uns dort drüben, in Ordnung?«

Ohne ihre Antwort abzuwarten, schwamm Fabian auch schon los. Verblüfft schaute Kati ihm zu, wie er mühelos durchs Wasser kraulte. Schon wieder etwas, das er verdammt gut konnte.

Kati nahm den Steg ins Visier und machte die ersten Schläge mit dem Paddel. Das Board nahm erstaunlich schnell Fahrt auf, wenn nur sie darauf stand. Ihr Knie beschwerte sich, aber es war auszuhalten. In der Reha hatte es mehr wehgetan.

Ihr Blick wanderte über das Wasser, die dreieckigen weißen Segel, das Ufer, an dem das Schilf ganz hoch stand, und auch wieder zu Fabian, der gleichmäßig dahinschwamm.

Diese Sommersprossen, dachte sie bei sich. Wie hatte sie diese süßen Sommersprossen übersehen können?

Vielleicht, überlegte Kati, war sie all die Jahre über wirklich viel zu weit weg von zu Hause gewesen.

9. Kapitel

»Und dann?« Nelly schaute ihre Schwester mit großen Augen an. Die beiden Frauen saßen in einem Café in der Nähe des Marktplatzes. Obwohl Nelly den ganzen Tag Süßigkeiten herstellte, bekam sie nie genug davon.

Jetzt saßen sie an einem kleinen Tisch und genossen Erdbeershakes. Der kleine Gastgarten war mit Blumen dekoriert und auf jedem Tisch stand eine Vase mit Margeriten. Es sah so aus, als ob die Besitzerin des Cafés sie selbst gepflückt hatte, und das verlieh dem Ambiente einen besonderen Charme. Kein Wunder, dass es nie leicht war, hier nachmittags einen freien Tisch zu bekommen. Es gab sogar ein paar Schaukelstühle und eine Hollywoodschaukel sowie einen kleinen Sandkasten für die Kinder.

Nelly hatte dieses Café als Treffpunkt vorgeschlagen, weil sie hier nach der Arbeit einfach hinkommen konnte.

»Na, dann bin ich auf dem SUP über den See gepaddelt.« Kati hatte es einfach traumhaft gefunden. Natürlich, anfangs war es ihr gar nicht so leichtgefallen, die Balance zu halten, aber wie das Brett das Wasser durchschnitt, Gott, wie sie das Geplätscher liebte! Außerdem realisierte Kati sehr schnell noch eine andere wichtige Sache: Sie fühlte sich frei auf dem See, so frei wie in den Bergen. Dieses Gefühl, das sie verloren geglaubt hatte, war vermutlich der größte Schatz, den sie seit ihrem Unfall gefunden hatte.

»Ich bin Fabian so dankbar, dass er mir das gezeigt hat.«

»Oh ja, er ist einer von den Guten.«

Kati horchte auf. »Du kennst ihn?«

Nelly nickte. »Ja, er war ja schon einige Male bei uns oben auf dem Bauernhof, wegen der Rehkitze.«

»Stimmt! Da hat er mich auch mitgenommen neulich. Ich war vor ein paar Tagen erst bei euch draußen, aber da warst du in der Arbeit, sonst hätte ich vorbeigeschaut.« Kati pflückte die Erdbeere von ihrem Glasrand und steckte sie sich in den Mund.

»Er ist jedenfalls ein paar Mal danach noch auf einen Kaffee dageblieben und ich mag ihn total.«

Kati nickte. Sie mochte ihn auch.

Als sie mit dem SUP am Steg angekommen war, stieg Fabian gerade aus dem Wasser. Er war viel sportlicher, als Kati gedacht hatte, und als sie ganz nah vor ihm stand, betrachtete sie ein weiteres Mal seine

Sommersprossen. Diese Sommersprossen machten etwas mit ihr. Sie wusste nur noch nicht, was.

»Mir kommt es gerade so vor, als würde ich Fabian noch mal ganz neu kennenlernen«, gestand Kati ihrer Schwester. »Ich hab ganz viele neue Dinge über ihn erfahren, zum Beispiel ist er ein toller Schwimmer. Dann das mit den Rehkitzen.« Kati lachte leise. Warum war sie ein wenig verlegen, wenn sie über ihn nachdachte? Weil sie ihn über Jahre verkannt hatte?

»Hast du ihn je in Erwägung gezogen?«, fragte Nelly.

»In Erwägung?«

»Na ja, als Mann?«

»Als Mann?«, echote Kati.

»Er ist wirklich attraktiv. Also … falls dir das noch nicht aufgefallen sein sollte.« Nelly fuchtelte in der Luft herum, um eine Wespe zu vertreiben, die ebenfalls Lust auf einen Milchshake hatte.

Kati stutzte. Nein, sie hatte sich noch nie Gedanken über Fabian als Mann gemacht. Er war eben Fabian, fertig. Sie zuckte mit den Schultern. »Nee, wirklich nicht.«

Aber die Sommersprossen, seufzte eine Stimme in ihrem Kopf. Das Glitzern seiner Haarspitzen, das warme Lachen, als sie sich in voller Montur ins Wasser geworfen hatte, seine Hand beim Aufwachen aus der Narkose, als sie noch nicht wieder ganz in dieser Welt gewesen war, diese Sicherheit und Geborgenheit, die sie da empfunden hatte, glaubend, ihre Hand würde von Paolo gehalten.

»Nee?«

»Ach, Nelly. Weißt du, wie lange Fabian und ich uns schon kennen? Wir sind füreinander wie ein paar bequeme Hausschuhe. Sie wärmen, sie sind gemütlich und außerdem ausgelatscht.«

»Ach so. Ausgelatscht, hm?« Nelly runzelte die Stirn. »Du bist ja nicht sehr nett.«

»So war es gar nicht gemeint. Wir sind halt schon sehr lange befreundet und total vertraut miteinander.« Als Kati das laut aussprach, klang es nicht ganz richtig. Es klang verschoben. So, als würde das, was sie da sagte, nicht ganz stimmen.

Nelly nahm einen Schluck. »Weiß ich doch. Na ja, vielleicht wird es ja was mit Isabella und ihm.«

»Wer ist denn Isabella?«

»Keine Ahnung. Fabian hat mir neulich erzählt, dass er sich mit einer Isabella trifft. Mehr musst du ihn dann schon selber fragen.«

»Aha.« Kati fühlte sich, als hätte ihr jemand in den Bauch geboxt. Jetzt gab es in Fabians Leben also auch noch eine Isabella. Von wegen Hausschuh!

Nelly grinste und trank ihr Glas leer.

»Entschuldige mich mal kurz.« Kati stand auf. Den triumphierenden Blick, den Nelly ihr nachwarf, sah sie nicht. Zu sehr war sie damit beschäftigt, in die Damentoilette zu laufen und dort ihr Handy aus der Tasche zu ziehen. Der Drang, sich sofort mit Fabian zu verabreden, war übermächtig.

Lust auf SUP morgen? Ich hab mir heute früh ein Board gekauft, schrieb sie und schickte einen Smiley hinterher. Tatsächlich war sie nach der SUP-Tour vom Vortag noch mit Anton ins Sportgeschäft gefahren und hatte sich ein eigenes Board gekauft – spontan und ohne sich groß Gedanken darüber zu machen.

Dann wartete sie. Sie wollte nicht an den Tisch zurückgehen, bevor sie nicht eine Antwort hatte.

Aber klar. Bin dabei. Ich hol dich ab. Neun Uhr? Es war, als hätte Fabian auf eine Nachricht von ihr gewartet.

Kati antwortete mit einem hochgereckten Daumen.

Wie schön es sein würde, das SUP gleich auszuprobieren. Kati spürte ein leises Kribbeln in der Magengegend. Sie stutzte und betrachtete sich im Spiegel des kleinen Waschraums. Das Gefühl kannte sie. Sie musste nicht lange nachdenken, woher. Sie kannte es von Erstbegehungen auf hohe

Berge und von neuen Kletterrouten. Es war ein Gefühl, das bis dato ihren Bergtouren vorbehalten gewesen war. Vorfreude, gepaart mit dem Wissen, dass etwas vor ihr lag, das sie glücklich machen würde. Sie musterte ihr Gesicht im Spiegel, sah das begeisterte Glitzern in ihren Augen. Gut, dass morgen keine Physiotherapie anstand! Gut, dass Samstag war.

Kati lächelte sich selbst zu. Es würde super werden, mit Fabian den Tag auf dem See zu verbringen.

Auf jeden Fall wollte sie ihn nach Isabella fragen. Mal sehen, wer das war. Schließlich wünschte sie sich, dass Fabian glücklich wurde.

Kati lächelte sich zufrieden zu.

Heute fühlte sie sich tatsächlich wieder ein wenig wie die Abenteurerin, die sie vor ein paar Wochen noch ganz selbstverständlich gewesen war.

Sie waren zum Badeplatz Schraml in Prien gefahren. Hier war oft viel los, aber es gab kleine Stege, von denen man das SUP zu Wasser lassen konnte, ohne nasse Füße zu bekommen. Nicht dass das im Sommer eine allzu große Rolle spielte, aber Fabian hatte gemeint, dass sie im Herbst oder Winter vielleicht sehr froh über einen solchen Ort sein würde. Jetzt waren sie auf ihren Boards an der Südseite der Herreninsel entlang unterwegs. Katis war ein bisschen kürzer als Fabians.

»Das da oben ist die Ottos Ruh.« Fabian deutete auf eine Stelle über dem Wasser.

»Steht da nicht dieser Pilz, wo man sich hinsetzen kann?«

»Ganz genau.«

»Ich glaube, da sind sich Nelly und Quirin nähergekommen.« Kati grinste. Ihre Schwester hatte ihr – natürlich ohne Details zu nennen – von ihrem Ausflug auf die Herreninsel erzählt, bei dem sie ihren heutigen Lebensgefährten besser kennengelernt hatte. Eine total süße, romantische Geschichte, fand Kati.

Fabian paddelte schon wieder weiter, ein Stück vom Ufer entfernt, um die Enten nicht zu sehr zu erschrecken, wie er sagte. Es war ganz schön viel los auf dem See. Erst heute fiel Kati auf, dass sie bei Weitem nicht die Einzigen waren, die mit dem SUP auf dem See herumpaddelten. Es gab eine ganze Reihe von Paddlern. Manche gingen es ganz gemütlich an und sonnten sich in Ufernähe auf ihren Boards, manche waren offensichtlich ambitionierte Sportler. Kati als Anfängerin spürte durchaus, wie das Gepaddel ihr in den Rücken zog. Sie würde

Muskelkater bekommen, dachte sie mit einer gewissen Befriedigung.

»Wie wäre es, wenn wir in der Pauls Ruh haltmachen? Wir könnten kurz ins Wasser springen.«

»Klingt prima.« Kati schaute in die Richtung, in die Fabian mit seinem Paddel deutete. Dort befand sich tatsächlich ein kleiner Strand, an dem bereits eine Familie badete. Sonst war niemand zu sehen. »Das ist ja ein hübscher Ort!«

»Ja, oder?« Fabian strahlte. »Das sind all die kleinen Ecken, die man entdeckt, wenn man mit dem SUP unterwegs ist.«

»Klingt toll.« Kati grinste. Die Probefahrt mit ihrem eigenen SUP gefiel ihr außerordentlich gut. Man spürte jede kleine Welle unter den Füßen, und wenn ein Dampfer vorbeifuhr, wurde es zu einer richtigen Herausforderung, sich auf dem Brett zu halten. Ihrem Knie schadeten die einfachen Balance-Übungen nicht, im Gegenteil! Sie hatte das Gefühl, die kleinen Bewegungen taten gut.

Langsam kamen sie und Fabian dem Ufer näher. Er sprang ins knietiefe Wasser, während er sich auch schon nach Kati umdrehte und ihr SUP sanft zum Halten brachte. Dann hielt er ihr die freie Hand hin und Kati nahm sie ganz selbstverständlich. Sie sanft stützend, half er ihr, langsam vom SUP zu steigen, um ihr Knie nicht zu überlasten.

»Danke.« Sie lächelten einander an.

»Nicht dafür.« Fabian ließ sie los und wandte sich ab, um nach seinem SUP zu greifen, das abzutreiben drohte. »Warte kurz. Ich hol dein Board gleich noch. Ich trage beide auf die Wiese, da sind sie sicher. Du kannst mal schauen, wie dein Knie mit dem Boden hier klarkommt.«

Tatsächlich war der Untergrund relativ uneben und Kati musste bei jedem Schritt aufpassen. Allerdings fühlte sich das Wasser herrlich weich an und man konnte bis zum Grund sehen. Ein paar kleine Fische blitzten im Wasser auf. Kati bückte sich, steckte ihren Arm ins Wasser und griff nach einer großen Miesmuschelschale. Sie dachte an Michael. Dem könnte die Muschelhälfte gefallen.

»So, da bin ich wieder. Gib mal her, dein Board. Soll ich die Muschel auch gleich noch nehmen? Ich könnte sie in meinen Packsack stecken für dich.«

»Danke, das ist lieb.« Sie schaute ihm nach, wie er in aller Selbstverständlichkeit ihr neues Board aus dem Wasser hob und an Land trug. Vorhin hatte er ihr Sommerkleid und ihre Sandalen in seinem Packsack verstaut, ihr eine kleine Wasserflasche gereicht, weil sie beim Paddeln wider Erwarten ziemlich ins Schwitzen geraten war, und ihr ein paar Kniffe gezeigt, mit denen sich das Brett leichter steuern ließ. Ihre Freundschaft miteinander war etwas Wunderbares.

Sie watete vorsichtig tiefer ins kühle Wasser. Die Erfrischung tat gut. Am Ufer hinter Kati kreischten die zwei Kinder der Familie, die ebenfalls hier badete. Kati drehte sich auf den Rücken und schaute zurück zu der idyllischen Bucht, die von Schilf eingesäumt war. Ein großer Baumstamm lag am Ufer, davor die SUPs. Fabian winkte ihr zu und Kati winkte zurück. Sie war eine leidlich gute Schwimmerin, konnte sich auf jeden Fall noch verbessern. Dafür war dieser Sommer wie gemacht, fand sie. Paddeln und Schwimmen, das passte doch wunderbar. Kati glitt weiter durchs Wasser, tat ein paar Schwimmzüge. Als Fabian neben ihr auftauchte, wechselten sie nur einen Blick.

»Schwimmen wir ne Runde?«, fragte Kati.

»Wenn es kein Wettkampf wird. Ich bewege mich gern im Wasser, bin aber nicht der Schnellste.«

Kati lachte. »Na gut.«

Sie kannte das schon, dass sie oft zu leistungsorientiert für manch andere unterwegs war. Aber so hielt sie problemlos ihre schlanke Figur und konnte trotzdem essen, was sie wollte. Außerdem machte es Spaß, sich zu überwinden, an seine Grenzen zu gehen, sie war regelrecht süchtig danach. Zumindest war sie es gewesen. Jetzt genoss sie es auch sehr, einfach nur das Wasser an ihrem Körper zu spüren und das Panorama zu bestaunen.

Einträchtig schwammen sie nebeneinanderher.

Vor ihnen sprang ein Fisch aus dem Wasser und landete mit einem Platschen wieder auf der Wasseroberfläche. Kati hätte fast aufgekreischt. Sie prustete, und Fabian lachte leise auf.

»Keine Sorge«, sagte er. »Wenn ein Hai kommt, beschütze ich dich.«

»Das möchte ich doch sehr hoffen! Und wenn Piraten kommen …«

»… bin ich dein Mann. Kein Problem. Gegen die Piraten in dieser Gegend komme ich locker an.« Sie hatten denselben Humor, immer gehabt.

Schließlich saß Kati klatschnass neben Fabian, dessen kurze Haare fast schon wieder getrocknet waren, im kühlen, angenehmen Schatten der Bäume, die ihre Kronen so in Richtung Wasser neigten, dass sie ein Blätterdach bildeten.

Ihr Körper fühlte sich ruhig und ausgeglichen an. Die Bewegung tat ihr gut, spürte sie, das hatte sie vermisst. Keine Krankengymnastik der Welt tat so gut wie ein Tag an der frischen Luft.

Als sie schweigend mit Fabian übers Wasser hinweg in Richtung der Bergsilhouette schaute, knurrte ihr Magen plötzlich so laut, dass Fabian in Gelächter ausbrach. Mit einer sanften Geste strich er ihr über den Rücken. »Ich glaube, wir sollten rüber auf die Fraueninsel paddeln und uns ein paar Fischsemmeln genehmigen, was meinst du?«

»Klingt großartig. Dann könnten wir vielleicht auch noch Michael die Muschel bringen? Der Junge wächst im Moment so schnell, dass man dabei zuschauen kann. In zwei Wochen mag er am Ende keine Muscheln mehr.«

»Also, ich bin dabei.« Schon war Fabian auf den Beinen. Sein Tatendrang gefiel Kati. Und sie spürte seine warme Hand noch auf ihrem Rücken, die sie – nur ganz kurz – so herrlich zärtlich gestreichelt hatte. Vermisste sie es, angefasst zu werden? Ja, bestimmt. Aber war es nicht Paolo, dessen Berührungen sie vermisste?

Sie schaute Fabian zu, wie er zum Wasser ging, ihr SUP mit einer Hand tragend, als würde das Brett überhaupt nichts wiegen. »Kommst du?«, fragte er, und Kati stand auf, ohne ihren Gedanken zu Ende geführt zu haben.

»Ja, klar.« Ihr Knie zwickte kurz, aber nur so minimal, dass man es getrost ignorieren konnte.

Eine gute halbe Stunde später legten die beiden SUPs an der Fraueninsel an. Fabian zauberte ein Kettenschloss aus seinem Packsack hervor.

Sie hatten direkt an einem Steg gehalten, und wieder war es Fabian gewesen, der Kati ganz selbstverständlich half, das SUP an Land zu bringen, wo er beide Boards miteinander verkettete.

»Die Paddel sollten wir mitnehmen«, schlug er vor.

»Oder wir lagern sie bei meiner Schwester? Ich wollte ja eh zu Michael.«

»Super. Das machen wir.«

»Äh. Wir haben keine Schuhe mitgenommen«, fiel Kati in diesem Moment ein.

Benedikt lachte. »Dann sind wir heute wohl alternative Barfußjünger oder so was.«

Kati zuckte mit den Schultern. »Meinetwegen. Ich soll eh viel barfuß gehen, sagt der Physio.«

Sie gingen nebeneinanderher durch das kühle Gras am Seeufer, bevor sie auf den Weg wechselten, der am Ufer entlang die Insel umrundete, die winzig war. Man erreichte jede Stelle auf der Fraueninsel in weniger als zehn Minuten.

Fabian und Kati gingen an den Klostermauern entlang. Die Klosterwirtschaft war gut besucht, am Steg legte gerade ein Dampfer an. Eine Menschentraube wartete darauf, einzusteigen, während schon die nächsten Besucher ankamen. Trotz der vielen Urlauber verlor die Insel niemals ihren Charme. Die Stimmung hier war ruhig und gelassen, beinahe meditativ anmutend. Fast jedes Wohnhaus war mit Blumen üppig geschmückt. Betörender Blütenduft lag in der Luft. Weiter vorne sah man schon die

Töpferei, deren große Türen weit offen standen. Zahlreiche Interessenten standen im Hof.

»Wow, das ist echt hübsch«, sagte Fabian. »Ich habe noch nie bewusst auf das alte Bootshaus geachtet.«

Kati schaute ihn an.

»Na ja«, meinte er und klang verlegen. »Töpferwaren sind nicht gerade mein Interessengebiet.«

Das brachte Kati zum Lachen. »Ich kann mir dich auch nicht mit getöpferten Blumen in der Hand vorstellen.«

»Nein.« Fabian grinste. »Ich bin eher der robuste Typ.«

Kati schaute in den Verkaufsraum, aber Christina war nicht da. Eine der Aushilfen stand hinter der Theke. An der Kasse hatte sich eine kleine Schlange gebildet.

»Hm. Vielleicht ist Christina in der Wohnung. Wollen wir mal schauen? Ich mag die Mitarbeiterin nicht stören, sie ist beschäftigt genug.«

»Klar. Und wenn sie nicht da ist, können wir vielleicht zumindest die Paddel deponieren«, schlug Fabian vor.

»Ja klar.«

Sie gingen zu dem kleinen, unauffälligen Gartentor.

»Wow. Das sieht hier ja aus wie bei euch daheim«, bemerkte Fabian und sah sich in dem bunten

Rosengarten um, der in allen Farben leuchtete – ein typisches Beispiel für einenRaueninselgarten.

»Wundert dich das? Mama kommt regelmäßig her.«

»Dann wundert mich das tatsächlich nicht.«

Jeder wusste, dass Gittis Leidenschaft für Rosen aller Art keine Grenzen kannte.

Die Terrassentür war ebenfalls zu.

»Ich schätze, die zwei sind ausgeflogen. Lass uns die Paddel hier ablegen.« Sie zeigte auf den Tisch. »Dann sieht Christina sie gleich und weiß, dass jemand sie besuchen wollte.«

Fabian legte die Paddel ab und klatschte in die Hände. »Essen, oder?«

»Unbedingt. Ich glaube, ich brauche gleich zwei Fischsemmeln.« Kati fasste sich an den Bauch.

»Für mich klingt das prima.« Fabian bedeutete ihr, vorauszugehen.

»Lass uns bei Benedikt vorbeischauen, das ist der Freund meiner Schwester. Vielleicht hat der heute Räucherfisch im Angebot«, schlug Kati vor.

»Klingt wunderbar.«

Auf dem Uferweg kamen sie nicht schnell voran, es war viel los, sodass sie gemütlich mit der Menge der Tagesurlauber dahinflanierten. Ein Schwalbenschwanz-Schmetterling flog vorbei und landete in einer frühen Dahlie am Wegrand.

»Gibst du mir mal schnell mein Handy? Es ist in deiner Tasche.«

Fabian griff nach seinem Packsack und holte mit einem Griff Katis Handy hervor.

Langsam bewegte Kati sich auf den Schmetterling zu, um ihn nicht zu erschrecken. Das Foto, das entstand, zeigte den Schwalbenschwanz mit prachtvoll gespreizten Flügeln vor einem unscharfen Blütenhintergrund.

»Zeigst du mir das Bild?« Fabian trat zu ihr.

»Äh, klar.«

»Du hast Talent.«

Kati winkte ab. »Ach, das ist nur so ein Zeitvertreib.«

»Du«, er sprach jetzt mit Nachdruck, »hast Talent. Ich meine, das ist nur ein Handyfoto, oder? Trotzdem hat es total viel Ausdruck und Gefühl.«

»Na gut. Danke.« Das Kompliment freute sie.

Sie gingen weiter. Es war nicht weit bis zu Benedikts Haus. Kati sah ihn schon von Weitem. Er war am Wasser an seinem Boot und sortierte Fischernetze. Bene war ein Mann wie ein Baum, und Kati wusste, dass Christina das besonders schätzte. Sie dachte an ihr Gespräch mit Christina, während sie den Mann bei der Arbeit beobachtete. Jede seiner Bewegungen war ruhig und unaufgeregt. Er achtete nicht darauf, dass eine vorbeigehende Urlauberin ihn hemmungslos mit einer riesigen Spiegelreflexkamera ablichtete, sondern ging konzentriert seiner Tätigkeit nach.

»Hallo, Benedikt!«, rief Kati, als sie und Fabian schon fast an seinem Boot angekommen waren, das er direkt am Steg, der zum Haus seiner Familie auf der anderen Seite des Weges gehörte, vertäut hatte.

Er blickte auf. »Oh, hallo.«

War er enttäuscht?

»Du klingst ein wenig wie deine Schwester.«

»Ah.« Er hatte also gedacht, sie wäre Christina.

»Wie geht es dir?« Benedikt sprang vom Boot auf den Steg, wischte sich die Hände an seiner Fischerhose ab und reichte dann erst Kati, dann Fabian die Hand.

»Gut. Fabian hier und ich sind auf der Suche nach richtig guten Fischsemmeln. Da bist du unsere erste Anlaufstelle.«

Benedikt deutete eine Verbeugung an. »Vielen Dank. Aber ich war heute noch gar nicht draußen. Tut mir leid.«

»Nicht schlimm. Wir schauen einfach auf der anderen Inselseite, oder?«, fragte Fabian in Katis Richtung.

»Klar, kein Problem. Hauptsache, was zu essen.« Kati befand sich in einem Zustand, wo sie auch mit einem einfachen Käsebrot oder Nudeln vom Vortag glücklich gewesen wäre. Sie hatte ein regelrechtes Loch im Bauch.

»Hat euch die Dampferfahrt so hungrig gemacht?«, frotzelte Benedikt.

»Von wegen Dampfer!« Kati täuschte Empörung vor. »Wir sind mit dem SUP unterwegs.«

»Echt? Hat Fabian dich herübergerudert? Du bist doch noch lädiert, oder?«

»Oh nein.« Fabian legte für einen Moment den Arm um Kati, herzlich und bestärkend. »Das hat sie sehr gut selber gekonnt, auf ihrem eigenen Board sogar.«

Wie lieb von Fabian! Sie schaute ihn an. Er war nur einen halben Kopf größer als sie selbst. Seine Sommersprossen schienen immer mehr zu werden. Er strahlte Benedikt an, während er Kati an sich zog. Sie wollte gerade ebenfalls den Arm um Fabian legen, da löste er sich schon wieder von ihr. Ein Glücksgefühl durchfuhr Kati wie ein kleiner Stromschlag. Jetzt schaute Fabian zu ihr und sie grinsten einander an. Ja, sie verstanden einander, ohne Frage.

Benedikt hob abwehrend die Hände. »Ich hätte es mir denken können bei deinem sportlichen Ehrgeiz, Kati. Geht es deinem Knie denn besser?«

»Ja, es wird. Danke dir. Aber wir wollen dich gar nicht aufhalten, du siehst aus, als hättest du hier noch alle Hände voll zu tun.«

»Leider. Mein Vater hat sich das Bein gebrochen und fällt komplett aus. Da wird einem erst bewusst, was der alte Herr alles noch so leistet, am und ums Haus.« Benedikt fuhr sich mit dem Handrücken über die schweißnasse Stirn.

»Oh Mann, das tut mir leid. Ich hoffe, du kommst klar?«

»Ja, mein Bruder kommt öfter vorbei, wir kriegen das schon hin«, antwortete Benedikt. »Zum Glück halten wir als Familie gut zusammen.«

Kati nickte. »Vielleicht sehen wir uns ja später noch?«

Benedikt nickte abwesend, schien schon wieder an die nächsten Handgriffe zu denken.

»Du weißt nicht zufällig, wo Christina ist? Sie war nämlich nicht zu Hause.«

Benedikts Blick verdunkelte sich. »Nein. Tut mir leid.«

Mehr musste er nicht sagen. Kati ahnte, welche Botschaft in seinen Worten steckte, und es tat ihr leid – für ihn und für Christina gleichermaßen.

»Kein Problem. Wir schauen dann mal nach was Essbarem.«

»Alles klar. Servus, ihr zwei. War schön, dich kennengelernt zu haben, Fabian.« Benedikt deutete ein Winken an und sprang zurück auf sein Fischerboot.

»Danke, ebenfalls.«

Sie gingen weiter.

»Er ist nett«, stellte Fabian fest.

»Ja, das ist er wirklich. Christina hat mit ihm eigentlich einen richtigen Glücksgriff gelandet.«

Fabian nickte. »Warum ist er ein Glücksgriff?«

»Ach, das ist eine komplizierte Geschichte.« Kati wollte ihre Schwester und deren Sorgen nicht verraten.

»Hm.«

Fabian schaute aufs Wasser hinaus. Sie waren jetzt auf der Nordseite der Insel angekommen, wo es einen zweiten kleinen Strandabschnitt gab, an dem sich heute auch ein paar Leute mit ihren Badesachen niedergelassen hatten.

»Liebe ist vermutlich meistens kompliziert.«

Das war ihre Gelegenheit! Kati hatte eh herausfinden wollen, wer Isabella war. »Meine Schwester Nelly sagt, du hast jemanden kennengelernt?«, fragte sie freiheraus, ohne große Umschweife.

»Wie bitte?« Fabian runzelte die Stirn.

»Sie sagte etwas von einer Isabella, mit der du dich triffst.«

»Ach so, ja. Isabella. Vielleicht stelle ich euch mal einander vor.« Er lächelte. »Sie ist großartig.«

Fabian, der sonst so offen war, wirkte mit einem Mal verschlossen und schien nicht mehr preisgeben zu wollen, wechselte stattdessen das Thema. »Na los, gehen wir erst mal was essen.«

Kati aber konnte an nichts anderes mehr denken. Wer war diese Isabella? War sie etwa neidisch, weil Fabian jemanden hatte und sie nicht? Plötzlich war sie gar nicht mehr so hungrig. Sie konnte ihre Gefühle nicht richtig einordnen und spürte eine gewisse Unruhe in sich. Warum konnte sie sich nicht einfach für Fabian freuen? Er war ein großartiger, zuvorkommender Mann, der das Herz am richtigen Fleck hatte. Er hatte ein Recht auf Glück!

Vor lauter Nachdenken hatte Kati gar nicht bemerkt, dass sie an einem kleinen Biergarten angekommen waren.

»Wollen wir hier unser Glück versuchen?«, schlug Fabian vor.

»Gerne. Wie du magst.« Kati lächelte ihn unsicher an und fühlte sich plötzlich fremd in ihrer Haut – ganz anders als sonst in Fabians Gesellschaft.

»Kati!« An einem Tisch im Eck saßen Michael, Christina – und Frau Maria. »Kommt rüber!« Ihr Neffe winkte wie wild und hätte dabei sicher sein Glas umgestoßen, wenn Christina es nicht geistesgegenwärtig festgehalten hätte.

»Hey, da seid ihr ja!« Kati war froh, die Situation auflockern zu können, die sich plötzlich so seltsam und angespannt anfühlte.

»Wollen wir uns zu meiner Schwester und ihrem Gefolge setzen?«

»Klar. Gern.« Fabian war wie immer unkompliziert. Falls er sich unsicher fühlte, ließ er es sich jedenfalls nicht anmerken. Er bedeutete Kati vorauszugehen und sie traten gemeinsam an den Tisch.

»Schön, euch zu sehen. Du bist Fabian, oder? Ich kenn dich noch aus Schulzeiten. Ihr habt doch ständig was miteinander ausgeheckt, Kati und du!«

Fabian lachte Christina an und gab ihr die Hand. »Stimmt. So richtig einfach hatten es die Lehrer nicht mit uns.«

»Das kannst du laut sagen.« Kati lachte ebenfalls. Das hier war wieder sicheres Terrain: ihre gemeinsame Geschichte.

»Darf ich dir Frau Maria vorstellen. Sie ist eine Klosterschwester hier auf der Insel«, sagte Kati. Fabian gab auch Frau Maria die Hand.

»Wie schön, Sie kennenzulernen«, sagte sie und klang dabei, als würde sie gerade einen Weltstar treffen. Dann wandte Maria sich Kati zu, breitete die Arme aus und zog sie nah zu sich heran.

»Gut gemacht«, flüsterte sie ihr ins Ohr und Kati wurde rot. Sie wollte der Nonne erklären, dass … Ja, was eigentlich?

Maria dachte sicher an den Ratschlag, den sie Kati gegeben hatte – und gewissermaßen befolgte

Kati ihn ja auch. Sie richtete sich ihr Leben neu ein, auch wenn das nicht immer so einfach war.

»Wie kommt ihr hierher?«

Kurz erzählte Kati.

»Sehr cool«, sagte Michael. Vor ihm stand eine leere Eisschale.

»Finde ich auch«, stimmte Christina zu und Frau Maria nickte. »Toll, dass ihr das gemeinsam macht.«

Fabian schaute hinüber an die kleine Theke. »Hier ist Selbstbedienung, oder? Ich hole uns mal eben was zu essen.« Er wandte sich an die anderen. »Kati steht nämlich mittlerweile mit Sicherheit kurz vorm Hungertod. Ihr Magen knurrt schon, seit wir auf der Herreninsel waren.«

Er stand auf. »Hast du besondere Wünsche?«

»Ach, einfach zwei Fischsemmeln und ein Wasser. Danke dir.« Kati schaute ihm hinterher.

»Der ist sehr nett, dein neuer Freund«, sagte Michael. »Ich mag den lieber als deinen alten.« Wie immer nahm er kein Blatt vor den Mund. Michael war von klein auf ein besonderer Junge gewesen. Nicht nur seine schnelle Auffassungsgabe bei Sachthemen zeichnete ihn aus, sondern auch seine gnadenlose Ehrlichkeit, die er auch im Älterwerden nicht abzulegen schien.

»Ja, ich auch«, stimmte Kati ihm grinsend zu. Mehr wollte sie Michael dazu nicht erklären. Die feinen Unterschiede zwischen platonisch und nicht platonisch interessierten den Jungen in seinem Alter noch nicht, vermutete Kati.

Sie sah aus dem Augenwinkel, dass die Blicke einer Frau am Nachbartisch Fabian folgten. Kein Wunder, er hatte diese positive Ausstrahlung, dieses schöne Lächeln, die Sommersprossen und die rotblonden Haare, die in der Sonne intensiv leuchteten. Außerdem war er gut gebaut, das hatte Kati heute beim Baden gesehen. Ja, er war ein eher massiger Typ, hatte aber nur einen ganz kleinen Bauchansatz.

Michael hatte völlig recht: Fabian war kein Paolo. Und sie fügte in Gedanken noch hinzu: Hoffentlich war diese Isabella gut zu ihm. In jedem Fall war sie zu beneiden, schoss es Kati durch den Kopf – und der Gedanke erschreckte sie genauso sehr, wie er sie überraschte.

10. Kapitel

»Das war total nett. Deine Schwester und dein Neffe sind echt superangenehme Leute, und Frau Maria ist so ganz anders, als ich mir eine Nonne vorgestellt habe.« Fabian und Kati hatten sich ihre Paddel geholt und waren jetzt auf dem Weg zurück zu ihren SUP-Boards. Christina hatte nicht besonders fröhlich ausgesehen, hatte Kati gefunden und nahm sich vor, sich bald wieder bei ihr zu melden.

»Frau Maria ist tatsächlich ein besonderer Mensch. Sie war es wohl, die am Ende dafür gesorgt hat, dass meine Schwester und Benedikt ein Paar werden. Maria ist wie ein guter Geist im Hintergrund. Eine Strippenzieherin, oder auch mal Kupplerin, weißt du? Aber im positiven Sinne.«

Fabian lachte. »Das kann ich mir vorstellen. Auch wenn Christina durchaus wie eine Frau wirkt, die genau weiß, was sie will.«

»Das ist sie. Aber sag, kanntest du meine Schwester noch gar nicht?«, fragte sie Fabian.

»Nur flüchtig. Sie war damals viel im Töpferkurs, glaub ich.«

Kati lachte. »Das kann sehr gut sein. Töpfern war schon in der Schulzeit ihre Leidenschaft.«

Fabian nickte. »Ja, Leidenschaften scheint ihr Schwestern alle drei zu haben, wenn auch sehr verschiedene, oder?«

»Oh ja. Töpfern, Berge, Lakritz.« Sie gingen am Dampfersteg vorbei und kamen schnell zur Südseite der Insel, wo sich ein wunderbarer Blick auf den Hochgern eröffnete, einen der Hausberge im Chiemgau, dessen verschlungene Gipfelpfade Kati im Schlaf gefunden hätte. »Und du hast die Rehrettung für dich entdeckt.«

»Das stimmt. Aber ich bin nicht sehr fanatisch unterwegs. Ich wollte das machen, habe mich mit Drohnen und so weiter beschäftigt, und jetzt helfe ich zwei Wochen pro Jahr aus. Das ist keine große Sache. Bei dir habe ich das Gefühl, das mit den Bergen ist … wie soll ich das sagen?« Fabian ging ein paar Augenblicke schweigend weiter, war langsamer geworden, während er nach den richtigen Worten suchte. »Bei euch dreien scheint es immer so allumfassend zu sein, wenn euch etwas interessiert. Ich meine, was macht Christina noch, außer töpfern? Was machst du, außer bergsteigen? Und bei Nelly weiß ich auch nicht, ob sie neben dem Laden noch ein Hobby hat.«

»Meine Schwestern machen beide Wassersport, und ich neuerdings wohl auch«, widersprach Kati. Aber sie wusste durchaus, was Fabian meinte. Jede von ihnen dreien brannte für ihre Sache, und das war nicht nur ein bisschen Glut, sondern mehr ein Feuer, das sich rasend schnell ausbreitete und das man nicht löschen konnte.

»Ich weiß aber schon, was du meinst«, gab sie zu.

Fabian schaute sie an. »Tut mir leid, das mit deinem Knie.«

Ihr fiel auf, dass er sie voller Mitgefühl anschaute, als wäre jemand gestorben. Und ein wenig fühlte es sich für Kati ja genau so an: wie ein unwiederbringlicher, riesiger Verlust, der eine Lücke riss, die nichts und niemand je wieder füllen konnte.

»Danke, Fabi«, sagte sie leise. Ihre Augen füllten sich mit Tränen.

»Ich wollte dich nicht traurig machen. Ich wollte nur …« Fabian hob hilflos die Schultern.

»Das weiß ich – und ich schätze total, dass du mit mir fühlst.«

Draußen auf dem See zog ein Schwan vorbei, majestätisch und würdevoll sah das aus.

Fabian legte den Arm um Katis Schulter. »Komm, wir gehen jetzt erst mal aufs SUP. Wenn du magst, zeig ich dir nachher noch ein paar Tricks.«

»Danke, das wäre toll.« Ablenkung würde helfen. Außerdem tat ihr seine Nähe gut. Sie konnte ihn riechen, herb und eben Fabian. Vorsichtig wagte sie es, ebenfalls den Arm um ihn zu legen, und den Kopf an seine Schulter, nur für einen Moment, gegen die Traurigkeit. Fabian ermutigte sie, indem er sie noch fester an sich zog. Und hatte sie da einen kleinen, tröstlichen Kuss in ihrem Haar gespürt? Kati war nicht sicher. Sie wollte darüber nicht nachdenken. Sie wollte sich nur einen Moment lang aufgeräumt und geborgen fühlen, bevor sie sich dem Leben mit neuer Kraft stellen würde.

Man sah schon das Strandbad. Heute war es sehr gut besucht, Kinder planschten im Wasser und auf der Liegewiese reihte sich Handtuch neben Handtuch. Bis weit übers Wasser hörte man glückliches Kreischen und fröhliche Stimmen. Es war ein wenig Wind aufgekommen, sodass sich kleine Wellen bildeten. Manchmal, wenn ein Dampfer vorbeifuhr, entstanden so hohe Wellen, dass Kati anfangs Angst hatte, das Gleichgewicht zu verlieren. Erst jetzt, kurz vor Ende der SUP-Tour, fühlte sie sich so sicher, dass die kleinen Wogen anfingen, ihr Spaß zu machen. Mittlerweile konnte sie es kaum erwarten, dass eines der Chiemseeschiffe vorbeikam.

»Können wir noch ein paar Manöver üben?«, rief sie Fabian zu, der ein paar Meter weiter vorne auf seinem Board stand und schon auf das Ufer zuhielt.

»Reicht es dir echt noch nicht? Ich bin ziemlich müde.«

»Bitte! Ich würde so gern noch Bremsmanöver üben. Und dann könnten wir ein Wettrennen machen. Ich bin schon ganz schön schnell.«

Fabian trat ganz nach hinten, machte ein paar kräftige Paddelschläge und wendete damit sein Board, um in Katis Richtung zurückzukommen. Es waren nur zehn Meter. Aber ihr gefiel, wie selbstverständlich er manövrierte, und in ihr war sofort der Wunsch, das mindestens so gut wie Fabian zu können.

»Ja, genau das will ich auch machen!« Sie zeigte mit ihrem Paddel auf sein Brett.

Fabian paddelte parallel neben sie und ließ sich dann auf die Knie sinken. »Kati«, sagte er leise. »Wird das jetzt die neue alles verzehrende Leidenschaft? Mit Wettrennen und Tempo und Leistung?«

Sie dachte an ihr Gespräch vorhin auf der Insel, was er da über die Passionen der Schwestern gesagt hatte.

»Vielleicht.« Ja, sie klang trotzig. Aber sie hatte viel verloren, verdammt noch mal!

Fabian seufzte. »Okay. Aber meinst du nicht, du könntest es ausnahmsweise mal wie mit dem Fotografieren handhaben und einfach nur Spaß daran haben – und sonst nichts?«

»Sonst nichts?«, echote Kati. Sie musste recht entgeistert aussehen, denn Fabian schüttelte lächelnd den Kopf, seiner eigenen Ungläubigkeit damit Ausdruck verleihend.

»Na gut. Wenn du sagst, du kannst noch, machen wir noch eine halbe Stunde. Keine Minute mehr, ich möchte nämlich noch für mindestens eine weitere halbe Stunde einfach nur in der Sonne liegen, ohne mich zu bewegen. Meinst du, du kannst mich dabei dann so gut unterstützen wie ich dich mit dem SUP?« Fabians Blick war so flehend, dass Kati unweigerlich lachen musste.

»Ich bemüh mich. Oder ich werfe in einer abgelegenen Ecke Steinchen, so weit ich kann, aufs Wasser hinaus.«

Fabian verdrehte die Augen. »Gut. Du bemühst dich. Damit kann ich leben. Aber versuch bitte, mal ein wenig zur Ruhe zu kommen. Das SUP ist nicht nur ein Sportgerät, es ist auch eine Möglichkeit, zu meditieren.«

Kati wusste, was Fabian damit meinte. Sie hatte es schon im Ansatz erlebt: das Plätschern des Wassers unterm Kiel, die Bewegung der kleinen Wellen, die man durch die nackten Füße im ganzen Körper widerhallen spürte, und die gleichmäßige Paddelbewegung.

Da kam ihr eine Idee. »Wie wäre es, wenn wir uns nach dem Üben noch an dem einsamen Steg drüben in Richtung Bernau auf die SUPs legen, um den Nachmittag ausklingen zu lassen? Da wären wir ganz alleine und es wäre weniger laut als hier. Quasi wie gemacht für eine Meditation zu zweit.« Sie grinste Fabian an.

»Ja, das klingt super. Das machen wir.« Er erwiderte ihr Grinsen und zwinkerte ihr noch dazu verschwörerisch zu. »Und jetzt zeige ich dir, wie du dein SUP ganz schnell wenden kannst, okay?«

»Juhu!«

Die nächste halbe Stunde war sie mit Feuereifer bei der Sache. Sie lernte schnell, verlagerte ihr Gewicht, paddelte, setzte ihre Kraft ein, navigierte. Es war schön, zu spüren, wie ihr Körper wieder kooperierte. Manchmal, wenn sie sich zu abrupt bewegte, zwickte es in ihrem Knie unangenehm, aber nie so schmerzhaft, dass Kati dies als bedrohlich empfand.

Allerdings schwitzte sie aus jeder Pore, obwohl die Sonne mittlerweile schon tiefer stand. SUPen, das war Kati längst klar geworden, war ein richtiger Sport und keineswegs, wie sie sich das vorgestellt hatte, eine bessere Luftmatratze. Das Gegenteil war der Fall! Ihre Rückenmuskulatur und auch ihr Bauch fühlten sich müde und ausgelaugt an. Mit Sicherheit würde sie Muskelkater bekommen. Aber das war genau das, was sie wollte.

»So. Wollen wir jetzt zum Abschluss noch ein Wettrennen zu unserem Steg veranstalten?«, fragte sie Fabian.

Der aber schüttelte den Kopf. »Mach dein Rennen mal schön gegen dich selbst. Wenn du auf mich wartest, geb ich dir eine Dose Cola aus. Ich hab nämlich zwei dabei. Allerdings bin ich jetzt platt und hab keine Lust mehr auf Tempo. Ich werde mich jetzt ganz gemütlich auf mein SUP setzen und genüsslich zum Steg paddeln.«

Hatte Fabian Kati da gerade unterstellt, sie sei nicht in der Lage, Genuss zu empfinden? Na, dem würde sie es zeigen!

Sie setzte sich ebenfalls und begann, gemächlich neben Fabian herzupaddeln. Ein Segelboot ein Stück weiter draußen hisste einen Spinnaker. Das bunte Vorsegel bauschte sich auf und das Boot beschleunigte. Insgesamt war der Wind jetzt, gegen Abend, wieder deutlich weniger geworden, und die Wellen waren gerade dabei zu verschwinden.

»Ich kann mindestens so gemächlich wie du sein, wirst schon sehen.«

Fabian hörte auf zu paddeln und Kati tat es ihm sofort nach. »Mensch, Kati! Kannst du es nicht einfach mal gut sein lassen?«

»Was meinst du?«

»Ich meine, dass nicht alles im Leben immer ein Wettkampf ist. Es geht doch gerade gar nicht ums Bessersein oder um Leistung. Schau dich mal um.« Fabian gestikulierte mit seinem Paddel. »Du bist an einem wunderschönen Ort, an einem Ort, der jedes Jahr Zehntausende Touristen anzieht, und es geht dir nur um Wettbewerb. Genieß doch einfach mal!«

Schweigend nahm Kati das Paddeln wieder auf. Irgendwie fühlte sie sich jetzt auf komische Weise unwohl. Eine Libelle kreiste über ihrem SUP und landete ganz vorne, direkt an der Spitze. Ihr Körper leuchtete blau im Licht der Sonne. Aber sie hatte keinen Blick dafür, kam gar nicht auf die Idee, ein Foto von dem schönen Insekt zu machen.

Denn es ging Fabian ja eigentlich gar nichts an, wie schnell sie etwas tun wollte. Sie war eben ein leistungsorientierter Mensch, jemand mit Zielen – na und? Trotzig stach sie mit ihrem Paddel aufs Wasser ein.

»Ich genieße, wie ich will.« Sie war nicht sicher, ob sie das zu sich selbst oder zu Fabian sagte.

Kati gewann schnell an Fahrt und glitt übers Wasser, voraus und ohne einen Blick zurück. Sie fuhr einfach auf den Steg zu. Fünf Minuten später war sie außer Atem, aber angekommen. Längst hatte die Libelle Reißaus genommen. Als Kati den Steg erreichte, drosselte sie das Tempo, landete an und band die Leash, eine Leine, die man während der Fahrt um den Knöchel befestigte, damit im Falle eines Überbordgehens das SUP nicht wegtreiben konnte, um einen der Pfähle des Stegs. Jetzt erst warf sie einen Blick zurück. Aber wider Erwarten hatte sie Fabian nicht abgehängt, sondern er saß wenige Meter entfernt ganz lässig im Schneidersitz auf seinem SUP.

»Geht es wieder?« Kati wusste nicht recht, was sie sagen sollte. Aber Fabian sprach eh gleich weiter. »Es tut mir leid, okay? Ich bin zu weit gegangen und hab dich zu sehr kritisiert. Du kannst selbstverständlich so leben, wie du es möchtest. Friede?«

Dieser Blick! Fabian wirkte ein wenig beschämt, da war ein Blitzen in seinen Augen. Seegrün waren die. Es sah aus, als würde sich das Wasser darin spiegeln.

»Alles gut. Passt schon. Ich hätte auch netter reagieren können«, räumte Kati ein.

»Also – Schwamm drüber.«

Kati nickte. Fabian nickte.

»Ich leg mal neben dir an, dann werden unsere beiden SUPs zu einer großen Liegefläche und wir machen es uns gemütlich, okay? Die Sonne brennt jetzt auch nicht mehr so heiß. Aber wenn du noch Creme brauchst – ich hätte welche dabei.« Er deutete auf seinen Packsack. Kati fragte sich, was noch alles in dem kleinen Sack Platz fand. Was für ein Raumwunder.

»Klingt super. Creme brauch ich keine – ich hab mich vorhin bei Christina im Bad noch mal eingeschmiert. Aber die Cola würde ich nehmen.« Kati hatte mit einem Mal riesigen Durst. Kein Wunder, so, wie sie sich angestrengt hatte.

Nachdem Fabian gekonnt angelegt hatte, reichte er Kati eine Dose, die sie sofort öffnete und gierig trank. Die Süße explodierte herrlich in ihrem Mund.

Schweigend saßen sie nebeneinander und genossen die frühabendliche Stimmung. Ein Chiemseedampfer fuhr vorbei in Richtung Bernau. Ein Tretboot mit ein paar Jugendlichen und lauter Musik steuerte in die Gegenrichtung und wurde von den Wellen erfasst, die der Bootsmotor erzeugte. Ein Mädchen kreischte auf und lachte dann ausgelassen.

Als Fabian ausgetrunken hatte, verstaute er seine Dose und legte sich dann auf sein SUP. Kati klemmte ihre unter ein Netz, das vorne auf ihrem SUP befestigt war. Vorsichtig stand sie auf und kletterte auf den Steg, von wo aus sie über eine Badeleiter ins Wasser steigen konnte. Herrliche Kälte auf ihrer Haut sorgte für Abkühlung. Kati schloss die Augen und tauchte unter.

Als sie wieder auftauchte, sah sie, dass Fabians Blick auf ihr ruhte und er lächelte. Kati schüttelte sich das Wasser aus den Haaren.

»Kommst du auch rein?«, fragte sie.

»Nein. Ich fühl mich ganz wohl hier.« Er lächelte noch immer. Sein Blick irritierte Kati, sie wusste ihn nicht einzuordnen. »Mach du nur.«

»Na gut.« Kati entschied sich, ein weiteres Mal zu tauchen, bis in die unteren Wasserschichten, wo das Wasser noch kälter war. Untertauchen, dachte sie amüsiert, um seinem Blick zu entkommen.

Eine Viertelstunde später lag Kati neben Fabian auf ihrem SUP in der Sonne. Die Wärme fühlte sich herrlich an auf ihrer nassen Haut.

Es war leiser geworden auf dem See und Kati genoss das Plätschern des Wassers. Man hörte den Dampfer, der aus Bernau zurückkam, spürte die Wellen, die der Schiffsmotor erzeugt hatte, als das Motorengeräusch des Chiemseedampfers schon längst leiser geworden war.

Kati hätte ewig hier liegen können. Die Wärme machte sie träge. Ihre Gedanken flogen in alle Richtungen davon, während sie hier lag, und sie spürte, wie ihr Körper sich entspannte. Das also hatte Fabian vorhin gemeint.

»Danke für diesen traumhaften Tag«, sagte sie leise.

»Ich danke dir, dass du ihn mit mir verbracht hast«, erwiderte er. »Und weißt du, was das Beste ist?«

»Hm?«

»Er ist noch nicht vorbei.«

Kati lächelte. Sie spürte, wie Fabians Hand nach ihrer tastete und sie schließlich ergriff. Schlagartig war die Erinnerung wieder da: wie sie wach geworden war, nach der Operation, wie sie seine Hand in ihrer gespürt hatte und glaubte, es sei Paolo, dessen Trost sie fühlte. Stattdessen war es Fabians Hand gewesen, die die ihre hielt und sie liebevoll streichelte, die ihr vermittelt hatte, geborgen und sicher aufwachen zu können.

Mit geschlossenen Augen hielt sie jetzt seine Hand fest, als er sie zurückziehen wollte. Und so blieben sie liegen, auf ihren SUPs, ließen sich einträchtig schweigend von den Wellen schaukeln.

11. Kapitel

»Die Idee war einfach großartig!«, sagte Nelly im Brustton der Überzeugung und hielt ihr Glas in die Mitte. »Lasst uns anstoßen!«

Die drei Schwestern hatten sich zum Sundowner in Übersee am Strand getroffen. Hier sah man den Sonnenuntergang über dem Chiemsee schöner als an jedem anderen Ort, und Christina hatte vorgeschlagen, endlich mal wieder Zeit zu dritt zu verbringen. Sie selbst war mit ihrem kleinen Boot von der Fraueninsel herübergekommen und die Kati und Nelly waren mit dem Auto gefahren. Kati hatte festgestellt, dass ihr Knie mittlerweile so gut geheilt war, dass sie die Kupplung wieder treten konnte, und sofort ans Steuer gewollt. Ihr Lieblingsgetränk war eh Spezi, und Nelly genoss es, heute ausnahmsweise zu trinken.

»Auf die besten Schwestern der Welt.« Christina hob ihre Bierflasche.

Nachdem sie getrunken hatten, schauten sie einen Moment lang schweigend auf den See hinaus.

Die Sonne stand schon tief, und die kleinen Wölkchen, die sich immer wieder vor sie schoben, schienen mit ihr zu tanzen. Der Sonnenuntergang war am schönsten, wenn fluffige Wölkchen wie diese im Spiel waren, wusste Kati. Die Erfahrung hatte sie bei Sonnenuntergangstouren am Berg oft genug gemacht. Wenn sie abends alleine auf einem kleinen Gipfel im Chiemgau stand, waren das oft beeindruckendere Bergmomente als die an hohen, berühmten Gipfeln, die man sich mit vielen anderen Bergsteigern teilen musste.

Jetzt war sie überrascht, wie viele Leute sich hier am Seeufer eingefunden hatten, um den Sonnenuntergang zu bewundern. Kinder badeten, Erwachsene plauderten auf der Terrasse bei einem Getränk und Nüsschen. Jemand hatte eine Gitarre ausgepackt, klimperte leise vor sich hin und sang dazu.

Man sah die Bergkette im Abendlicht, ein paar Segelboote, die noch draußen waren, Entenküken schwammen vorbei, von der Entenmutter eifrig angetrieben. Obwohl so viele Menschen hier waren, war die Stimmung friedlich und ruhig. Es gefiel Kati total gut.

»Das ist echt schön hier«, sagte sie.

»Du warst noch nie zum Sonnenuntergang hier?«, fragte Nelly überrascht.

»Nein. Irgendwie hat sich das noch nicht ergeben.« Hoffentlich würden ihre Schwestern jetzt nicht wieder damit anfangen, dass sie ja ständig unterwegs und nie zu Hause war. Das musste Kati wirklich nicht noch einmal hören. Das hatte sie verstanden, und ja, zugegeben, so viel sie in der Ferne erlebt hatte, hatte sie offensichtlich zu Hause das eine oder andere verpasst.

Nelly und Christina nickten nur und sagten nichts. Stattdessen räusperte sich Nelly.

»Ich möchte euch was erzählen.«

»Ja, was denn?« Christina beugte sich auf ihrem Liegestuhl vor. Auch Katis Augen ruhten auf Nelly, die irgendwie aufgeregt wirkte. Sie hatte ihr Cocktailglas abgestellt und zupfte jetzt nervös an den Fransen ihrer extravaganten Lederjacke herum. Nellys Stil war noch immer der einer Großstädterin. Kein Wunder, wo sie doch in Berlin aufgewachsen war.

»Also – wir werden expandieren.«

»Was bedeutet das?«, wollte Christina wissen. »Ich meine, ich weiß, was expandieren bedeutet, aber inwiefern?«

»Ich habe an einen Onlinehandel gedacht. Wir wollen eine Homepage gestalten und dann unsere Ware auch über das Internet anbieten. So viele Kunden, die im Chiemgau Urlaub machen, fragen, ob wir ihnen die Lakritze auch zuschicken können – da dachte ich, es könnte eine gute Idee sein, das Geschäft zu erweitern«, erklärte Nelly.

Christina nickte.

»Klingt super.« Kati fand die Idee prima. »Du könntest auch kleine Werbevideos drehen und auf verschiedenen Internetplattformen einstellen.«

»Vielleicht. Ja. Es ist halt alles ziemlich viel Arbeit und würde bedeuten, dass ich noch jemanden einstellen muss, wenn wir das wirklich durchziehen. Papa hat mir schon seinen Segen gegeben, er meinte, er würde auch noch mehr in der Bonbonküche helfen. Aber seinen Ruhestand hat er echt verdient. Ich würde ihn ungern wieder mehr mit Beschlag belegen. Noch dazu, wo Gitti mit ihrem Rheuma zu kämpfen hat.«

»Das ist wahr«, stimmte Kati ihr zu. »Die brauchen Zeit für sich. Aber die Idee ist prima. Ich meine, der Lakritzladen ist deine absolute Leidenschaft.«

»Total.« Wie immer, wenn es um die *Süße Liebe* ging, hörte man Nelly ihre Begeisterung an. »Ich würde das wahnsinnig gern realisieren.«

Kati nahm einen Schluck von ihrem Spezi. Sie zögerte einen Moment. Das Geschäft ihres Vaters war nie ihre Leidenschaft gewesen. Aber sie musste eine Arbeit finden – und sie kannte sich aus im Laden.

Außerdem fotografierte sie gern. Sie bekam langsam Übung, ihre Naturfotos wurden besser. Vielleicht …

»Ich könnte dir helfen«, sagte sie.

»Du?«, fragten beide Schwestern verblüfft.

»Na ja. Ich kenne mich im Laden aus und habe schließlich auch schon früher ausgeholfen. Außerdem brauche ich wieder eine Arbeit.« Sie zuckte mit den Schultern. »Es wäre sicher nicht für immer, aber vielleicht, bis du weißt, ob das neue Konzept funktioniert. Außerdem habe ich angefangen zu fotografieren. Wenn du magst, könnte ich versuchen, dir Fotos von den Süßigkeiten für die Homepage zu machen – einfach mal probieren, wenn es dir nicht gefällt, dann ist das okay.«

Nelly starrte Kati fassungslos an. »Echt jetzt?«

»Du musst mich nicht einstellen. Es war nur so eine Idee.« Plötzlich war Kati verlegen. Sie hatte kaum Erfahrung und war möglicherweise zu übermütig gewesen mit ihrem Angebot.

»Nein, nein! Das verstehst du falsch. Ich würde es lieben, wenn du in der *Süßen Liebe* arbeiten würdest.«

»Ehrlich?«

»Ehrlich! Ich bin nur überrascht.« Nelly strahlte über das ganze Gesicht. »Ich dachte immer, du machst dir nichts aus dem Laden.«

»Nun ja. So würde ich es nicht sagen. Ich habe mir nur noch viel mehr aus Bergen gemacht, weißt du?«

»Und ich dachte, ich könnte dich für die Töpferei gewinnen!«, fiel Christina ein, lachte aber. »Keine Sorge, du musst nicht so betroffen dreinschauen, Sommerjobs auf der Fraueninsel sind ziemlich beliebt und ich könnte dich über den Winter eh nicht beschäftigen.«

Nelly schloss Kati in die Arme und hielt sie fest. Kati roch ihr zartes Veilchenparfum. »Danke, Schwesterherz! Das ist dann schon mal eine Sorge weniger. Vielleicht magst du mir mal bei Gelegenheit ein paar von deinen Fotos zeigen? Ich meine, ich kenne natürlich die Bergpanoramen, die du uns regelmäßig geschickt hast. Da waren fantastische Aufnahmen dabei!«

»Na ja, ich hab in letzter Zeit viel im Garten von Mama fotografiert.« Kati zuckte mit den Schultern. Sie dachte daran, dass Fabian ihre Fotos so gelobt hatte. Er war der Einzige, der ihre Bilder kannte. Sicher war er ehrlich gewesen, als er sie gelobt hatte.

»Aber ich mache die Bilder immer mit dem Handy. Allerdings ist die Qualität mittlerweile echt super. Die Technik hat sich ganz schön weiterentwickelt in den letzten Jahren«, rechtfertigte Kati sich.

»Jetzt zeig doch einfach«, insistierte Christina.

»Okay, okay.« Kati holte ihr Handy aus ihrer Umhängetasche. »Hier.«

Die Sonne berührte jetzt schon fast den Horizont. Das Licht spiegelte sich lila, orange, purpurfarben im See.

»Wow«, sagte Nelly nur, während sie von Foto zu Foto scrollte. »Du hast Talent.«

Kati wurde rot vor Freude. »Danke.«

»Lass mich auch mal schauen«, Christina streckte schon die Hand nach Katis Mobiltelefon aus.

»Warte, wir tauschen den Platz, dann kannst du mit reinschauen«, schlug Kati vor, die in der Mitte saß.

»Das hier mag ich besonders«, sagte Nelly zu Christina. Es war das Foto des Schmetterlings auf der Fraueninsel.

»Mir gefällt das auch gut.«

Kati wurde ganz warm im Bauch bei so viel positiver Rückmeldung. »Danke euch.«

»Du hast den Job, würde ich sagen.«

Kati lachte. »Meine Krankschreibung endet in zwei Wochen, und im Laden zu arbeiten schaffe ich danach bestimmt.«

»Das klingt für mich nach dem perfekten Zeitpunkt. Aber bitte schon' dein Bein bis dahin, damit du nicht sofort gehandicapt bist.«

»Ich pass auf, Mama«, witzelte Kati. »Ich geh jetzt nur noch mit dem SUP auf den See raus, da kann meinem Knie nichts passieren.«

»Solange du mich besuchst, finde ich das prima. Übrigens ist auch dein Fabian immer willkommen.«

»Mein Fabian, ja?«

»Na ja. Auf jeden Fall wirkt er so, als wäre er das gern.« Christina zuckte mit den Schultern. »Wenn man euch miteinander erlebt, kommt man schon auf die Idee, dass ihr Topf und Deckel seid. Das stimmt einfach.«

Kati wusste nicht, was sie darauf sagen sollte. Die Stimmung zwischen ihr und Fabian war seltsam gewesen, nachdem sie die SUPs aus dem Wasser gehoben, die Luft herausgelassen und sie in ihren Transportrucksäcken verstaut hatten. Das Händchenhalten auf dem Wasser vorher – das konnte Kati nicht einordnen. Ihr Verstand hatte auf Hochtouren gearbeitet, war aber zu keinem Ergebnis gekommen, und das hatte Kati wortkarg und in sich gekehrt zurückgelassen. Jetzt, wo Christina Fabian erwähnt hatte, war das Gefühl sofort wieder da.

Am Ende des Ausflugs hatten sie beide nicht so recht gewusst, wie sie sich voneinander verabschieden sollten, sodass Fabian am Ende nur ihr SUP aus dem Auto gehoben hatte, ohne sie, wie sonst, zum Abschied freundschaftlich zu umarmen.

»Ich weiß nicht genau, was das mit Fabian ist«, gestand Kati ihren Schwestern. Kurz erzählte sie, was passiert war.

Nelly unterbrach sie, als sie die Sequenz mit dem Händchenhalten erwähnte. »Du denkst aber daran, dass es jetzt diese Isabella gibt?«

»Natürlich denke ich daran. Ich weiß ja nicht mal, ob ich mit Fabian zusammen sein könnte. Schließlich kennen wir uns seit Ewigkeiten. Ich könnte mich niemals wild in ihn verlieben. Dafür sind wir uns viel zu vertraut.« Wie sehr Kati das bedauerte, sagte sie nicht.

Nelly und Christina tauschten einen Blick. »Vielleicht solltest du mit ihm reden? Die meisten Probleme entstehen ja, wenn man nicht miteinander spricht.«

»Also, Christina, ich will dir nicht zu nahe treten, aber den gleichen Rat könnte ich dir mit Benedikt auch geben«, gab Kati zurück. »Aber ich weiß natürlich, dass du recht hast.«

Sie wollte nicht mit ihrer Schwester streiten an diesem schönen Abend. »Ich muss mich nur erst mal sortieren. Dann rede ich mit ihm. Allerdings muss er wieder arbeiten diese Woche.« Beim Abschied hatte Fabian keine Anstalten gemacht, etwas mit Kati auszumachen. Stattdessen hatte er nur vage gesagt, er müsse mal schauen, was in der Arbeit liegen geblieben wäre. Dabei hatte er ihr nicht in die Augen schauen können und natürlich war Kati das aufgefallen. Vielleicht, das war der Gedanke, der sich ihr immer wieder aufdrängte, hatte er es auch bereut, ihr zu viel Nähe gegeben zu haben.

»Und ich weiß, dass du recht hast«, sagte Christina in Katis Gedanken hinein. »Ich habe versucht, mit Benedikt zu sprechen. Aber das ist gar nicht so leicht, wenn man jemanden so sehr liebt, dass man ihn nicht verletzen möchte. Und meine Angst ist verletzend, oder? Ich wünschte, ich könnte einfach wieder heiraten und fertig. Aber ich möchte nicht noch mal vor den Scherben eines Lebensentwurfs stehen. Das war damals kaum auszuhalten.« Ihr verzagter Gesichtsausdruck sprach Bände und Nelly streichelte über Christinas Rücken. Sie saß so kerzengerade, dass man sie in den Arm nehmen wollte.

»Benedikt hat gestern aber auch nicht gerade glücklich gewirkt.«

»Hast du ihn getroffen?« Christina schaute zu Kati.

»Ja, als ich dich gesucht habe. Er meinte aber nur, dass er auch nicht weiß, wo du bist.«

»Sonst hat er nichts gesagt?«

»Nein. Ich hab gedacht, dass er – wie sagt man? – belastet wirkt. Irgendwie mürrisch. Das ist ja sonst gar nicht seine Art.«

Christina seufzte. »Nein, wirklich nicht. Oh Mann. Vielleicht hätte ich mich gar nicht auf eine Beziehung einlassen sollen.«

Die Verzweiflung ihrer Schwester war für Kati spürbar und sie tat ihr leid. Aber natürlich war es an Christina, eine Entscheidung zu treffen, da durfte man sich nicht einmischen. Noch dazu, weil Kati mit ihrem eigenen Leben wirklich genug zu tun hatte, mit all den Herausforderungen, die noch vor ihr lagen.

Nelly war es, die schließlich sprach: »Manchmal muss man aber auch einfach mal was wagen, oder?«

Christina und Kati erwiderten nichts auf Nellys rhetorische Frage. Jede wusste, dass sie genau den Nerv getroffen hatte – und zwar für jedes ihrer drei Leben.

Die Sonne berührte jetzt den Horizont und der Himmel verfärbte sich im schönsten Lila. Schweigend schauten sie ihr zu, wie sie hinter den Hügeln versank und der See schließlich dalag wie eine tintige Fläche. Schließlich, als es um sie herum dunkelte, sagte Kati leise: »Ihr wisst beide, dass ich für euch da bin, ja? Ihr wisst, wo ihr mich findet, und ich gehe nicht mehr weg.«

Der Mann mit der Gitarre zupfte eine einfache Version von *Let It Be*, und der Moment war so perfekt, dass es keiner weiteren Worte bedurfte.

Kati saß mit ihrer Mutter am Frühstückstisch. Der vergangene Abend mit ihren Schwestern hing ihr noch nach, wie der Hauch eines guten Parfums, dessen Duft noch in der Luft hing, wenn der Träger längst den Raum verlassen hatte. Sie mochte es, in Gesellschaft zu essen, und merkte, dass die kleine Kellerwohnung keine Dauerlösung war, wenn sie sich langfristig niederlassen wollte. Vielleicht eher eine Wohngemeinschaft oder eine kleine, hübsche Wohnung im Ortskern von Prien, wo um einen herum mehr Leben war.

Jetzt aber dachte sie über Christina nach. Sie hatte immer ein so gutes Gefühl gehabt, was Christina und Benedikt anging. Auch wusste sie aus ihrer Zeit als Bergführerin eins ganz sicher: Angst war ein Hinweis, vorsichtig zu sein, aber sie war nie ein guter Ratgeber, weil man verängstigt nicht mehr klar denken konnte, sondern Entscheidungen traf, die man in Ruhe niemals getroffen hätte.

Sie nahm sich eine Scheibe Brot und bestrich sie nachdenklich mit Butter und Apfelgelee, das herrlich nach Zimt duftete.

»Wo hast du das denn her? Das riecht ja großartig.«

Ihre Mutter nickte. »Ich liebe es. Das hat Frau Maria gemacht. Sie überrascht einen immer wieder, oder? Ich hab sie gefragt, warum sie das nicht im Klosterladen verkaufen, aber sie meinte etwas von geringer Menge, die sie produziert, und Hygienevorschriften. Aber ich hab doch wirklich zehn Gläser von ihr bekommen im letzten Herbst. Zehn! Ist das nicht großartig?«

Kati biss in ihre Scheibe Brot. Das Gelee war genauso köstlich, wie es roch. Sie merkte, wie sie es genoss, regelmäßig so gut von Gitti verköstigt zu werden. Allerdings merkte sie auch, dass die drei Mahlzeiten täglich bei deutlich weniger Bewegung ihren Preis hatten. Langsam wurde ihre erste Jeans eng, und das, obwohl sie zunächst im Krankenhaus so viel abgenommen hatte.

Bei diesem Gedanken schmeckte das Gelee, das sie eben noch mit Gusto verzehrt hatte, plötzlich gar nicht mehr so gut. Sie musste wirklich etwas tun. Vielleicht waren mehr Tagestouren mit dem SUP die Antwort, grübelte sie. Gedankenverloren biss sie noch mal ab.

»Was ist los?«, fragte Gitti, der nie etwas entging.

»Na ja. Um ehrlich zu sein, ist mir aufgefallen, dass meine Figur sich in letzter Zeit ganz schön verändert hat.« Kati wurde rot.

Gitti nickte energisch. »Zum Glück. Meine Güte, du warst ja so dürr. Die leichteste Chiemseebrise hätte dich umwerfen können.«

»Jetzt übertreibst du!«

»Möglicherweise ein wenig. Aber ich finde, die paar Kilo mehr stehen dir hervorragend.«

Das konnte Kati so nun gar nicht finden. Ihr reichte es schon, dass sich ihr Leben veränderte. Das Letzte, was sie sich dazu noch wünschte, war, dicker zu werden, à la neues Leben, neue Optik, neue Arbeit. Dann war alles neu und Kati war das irgendwie zu viel. Ob wohl auch Fabian aufgefallen war, dass sie zugenommen hatte?

Sie legte ihre Brotscheibe auf den Teller zurück und trank einen Schluck. Nach dieser Scheibe war mit dem Frühstück Schluss, entschied Kati.

Plötzlich kam ihr beim Anblick ihres Frühstücksbrots ein Gedanke, der gar nichts mit ihr selbst zu tun hatte.

»Dürfen Klosterschwestern eigentlich telefonieren?«, fragte sie gedankenverloren.

»Wie bitte? Was ist das denn für eine Frage?«

Kati zuckte mit den Schultern. »Ich weiß ja nicht.

Das ist vielleicht gar keine Selbstverständlichkeit, wenn man Nonne ist.«

»Also – ich bin mir sehr sicher, dass Frau Maria telefonieren darf, Kind. Du hast Ideen.« Gitti griff nach dem Glas mit der Schokocreme und versuchte, es zu öffnen. Sie verzog das Gesicht und stellte das Glas wieder ab.

»Hast du Schmerzen?«, wollte Kati wissen.

»Ein wenig. Heute ist kein guter Tag. Vielleicht ändert sich das Wetter.«

»Mich würde es nicht wundern«, meinte Kati. »Diese Schönwetterperiode kann ja nicht ewig anhalten.«

Sie langte nach dem Glas, schraubte es auf und reichte es ihrer Mutter.

»Danke, mein Schatz.«

»Kein Problem, Mama. Und ich glaub, den Wocheneinkauf mach heute auch besser ich.«

»Sicher, dass das geht?«

»Ganz sicher. Ich ruf nachher eben schnell bei Nelly an, dass ich später komme.« In Gedanken fügte sie hinzu, dass sie auch Frau Maria anrufen würde. Aber das brauchte ihre Mutter nicht zu wissen.

Bei Nelly wollte sie gleich heute erste Fotos der Lakritzen machen – aber das konnte sie auch noch am Nachmittag tun. Anton war eh schon am frühen Morgen ins Geschäft aufgebrochen, weil Katis

Aushilfe heute freihatte. Er wirkte nicht so, als wäre es eine Belastung, mehr, als würde er sich darüber freuen, gebraucht zu werden. Er hatte außerdem angekündigt, eine neue Bonbonsorte mit Rosenwasser herzustellen, und Gitti hatte ihn verliebt angestrahlt.

Kati stand auf. »Machst du mir eine Einkaufsliste fertig? Dann geh ich runter zu mir und telefoniere.«

»Äh … Kati? Hast du noch einen kurzen Moment für mich?«

Kati setzte sich wieder. »Klar. Was gibt's?«

»Mir ist aufgefallen, dass du von gestern auf heute unten geschlafen hast – gefällt dir das Zimmer oben nicht?«

Mist. Natürlich war ihrer Mutter das aufgefallen.

»Doch, doch. Natürlich gefällt es mir, es ist nur …« Kati holte tief Luft. »Ehrlich gesagt tu ich mich mit der Tapete schwer. Sie erinnert mich an die Berge und manchmal ist die Erinnerung im Moment noch ganz schön schmerzlich.«

Gittis Gesicht nahm sofort einen besorgten Ausdruck an. Kati sprach weiter. »Außerdem bin ich froh, wieder etwas mehr Privatsphäre in meiner eigenen kleinen Wohnung zu haben.«

Der Hauptgrund dafür, sich lieber im Souterrain aufzuhalten, war die Bergtapete – aber sie wollte ihrer Mutter nicht mehr Kummer als nötig machen, schließlich hatte sie sich so angestrengt und auch Geld in die Hand genommen für die Einrichtung des Zimmers oben.

Gitti griff nach Katis Hand. »Bist du sehr traurig?«

Kati nahm all ihre innere Kraft zusammen. »Ach was! Es geht mir gut. Der Physiotherapeut kann kaum glauben, wie schnell ich mich erhole.« Das stimmte allerdings. Ihr Heilungsprozess schritt erstaunlich gut voran, was sicher ihrer Gesamtfitness zuzuschreiben war.

»Na gut.«

Kurz saßen sie schweigend beisammen, bis Gitti sich räusperte.

»Dann stört es dich nicht, wenn ich ein paar mehr Rosenstöcke in dem Raum unterbringe? Ich habe da noch ein Regal in Christinas alter Töpferei und ich dachte …«

Kati lachte laut auf. Typisch ihre Mutter! »Nein, da habe ich überhaupt nichts dagegen. Außer, du versuchst, das Regal selbst ins Haus zu schleppen. Lass dir helfen.«

Gitti schüttelte energisch den Kopf. »Versprochen!«

Christina hatte, bevor sie auf die Insel gezogen war, im Garten ihrer Eltern eine kleine Töpferwerkstatt gehabt. Jetzt, wo sie auf Frauenchiemsee lebte, stand das Häuschen im Garten leer und war längst zu einem Ort geworden, an dem sich Gartengeräte ansammelten, die Gitti in regelmäßigem Abstand aus dem Baumarkt anschleppte.

»Apropos Christina«, sagte Kati. »Ich geh dann mal runter in meine Höhle – ich hab noch was zu erledigen.«

Damit stand sie auf und ging ins Haus, froh, dass ihre Mutter nicht sauer auf sie war, sondern das Zimmer oben sofort zum Rosenzimmer umwandeln wollte.

»Hallo, könnte ich bitte mit Frau Maria sprechen?«

»Selbstverständlich, ich verbinde Sie«, sagte die Stimme am anderen Ende des Telefons.

Es dauerte eine ganze Weile, aber schließlich hörte Kati die vertraute Stimme am Telefon. »Hallo?«

»Frau Maria! Hier spricht Kati, die Schwester von Christina aus dem Töpferladen.«

Die Nonne lachte. »Oh, das ist aber eine Freude. Schön, dass du dich meldest.«

»Ja, das finde ich auch.« Allein, Maria zu hören, ließ Kati lächeln.

»Du hast mit Sicherheit einen guten Grund dafür, mich anzurufen?«

»Allerdings. Wenn Sie eine Minute Zeit für mich hätten?«

»Natürlich. In der Kirche war ich heute schon und meine Pflanzen sind geduldig.« Maria sprach vom Klostergarten, für den sie zuständig war, wusste Kati.

»Ich hab heute Ihr Apfelgelee probiert, es schmeckt fantastisch«, fiel ihr ein.

»Rufst du dann wegen des Geleerezepts an? Man macht es aber besser mit Boskoop-Äpfeln, wegen der Säure. Und die sind jetzt noch nicht reif, also ...«

Kati lachte. »Nein, ich ruf nicht wegen des Gelees an, das ist mir jetzt nur so eingefallen. Ich rufe wegen meiner Schwester an.«

»Warum? Ist was mit ihr? Ist sie krank? Mir ist schon aufgefallen, dass sie recht dünn geworden ist.« Maria klang besorgt.

»Nein, sie ist nicht krank, das nicht.« Kati dachte einen Moment nach und erzählte der Nonne dann kurz entschlossen Christinas Geschichte. »Jedenfalls habe ich jetzt Angst, dass ihre gescheiterte alte Liebe ihre neue erstickt«, brachte Kati ihre Erzählung zu Ende.

»Du meinst, weil sie Angst hat?«

»Ganz genau.«

»Hast du denn schon mit deiner Schwester gesprochen?«

»Ja, aber ich glaube, ich konnte ihr nicht richtig helfen.«

»Und da ist dir eine Nonne eingefallen, ausgerechnet?« Frau Maria lachte schallend ins Telefon.

»Nicht, weil Sie Nonne sind, sondern weil Sie Sie sind.«

»Das hast du sehr nett gesagt.« Kati hörte, wie Frau Maria am anderen Ende der Leitung sich räusperte. »Oje. Ich muss grade an das Buch denken, das ich Christina geschenkt habe. Das war ja dann nicht gerade eine göttliche Eingebung.«

»Da können Sie aber auch nichts dafür.«

»Nein. Aber ich habe eine ganz wunderbare Idee. Willst du sie hören?«, fragte Frau Maria eifrig.

»Unbedingt!«

»Na dann, hör zu!«, forderte die Nonne Kati auf und erzählte von ihrer Idee.

12. Kapitel

SUP mit mir!

Kati hatte gerade die Einkäufe bezahlt, als ihr die dick in roten Buchstaben geschriebene Überschrift auffiel. Wie magisch zog der Flyer sie in Richtung der Pinnwand, wo die Kundschaft des Supermarktes Flohmarktartikel anbot und Gesuche aufgab. Manchmal hingen hier auch Hinweise auf Veranstaltungen oder Kurse – so wie dieser Flyer, der zwischen einem Kleiderschrankfoto und der Suche nach einer Reinigungsfrau angeheftet war.

SUP mit mir!

Hi, ich bin Raffael und biete SUP-Kurse für Einsteiger und Fortgeschrittene an. Bei mir lernst du effizientes Paddeln, ich veranstalte SUP-Touren, auch auf dem Fließwasser. Als ausgebildeter SUP-Trainer stehe ich dir zur Seite und wir werden viel Spaß haben. Bist du bereit?

Und wie Kati bereit war! Man konnte eine Ausbildung zum SUP-Trainer machen! Katis Herz schlug schneller. Das war ja einfach nur fantastisch. Warum hatte sie das nicht gewusst? Sie würde diesen Raffael anschreiben, eine Tour mit ihm buchen und sich das anschauen. War das nicht ganz ähnlich wie die Arbeit als Bergführerin? Konnte sie sich da nicht genauso entfalten, Menschen die Natur nahebringen, ganz nebenbei schlank bleiben, weil sie sich viel bewegte, und zu allen möglichen Seen reisen, um dort zu SUPen? Wenn sie damit dann auch noch Geld verdienen konnte – umso besser!

Kati zückte ihr Handy und speicherte die Telefonnummer ab. Sie würde anrufen, sobald sie im Auto saß.

Wie es ihrem Charakter entsprach, war sie sofort Feuer und Flamme und konnte an nichts anderes mehr denken.

Kaum waren die Lebensmittel im Wagen verstaut, hatte sie auch schon das Handy am Ohr.

»Hallo? Hier spricht der Raffael, was kann ich für dich tun?« Ein fröhlicher, vor Energie geradezu sprudelnder Typ ging ran.

»Äh, hallo. Ich bin Kati und würde gern eine Tour buchen.«

»Ja super! Bist du schon öfter mit dem SUP unterwegs gewesen?«

»Erst zwei Mal, aber ich bin sportlich und ausdauernd, und es macht mir riesigen Spaß. Am liebsten würde ich eine Ganztagestour machen.«

»Na gut, wenn du sagst, du schaffst das. Aber wenn nicht, müsstest du abbrechen und eigenständig zurück ans Ufer. Ich kann nicht die ganze Gruppe allein lassen, das verstehst du sicher.«

»Klar. Kein Problem.« Kati wusste ihre Kondition wirklich einzuschätzen.

»Ich hätte noch einen Restplatz übrig, gleich morgen. Wir fahren die Alz hinunter.«

»Klingt super.« Kati würde ihre Krankengymnastik einfach absagen, beschloss sie spontan.

»Na gut. Kann ich dir die Details auf diese Handynummer schicken? Du weißt schon, den Preis, wo es losgeht und so weiter.«

»Gerne.«

»Ach, und brauchst du Leihausrüstung? SUP? Schwimmweste? Wie sieht es da aus?«

»Ich hab mein eigenes Board. Eine Schwimmweste brauche ich nicht.«

»Doch, die braucht jeder meiner Teilnehmer.« Raffael lachte. »Aber keine Sorge, ich hab ein ganz bequemes Modell für dich.«

»Na gut.«

Raffael klang wirklich nett, fand Kati. Sie war sicher, dass er vor Energie nur so strotzte.

»Dann sehen wir uns morgen?«, fragte er noch.

»Worauf du dich verlassen kannst!« Kati legte auf. Sie würde Raffael gleich morgen fragen, wo er seine Ausbildung zum Trainer gemacht hatte, sich anschauen, wie er arbeitete, und dann herausfinden, ob das auch was für sie wäre. Allerdings war sie sich im letzten Punkt jetzt schon so gut wie sicher.

Sie startete den Motor und fuhr rückwärts aus der Parklücke. Dabei hatte sie so viel Schwung, dass sie den Einkaufswagen einer Frau erst im letzten Moment entdeckte. Endlich hatte sie eine Perspektive! Sie konnte den morgigen Tag kaum erwarten!

Raffael war ein großer, breitschultriger Athlet. Man sah ihm seine zahllosen Stunden im Fitnessstudio an. Dazu hatte er blonde Haare mit einem leichten Rotstich und so viele Sommersprossen, dass sie zumindest reichten, um Kati an Fabian zu erinnern. Allerdings schob sie diesen Gedanken so weit weg wie möglich. An Fabian wollte sie nicht denken.

Nachdem Raffael die kleine Gruppe begrüßt hatte – fünf Teilnehmer waren es am Ende, einer hatte wegen einer Halsentzündung noch ganz kurzfristig abgesagt – hatte Raffael jedem eine Schwimmweste verpasst und jetzt waren sie auch schon unterwegs auf dem See. Sie hatten sich alle in Seebruck getroffen, um die Alz hinunterzupaddeln. Die SUPs der Teilnehmer hatten ganz unterschiedliche Farben und Formen. Vom bequemen, breiten SUP bis zum schlanken Rennboard war alles dabei. Sie selbst hatte ein Touren-Modell, mit dem man auch länger bequem, aber doch zügig auf dem Wasser unterwegs sein konnte.

Kati hatte schon davon gehört, dass die Leute gern mit dem Schlauchboot auf der Alz unterwegs waren, die Strecke bis Altenmarkt war beliebt. Allerdings hatte sie noch nie davon gehört, dass man sie auch mit dem SUP zurücklegen konnte. Überhaupt hatte sie das SUPen eher den zahlreichen Badeseen zugeordnet, im besten Fall noch dem Meer, wenn der Wasserspiegel ruhig genug war. Jetzt zu sehen, dass sie einen Fluss mit dem SUP fuhr, dass das möglich war, spornte sie an. Ihr wäre es schließlich selbst noch vor ein paar Wochen nicht im Traum eingefallen, stehend auf einem aufblasbaren Board in einem Fließgewässer unterwegs zu sein. Die Herausforderung, das Gleichgewicht zu halten, gezielte Paddelschläge anzubringen, die sie durch Untiefen und stärkere Strömungen lotsten, das war es, was ihr besonders viel Spaß machte.

Sie fuhr genau hinter Raffael, um möglichst viel mitzukriegen und von ihm abzuschauen. Allerdings sah sie in erster Linie das Zusammenspiel seiner Muskeln und hörte, wie er immer wieder in tiefem Bayerisch etwas nach hinten zur Gruppe rief. »Ist das nicht pfundig?« Oder: »Sauber, Kati!«

Offenbar hatte er sie sofort gemocht, denn die Namen der anderen Teilnehmer hatte Raffael sich nicht gemerkt.

»Bis Truchtlaching ist alles ganz easy, Leute. Auf geht's!« Er erhöhte das Tempo und brachte somit automatisch mehr Distanz zwischen sich und Kati, die sich allerdings sofort bemühte, wieder aufzuholen. Die Landschaft am Ufer war wunderbar abwechslungsreich. Teils glitt man durch unberührte Natur, dann tauchte Truchtlaching vor ihnen auf. Auf der Brücke standen johlende Kinder. Vor ihnen fuhr ein Schlauchboot, und als es unter der Brücke hindurchglitt, sprangen die Kinder links und rechts des Boots ins Wasser, dass es nur so spritzte.

»Das ist eine Tradition hier. Die Kids lieben es seit Generationen«, informierte Raffael seine Truppe, die jetzt wie Kettenglieder hintereinander herfuhr. »Heute ist natürlich besonders viel los.«

»Warum?«, wollte Kati wissen.

»Na, weil Anfang Juli ist. Die Befahrung der Alz ist ab ersten Juli erlaubt. Davor ist es aus Naturschutzgründen verboten. Wir sind quasi die Premierengäste der Kinder. In den ersten Tagen sind sie kaum zu stoppen vor Eifer.« Raffael lachte.

Kati hatte von dem Brauch, die Alz-Befahrer nass zu spritzen, noch nie etwas gehört. Da lebte sie so nah an dem Fluss und war noch nie hier gewesen. Unglaublich. Wie oft war ihr jetzt schon der Gedanke gekommen, dass es auch in ihrer näheren Heimat noch viel zu entdecken gab? Besonders die Wasserwege waren ihr völlig verborgen geblieben. Als sie unter der Brücke hindurchkam, landete ein Mädchen neben ihr mit einer Arschbombe und das Wasser spritzte nur so nach allen Seiten. Obwohl Kati das Kind gesehen hatte, wurde sie von der entstehenden Welle überrascht und konnte das Gleichgewicht nicht mehr halten. Sie wedelte mit ihrem Paddel in der Luft herum, landete aber am Ende doch im Wasser, wo sie neben einem breit grinsenden Mädchen wieder an die Oberfläche kam und selbst lachen musste.

»Alles okay?« Raffael war schon auf ihrer Höhe, bot Hilfe an, aber sie wehrte ab.

»Ich komm schon klar, schau du mal lieber nach Dieter.« Sie deutete in Richtung des älteren Mannes, der von drei Jungen ins Wasser geschickt worden war. Während Kati aber ihr Paddel noch festhielt und auch die Leine des SUPs ordnungsgemäß um ihren Fußknöchel fixiert gewesen war, damit sie es nicht verlor, trieb Dieters SUP bereits davon.

Raffael fluchte leise, wendete und zog mit kräftigen Paddelschlägen in Richtung des abgängigen SUPs, während Kati wieder zurück auf ihr eigenes Board kletterte.

Direkt vor sich sah sie die idyllische Pfarrkirche mit ihrem Zwiebelturm und auf der anderen Seite des Flusses befand sich tatsächlich eine Art Strandbad. Auch von der Existenz dieses schönen Bads hatte sie nichts gewusst. Hinter ihr sprangen kreischend ein paar Kinder ins Wasser, und sie hörte das Platschen, als sie auf dem Wasser aufkamen. Truchtlaching war ein Ort, an dem man durchaus einen entspannten Sonntag verbringen konnte, dachte Kati. Mitten im Naturschutzgebiet gelegen, umgeben von Streuobstwiesen und Röhricht, gab es an der Alz auch viele Sand- und Kiesbänke. Und zumindest bis hierher war die Befahrung mit dem SUP oder einem Schlauchboot völlig unproblematisch. Auch für ihre Schwestern und deren Partner wäre das doch eine tolle Sache! Sicher hatte noch keiner von ihnen die Alz befahren. Es gab sogar Floßtouren hier.

Die Alz, hatte Raffael der Gruppe erklärt, war der einzige Abfluss des Chiemsees und bis zum Inn befahrbar.

Die Gruppe wartete, bis Dieter sich tropfend und schimpfend wieder auf sein SUP gehievt hatte, dann setzte sie die Fahrt fort, ließen den Ort hinter sich.

»Jetzt fahren wir gleich die Bootsrutsche beim Wasserwerk, das wird ein absolut bäriges Erlebnis.« Raffael reckte eine Faust in die Luft. »Am besten setzt ihr euch auf das SUP, wegen des Gleichgewichts. So wie wir es besprochen haben, schön mittig auf dem Brett. Hier könnt ihr getrost dem Wasser die Arbeit überlassen. Wer nach der Rutsche wieder aufstehen möchte, kann das machen. Das Wasser wird aber jetzt ein wenig wilder, deshalb setzt mal bitte die Helme auf.«

Auch er selbst zog sich den Helm, den er vorne auf seinem SUP befestigt hatte, auf den Kopf.

»Ich zeig euch mal, wie das mit der Rutsche funktioniert.«

Kati, die am nächsten dran war, beobachtete, wie Raffael sein SUP in die Rutsche lenkte und in hohem Tempo vom Wasser, das hier gleichmäßig nach unten sauste, mitgenommen wurde. Kati setzte sich auf ihr Board. Auch wenn Raffael die Bootsrutsche im Stehen befahren hatte, sah sie für sich selbst keine Chance, das technisch zu bewältigen. Schon erfasste das schäumende, gurgelnde Wasser sie und trug sie in atemberaubendem Tempo die Rutsche hinunter.

»Super, Kati!« Raffael beobachtete Dieter mit skeptischen Blick, der sich jetzt an die Abfahrt machte. Die anderen Teilnehmer waren lieber an Land gegangen und trugen ihr SUP hinunter, statt sich an der Rutsche auszuprobieren.

»Eigentlich ist das ja eine Fischtreppe – sie wurde nur so konzipiert, dass sie auch den Alz-Befahrern nützlich ist. Pfundig, oder?« Ja, das war wirklich großartig, fand Kati. Überhaupt stellte sich diese Alz-Befahrung als Alltagsabenteuer heraus, denn man sah schon, dass das Wasser hier nach der Rutsche nicht mehr ganz so ruhig floss wie oberhalb. Kleine Wellen forderten mehr Konzentration, und als Raffael sein SUP wieder laut juchzend in die Flussmitte bewegte, konnte sie gar nicht anders: Seine Freude steckte sie an. Vorsichtig stand sie auf. Es fiel ihr leichter als gedacht, auch im unruhigen Gewässer das Gleichgewicht zu halten. Es machte einfach nur wahnsinnig viel Spaß.

»Du bist aber auch Sportlerin, oder?« Raffael fuhr jetzt neben Kati.

»Schon, ja. Aber mein Knie hat mich in letzter Zeit ausgebremst.« Sie deutete auf die Narben.

»Oh. Das schaut böse aus.«

»Ist es auch. Aber dadurch hab ich das SUPen entdeckt. Davor, musst du wissen, war ich als Bergführerin unterwegs.«

»Dabei ist es so schön auf dem Wasser.« Raffael lachte. »Meine Leidenschaft ist das SUP.«

»Ich seh es.« Jetzt war es Kati, die lachen musste. Raffaels kräftige Bizepsmuskulatur trat bei jedem Schlag mit dem Paddel hervor.

»Hättest du denn Lust, öfter mit dem SUP auf Tour zu gehen?«, fragte Raffael Kati.

»Na ja. Grundsätzlich schon. Mich interessiert dieser Trainerschein, den man da machen kann.« Kati glich mit einer Bewegung ihres Paddels eine Welle aus. »Ich bin im Moment auf der Suche nach einer neuen Perspektive.«

»Das klingt doch schon mal gut. Weißt du, ich suche auch schon länger jemanden. Die Nachfrage nach Touren ist riesig, ich kann das alleine gar nicht abdecken.«

»Hm.«

»Natürlich müsste ich dich dazu erst mal besser kennenlernen«, sagte Raffael. »Aber wenn es mit uns passt, wenn die Chemie stimmt, dann könnte ich mir viel mit dir vorstellen.«

Wie meinte er das denn jetzt? Raffaels Blick ruhte auf Kati und er zwinkerte ihr zu. Sie überlegte kurz, ihn zu fragen, aber in diesem Augenblick kam eine Stromschnelle in Sicht und forderte Katis ganze Konzentration. Hinter ihr stöhnte eine Frau »Ich kann das nicht« und setzte sich auf ihr

Board – die Tour war offensichtlich herausfordernder, als Kati bewusst war.

Als die Gruppe schließlich sicher in Altenmarkt anlandete, taten Kati die Oberarme ordentlich weh. Kein Wunder. Wie lange war sie schon nicht mehr in der Halle oder in einem Klettersteig unterwegs gewesen? Ihr Armtraining hatte sie schändlich vernachlässigt in der letzten Zeit.

Dafür, tröstete sie sich, hatte ihr Bein kein einziges Mal gemuckt.

Gemeinsam ließen alle Teilnehmer die Luft aus ihren SUPs, um sie abzutransportieren. Als Raffael die seitliche Schiebetür seines großen Busses öffnete, blieb Kati vor Staunen der Mund offen stehen. Sie war gerade noch damit beschäftigt gewesen, ihr SUP in den dafür vorgesehenen Rucksack zu packen.

»Wow. Das ist ja ein geniales Gefährt«, entfuhr es ihr.

»Ja, bärig, oder? Ich hab es mir von einem Kumpel ausbauen lassen im vergangenen Winter. Das Bett hinten drin kann man ausziehen, dann ist Platz für zwei.« Raffael zwinkerte Kati zu.

»Ja, das seh ich. Aber jetzt müssen erst mal die SUPs in dein Auto, oder?«, wehrte Kati ab. Die Anmache war wirklich zu plump, obwohl sie sich schon ein wenig geschmeichelt fühlte.

Dieter hob einen der Rucksäcke ins Auto. »Ich glaub, ich bleib eher beim See«, sagte er. Tatsächlich war der arme Dieter noch drei weitere Male ins Wasser gefallen. Die Stromschnellen und sein Gleichgewichtssinn vertrugen sich einfach nicht besonders gut.

»Ich biete bald eine Tour auf dem Eibsee an. Das könnte was für dich sein«, schlug Raffael ihm vor. Kati hatte den herrlich klaren See mit der türkisfarbenen Färbung bisher nur von oben gesehen, lag er doch unterhalb der Zugspitze, die sie schon über den Stopselzieher Klettersteig bestiegen hatte.

»Das würde mich auch interessieren. Vielleicht treffen wir uns ja wieder, Dieter?«, sagte sie freundlich.

Der ältere Mann mit dem weißen Schnauzbart grinste breit. »Wenn du dabei bist, komm ich auch.«

Kati spürte instinktiv, dass Dieters Aussage freundschaftlich zu verstehen war. Er war ein herzlicher, sportlicher Mann im Alter ihres Vaters und hatte ihr auf der Rückfahrt auf dem Wasser begeistert von seinem fünfjährigen Enkelsohn Paul erzählt, mit dem er auf gemütlichen kleinen Runden auf dem Chiemsee unterwegs war – mit dem SUP. So war er überhaupt erst auf die Sportart gekommen, und weil es ihm Spaß machte, hatte er sich zu der Alz-Fahrt entschieden.

»Für die Kundenakquise bist du schon mal bestens geeignet, sehe ich.« Raffael lachte. »Dieter, ich schick dir den Flyer für die Tour zu, dann überlegst du es dir konkret.«

Dieter nickte. »Na, schauen wir mal, dann sehen wir es schon.« Ein Ausspruch, der auch von ihrem Vater hätte kommen können.

»Ich werde auf jeden Fall versuchen, die wunderbare Kati von einer weiteren Tour zu überzeugen.« Raffael strahlte sie an, und Kati fiel auf, wie ebenmäßig seine Zähne waren. Fehlte nur noch, dass wie bei einer Comicfigur der Eckzahn blinkte. Das war ein bisschen gemein, aber der Typ sah einfach verboten gut aus.

Ob er jemals ein T-Shirt anzieht?, fragte Kati sich amüsiert und wandte sich ab, damit niemand ihr breites Grinsen sah. Sie hob ihren schweren SUP-Rucksack an. Schon waren Dieters Hände da, halfen ihr und schoben den Rucksack mit ihr gemeinsam in den Bus.

»So. Dann wollen wir mal«, sagte Raffael.

Als die gesamte Truppe zurück in Seebruck war, hing Kati noch immer den Erinnerungen an den Tag nach. Das Wasser war so klar gewesen, dass man die Fische beobachten konnte. Die malerische Landschaft, die Brotzeitpause auf einer Sandbank – es war ein Tag gewesen, der sie zwar körperlich gefordert hatte, aber auch sehr erholsam gewesen war.

»Warte kurz, Kati. Ich trag dir dein SUP ins Auto.« Raffael stellte ihren Rucksack neben den Bus und holte Dieters SUP aus dem Wagen. »Servus, Dieter. Bis bald, oder?«

Ihm trug er das SUP nicht zum Auto, fiel Kati auf.

Als Raffael sich zu ihr umwandte, ließ er schon wieder sein perfektes Lächeln sehen. »Möchtest du vielleicht noch einen Kaffee trinken? Ich hab eine kleine Küche im Bus. Wir könnten uns noch über den Trainerkurs unterhalten. Du musst ein paar wichtige Dinge beherrschen, um den SUP-Instructor-Kurs zu bestehen. Den C-Stroke zum Beispiel.«

Davon hatte Kati noch nie gehört.

»Damit kannst du ewig auf einer Seite paddeln. Wenn du willst, zeig ich dir den nachher noch. Wir pusten einfach noch mal ein SUP auf.«

Jetzt war Kati neugierig. »Also, wenn du Zeit hast – gern. Ich lern gerne Neues dazu.«

»Prima. Dann zeig ich dir auch noch, wie du dein SUP perfekt wenden kannst, und ein paar andere kleine Kniffe. Du bist motorisch begabt, ich bin sicher, du lernst extrem schnell.«

Raffaels Kompliment machte Kati verlegen und glücklich zugleich. In letzter Zeit, bei der Krankengymnastik, hatte sie sich selten motorisch begabt gefühlt.

»Also gut.«

»Super. Aber erst noch Kaffee, ja? Ich hab auch Kekse in meinem kleinen Vorratsschrank. Wir lassen es uns gut gehen.«

Kati nickte. Sie war sich noch immer nicht ganz sicher, wie sie Raffaels Absichten einschätzen sollte. Er öffnete die Heckklappe und brachte einen Liegestuhl zutage, den er für Kati aufbaute.

Wollte er eine Mitarbeiterin rekrutieren? Wollte er mit ihr anbandeln? Kati wusste es nicht. Aber als der Duft frischen Kaffees aus dem ausgebauten Bus drang, entschied sie, vorerst mal einfach einen guten Tag zu haben. Der Rest würde sich dann schon fügen.

13. Kapitel

»Ich bin fix und fertig.« Kati ließ sich auf einen Terrassenstuhl fallen. Ihre Eltern saßen im Schatten, auf dem Tisch stand eine Schüssel Nudelsalat.

»Hast du Hunger?«, fragte die Mutter.

»Viel! Ich hol mir einen Teller.« Mühevoll wie eine alte Frau stand sie auf.

Sie war schon auf dem Weg nach drinnen, als ihr Vater ihr noch hinterherrief, sie solle sich auch was zu trinken mitnehmen, an dem heißen Tag.

Kati nickte und hob die Hand, zum Zeichen, dass sie ihn verstanden hatte.

Schließlich saßen sie alle drei miteinander beim Essen und Kati hatte sich eine große Portion auf ihren Teller getürmt.

»Was ist eigentlich mit Nelly?«, fragte der Vater und nahm sein Bierglas in die Hand.

»Nelly?«

»Ja, die hat angerufen und nach dir gefragt. Hat sie es nicht auf deinem Handy versucht?«

Kati schüttelte den Kopf. »Weiß ich nicht, ich hab es hier vergessen.«

»Hm. Sie sagte, ihr wärt verabredet gewesen.«

Siedend heiß fiel es Kati wieder ein. »Oh verdammt.«

»Ah.« Gitti und Anton tauschten einen Blick. »Daher weht also der Wind. Sie war nicht unbedingt glücklich.«

»Ich bin echt so blöd.« Kati schämte sich. Sie hatte ihre Schwester hängen lassen. Gleich, als sie neu durchstarten wollte, hatte sie Nelly vergessen vor lauter Eifer. Nachdem sie nämlich gestern erste Fotos gemacht hatten, hatten sie sich gleich für heute am Spätnachmittag erneut verabredet. Aber Kati hatte es vergessen. Stattdessen hatte sie gelernt, wie man ein C paddelte und wie man eine schnelle Wende vollzog. Sie hatte mit Raffael eine wirklich lehrreiche Zeit auf dem Wasser verbracht und war seiner Meinung nach bald reif dafür, die Prüfung zu schaffen.

»Dann brauchst du nur noch Stufe zwei, ein bisschen Fließwassertraining und Wellenreiten, und kannst loslegen.« Er war Feuer und Flamme für das Paddeln, liebte seinen Job und schaffte es problemlos, auch Kati diese Leidenschaft zu vermitteln. Sie würde sich anmelden, den Kurs machen – es stand alles schon außer Frage, als sie in das kleine Auto ihrer Mutter stieg, um zurück nach Prien zu fahren. Allerdings hatte sie darüber Nelly vergessen.

»Ich geh sie sofort anrufen«, sagte Kati jetzt und wollte aufstehen, aber ihre Mutter hielt sie zurück.

»Da brauchst du jetzt nicht anzurufen. Sie ist mit Quirin zu einem Konzert nach München gefahren.«

»Oh. Dann schicke ich ihr wenigstens eine Nachricht.« Kati schob ihren Stuhl zurück und war schon unterwegs in ihre Wohnung, um das Handy zu holen.

Als sie mit dem Gerät in der Hand zurück auf die Terrasse trat, sah sie, dass nicht nur Nelly ihr mehrfach geschrieben hatte – erst noch sehr freundlich, am Ende allerdings eher nicht mehr so nett. Klarer Fall: Nelly war mit Recht sauer. Kati hatte außerdem eine Nachricht von Fabian und eine von Raffael auf ihrem Telefon. Ihr Herz, oh, ihr Herz! Tatsächlich schlug es schneller, und Kati merkte überrascht, dass es wegen beiden Männern war. Raffael schickte bestimmt Infos zum SUP-Kurs, während Fabian – ja, was? Sie war gespannt darauf, es herauszufinden.

Schnell tippte sie eine Nachricht an Nelly ins Handy, versprach, gleich am nächsten Tag zu kommen, und schickte ein Herz mit.

Nicht morgen. Da bin ich nicht im Laden, kam es nüchtern und unverbindlich zurück. Melde dich doch einfach in den kommenden Tagen, okay? Dann machen wir etwas aus.

Alles klar. Kati schickte noch einen gehobenen Daumen mit. Dann legte sie ihr Handy neben den Teller, Bildschirm nach unten. Die anderen Nachrichten würde sie in Ruhe lesen.

»Morgen kommt übrigens Christina zum Frühstück her. Sie fährt Michael rüber zur Schule und nutzt die Gelegenheit, um vorbeizuschauen. Vielleicht bist du ja dabei?«, fragte Katis Mutter.

»Super. Sehr gern.« Kati nahm eine ordentliche Portion Nudelsalat auf ihre Gabel.

»Schön. Und jetzt erzählst du uns vielleicht endlich mal, warum du so strahlst, ja?«

»Anton! Du bist immer so neugierig!«, kritisierte ihn seine Frau.

»Na, aber stimmt doch. Sie sieht großartig aus.«

»Schon, aber man kann doch nicht so mit der Tür ins Haus fallen, die Kinder sind groß und haben Privatsphäre und …« Eine der liebevollen Kabbeleien, die Kati an ihre Kindheit erinnerten, entspann sich. Sie musste lachen. Oft hatte sie ihre Eltern liebevoll diskutieren hören, als sie abends schon im Bett war. Der Ton war nie aggressiv geworden, aber laut und engagiert, das waren ihre Eltern schnell mal. Jetzt redeten sie miteinander über die Erziehung ihrer erwachsenen Kinder.

Kati grinste. »Leute, ich sitze fei hier.«

Sofort verstummten beide Eltern. Gitti hatte ganz rote Wangen und Anton hatte seine Gabel zur Seite gelegt. Jetzt schauten sie Kati an, dann einander und prusteten los.

Schließlich fasste sich Anton wieder, wischte sich eine Lachträne aus dem Augenwinkel und sagte: »Also, noch mal. Kati, falls du uns erzählen möchtest, wie dein Tag war, freuen wir uns.« Er legte seine Hand auf die seiner Frau. »Gut so?«

Gitti beugte sich zu ihrem Mann hinüber und küsste ihn auf die Wange. »Das ist mein Toni!«, antwortete sie und lächelte zufrieden.

Dann begann Kati zu erzählen, während ihre Eltern weiteraßen und zuhörten.

»Ich möchte mal recherchieren, was man alles machen kann mit dem SUP. Raffael sagt, dass es in Kössen sogar einen Typ gibt, der die Ache beim Schmugglerweg durch die Klamm mit dem SUP fährt. Stellt euch mal vor, das wäre doch ein riesiges Abenteuer.« Der Fußweg zum Klobenstein, der kleinen Wallfahrtskirche und dem Restaurant, war eine schöne, einfache Wanderung. Auch mit dem Schlauchboot oder dem Kajak wurde die Fahrt durch die Schlucht, die der Fluss hier gegraben hatte, gerne unternommen. Dass man das auch mit dem SUP erleben konnte, reizte Kati. Die Abenteuerlust hatte sie gepackt. Sie wollte aufs Ganze gehen, wie beim Bergsteigen eben auch.

Die Schlucht vom Wasser aus zu erleben, kam ihr extrem reizvoll vor.

Ihr fiel nicht auf, dass Anton irgendwann seine Gabel weglegte und, ganz untypisch für ihn, seinen Teller nicht leer aß. Ihr fiel auch nicht auf, dass ihre Mutter heimlich ihre Hand auf den Oberschenkel des Vaters legte und er sie fest in seine nahm.

Kati erzählte mit Feuereifer, Händen und Füßen. Sie erzählte von ihrem Tag, von ihren tollen Momenten auf der Alz und davon, was sie heute gelernt hatte, Feuer und Flamme für das Erlebte – und blind für das, was gerade um sie herum geschah.

In ihrer Wohnung machte Kati es sich mit einer Tüte Chips und einem Tee auf dem Sofa gemütlich. Sie würde einfach den Fernseher anmachen, zuvor aber noch die Nachrichten von Fabian und Raffael lesen.

Letzterer hatte Kati die Kursdaten für den Instructor geschickt. Es war schon am kommenden Wochenende so weit. Kati fühlte sich geehrt, denn Raffael bescheinigte ihr Talent für den Job, und das zu lesen tat gut. Dazu eine schnelle Zeile darüber, wie viel Spaß er gehabt hatte und dass er froh war, sie getroffen zu haben – als potenzielle neue Mitarbeiterin natürlich, Zwinkersmiley, Zwinkersmiley.

Die Nachricht von Fabian war anders, ganz ruhig, eben Fabian.

> Hast du Lust, bei mir vorbeizukommen? Isabella ist auch da, du könntest sie kennenlernen. Außerdem würde ich mich freuen, dich zu sehen.

Fabian kommunizierte immer alles so klar und so eindeutig. Kein Vergleich mit Raffael – oder Paolo, dachte Kati.

Sie fand es ja grundsätzlich schön, dass Fabian sie seiner neuen Freundin vorstellen wollte, aber … Kati sprang von ihrem Sofa auf, begann auf und ab zu gehen in ihrem kleinen Wohnzimmer, das Handy noch in der Hand. Heute war viel passiert, sie war total müde. Es war nicht der richtige Tag, um eine Isabella kennenzulernen. Sie dachte kurz nach.

Ist sie morgen auch noch da?, tippte sie schließlich in ihr Handy.

Fabian antwortete fast sofort. Klar. Sie ist bei mir eingezogen.

Kati schluckte. Das war ja schnell gegangen. Das Gefühl, das damit einherging, war … nicht schön. So viel wusste sie. Nein, eindeutig überhaupt nicht schön. Neidete sie ihm etwa sein Glück? In ihrem Magen rumorte es unangenehm. Aber natürlich wünschte sie Fabian nur das Beste – oder? Sie dachte daran, wie er ihre Hand gehalten hatte, wie es sich angefühlt hatte, wenn er sie berührt hatte, und die Verwirrung, die damit einhergegangen war.

Mir ist gerade eingefallen, dass ich es doch nicht schaffe, ich habe ganz viel Physio, tippte Kati. Sie musste erst mal ihre Gedanken sortieren, entschied sie. Im besten Fall würde sie es mit etwas emotionalem Abstand schaffen, sich mit dieser Isabella anzufreunden.

Dann sprang sie zurück in Raffaels Nachricht. Der Kurs war verlinkt und sie klickte darauf, meldete sich an. Die Bestätigungsmail kam binnen Sekunden.

Ich habe meinen Platz im Kurs, schrieb sie an Raffael und er reagierte mit einem Herzen.

Kati setzte sich wieder auf ihr Sofa, ein wenig entspannter. Sie kannte Fabian seit Jahren. Natürlich war nichts weiter zwischen ihnen als nur Freundschaft, schalt sie sich. Dieses wilde Prickeln, das sie mit Paolo gespürt hatte, hatte es ohnehin mit Fabian nie gegeben. Sie dachte an Raffael.

Vielleicht war es gut, sich zumindest ein wenig abzulenken. Kati hatte ein schlechtes Gewissen, weil sie Fabian seine Isabella nicht gönnte. Aber sie würde darüber hinwegkommen, nahm sie sich vor. Und irgendwann würde sie selbst wieder mit jemandem glücklich sein. Es war eben die aktuelle Lebenssituation, die nicht gerade einfach daherkam und die sie so beutelte. Gut, dass sie demnächst neuen Input und damit auch gleich eine andere Perspektive bekam – Zwinkersmiley, dachte sie ironisch und musste beinahe lachen. Sie machte die Chipstüte auf und griff nach der Fernbedienung. Für heute würde sie es gut sein lassen.

Als sie sich zwei Stunden und einen mittelmäßigen Krimi später bleiern müde fühlte, stand sie auf, stieg achtlos über die leere Chipstüte hinweg und ging hinüber in ihr kleines Schlafzimmer, um frische Luft hereinzulassen. Sie öffnete das Fenster. Ein Wetterleuchten zuckte über den Himmel. Sicher würde es in der Nacht gewittern. Dann schlurfte sie in ihr winziges Bad. Zähneputzen war ein Muss, egal wie müde Kati war. Anschließend noch schnell eine Runde Zahnseide, fertig. Darauf, sich die Haare zu bürsten, verzichtete sie. Stattdessen fuhr sie sich einfach mit den Fingern durchs Haar und fertig war sie. Fürs Bett reichte es. Wie sehr sie sich aufs Schlafen freute! Nachdem sie das

Licht ausgemacht hatte, tapste sie in ihr Schlafzimmer hinüber. Im Dunkeln ging sie zum Fenster und machte es zu, damit keine Mücken in den Raum kämen. Die Luft hatte sich nach Sonnenuntergang abgekühlt.

Kati ging zu ihrem Nachttisch und knipste das Licht an. Dann schrie sie erschrocken auf, machte einen Satz zurück. Auf dem Bett stand eine riesige Katze und machte einen Buckel. Dazu fauchte sie böse. Sie musste hereingekommen sein, als Kati gelüftet hatte. Mit ihrem langen Fell wirkte sie wie ein bösartiges Raubtier.

»Ruhig, meine Schöne, ganz ruhig«, redete Kati jetzt beruhigend auf das Tier ein. Norwegische Waldkatze, schoss es ihr durch den Kopf. Ja, mit Sicherheit handelte es sich um eine dieser übergroßen Katzenrassen, die einen auf den ersten Blick ordentlich erschrecken konnten. Auf den zweiten Blick war die verstörte Katze einfach nur wunderschön. Langsam verließ die Anspannung den Körper des schönen Tiers.

»Du bist eine ganz feine Katze«, sagte Kati und trat einen Schritt näher auf die Mieze zu, die jetzt schon keinen Buckel mehr machte, sondern Kati treuherzig entgegenblickte. Mit Katzen war Kati eigentlich schon immer gut zurechtgekommen. »So ein hübsches Mädchen.«

Tatsächlich war die Katze hellbraun getigert und das lange Fell glänzte sogar im Licht der kleinen Nachttischlampe. Das Tier war fraglos gepflegt. »Weißt du was, ich mach dir das Fenster auf, dann kannst du wieder rausgehen.«

Kati dachte keine Sekunde mehr an die Mücken, als sie ihr Fenster wieder öffnete. Die Katze sah Kati zu, blieb aber auf dem Bett stehen.

»Na komm, du musst los«, ermutigte Kati das Tier, das jedoch überhaupt keine Anstalten machte, hinaus in die Nacht zu verschwinden.

Kati ging zu ihrem Bett und setzte sich auf die Kante. Daraufhin setzte sich auch die wuschelige Katze mitten auf Katis Bettdecke. Kati lachte leise. »Du bist mir ja eine.«

Vorsichtig streckte sie die Hand aus und die Langhaarmieze schnupperte an ihrem Zeigefinger. Behutsam streichelte sie über den großen Kopf der Katze. Es war die größte, die sie in ihrem ganzen Leben gesehen hatte.

»Du weißt, dass du wunderschön bist, oder? Ihr Katzen wisst das immer, stimmt's?«

Kati strich erneut über den Kopf der Mieze. Dieses Mal schien sie sich schon ein wenig der Hand entgegenzustrecken, was Kati dazu motivierte, sie am Kinn zu kraulen. Auch das ließ sich die Norwegerin gefallen. Als Kati ihre Hand zurückzog, stand die Katze auf. Kati dachte, dass sie jetzt gehen würde, stattdessen kam sie auf Kati zu und drückte den Kopf gegen Katis auf dem Oberschenkel ruhende Hand.

»Na, du bist mir ja eine.« Kati begann erneut, die Mieze zu streicheln, und dieses Mal erklang ein sehr helles, überhaupt nicht zu der großen Katze passen wollendes Schnurrgeräusch. Es klang eher wie das Gurren einer Taube und verstärkte Katis Zuneigung für das Tier nur noch.

Der Schreck hatte sie aufgeweckt, aber jetzt war sie froh darüber, dass die schöne Katze den Weg zu ihr gefunden hatte, auch wenn es sicher bei dem einmaligen Besuch bleiben würde. Vielleicht sollte sie sich, wenn sie erst ein eigenes Zuhause gefunden hatte, auch eine Katze anschaffen.

»Was mach ich denn jetzt mit dir, hm?« Längst lag die Katze quer über der Bettdecke, hatte sich auf den Rücken gedreht und bot Kati ihren Bauch dar, eine eindeutige Aufforderung zu mehr Streicheleinheiten. Kati fröstelte. Vorsichtig glitt sie auf ihr Bett und schlüpfte unter die Decke. Kurz wurde das Schnurren der Katze leiser, um sofort wieder aufzuflammen, als Kati die Katze weiterkraulte. Irgendwann allerdings merkte Kati, wie ihre Müdigkeit zurückkam. »Tut mir leid, meine Süße, ich bin total müde.«

Sie wollte die Katze nicht hinausjagen, wo jetzt der erste Donner grollten. Mit Sicherheit suchte sie nur Zuflucht und würde den Weg nach draußen von selbst wählen, wenn sie so weit war.

Kati kuschelte sich in die Kissen und schloss die Augen, während ihr zu Füßen die Katze sich einrollte und leise weiterschnurrend einschlief. Nie hatte Kati ihr Bett gemütlicher gefunden als in diesem Augenblick, mit dem Gewicht der Katze auf ihren Beinen. Sie spürte das Schnurren sogar durch die Bettdecke hindurch, und das beruhigende Gefühl, das von dem schlafenden Tier ausging, konnte auch der lauter werdende Donner nicht erschüttern, als Kati in den Schlaf glitt und es draußen längst regnete.

14. Kapitel

»Wie lange bist du eigentlich noch krankgeschrieben?«, wollte Nelly wissen. Sie arrangierte Pfefferlakritze mit einem bunten Lutscher zu einem Präsenttütchen.

Ein paar Tage waren vergangen, und Kati stand bei ihrer Schwester im Laden, um Fotos zu machen.

»Heute war der letzte Tag. Ich bin auch mit der Reha fertig, stell dir vor.« Kati war froh, nicht mehr nach Bernau tingeln zu müssen. Natürlich, viele der Einheiten mit dem Physiotherapeuten hatten Spaß gemacht, sie hatte gelernt, welche Dehnübungen und welche Krafttrainings für ihr Knie gut waren, aber sie sah sich mittlerweile durchaus in der Lage, ihren Heilungsprozess selbst in Angriff zu nehmen.

»Klasse. Dann kannst du ja vielleicht schon nächste Woche starten? Am fünfzehnten Juli?« Die Hoffnung in Nellys Stimme war nicht zu überhören.

»Na klar. Ich komme dann am Morgen um halb neun in den Laden.« Kati kannte die Abläufe.

Sie zückte ihr Handy und fotografierte das Lakritz-Arrangement. Dann hielt sie Nelly ihr Handy hin. »So?«

Nelly nickte. »Super. Beides, das Foto und dass du schon so bald startklar bist. Ich werde einige Zeit in die Homepage stecken müssen. Papa wird solange fest in der Küche sein und Lakritzen machen.«

»Das wird ihm kaum schwerfallen.« Kati lachte. Erst gestern hatte es zu Hause nach Himbeerbonbons geduftet, als sie vom SUPen zurückgekommen war. »Was wollen wir als Nächstes fotografieren?«

Nelly war schon dabei, die Pfefferlakritzen wegzuräumen. »Ich glaube, wir nehmen die Seniglakritze, und vielleicht stellen wir in den Hintergrund eine Flasche Lakritz-Sahne?« Das war eine der Likörsorten, die Nelly erfunden hatte und die Kati als Nicht-Lakritz-Fan mochte.

»Ja, gerne. Machen wir das.«

Sie hatten schon zwanzig verschiedene Lakritzprodukte fotografiert und nach Katis Empfinden kamen sie gut voran. Das waren natürlich keine Profibilder, aber sie vermittelten die Liebe zum Produkt und auch, dass sie ein kleiner, persönlicher Familienbetrieb waren.

Kati war schon wieder mit Feuereifer bei der Arbeit, schob die Likörflasche von links nach rechts, um den besten Blickwinkel hinzubekommen, als die Ladenglocke klingelte. Beide Frauen schauten auf. »Michael!«

»Hallo, Nelly. Hallo, Kati.« Er nickte ernst.

»Schön, dass du vorbeischaust.«

»Ich hatte eine Stunde eher aus.«

»Prima.« Nelly ging zu dem Jungen und drückte ihn an sich. Dann wandte sie sich an Kati. »Wenn Michael eher aushat, kommt er oft vorbei und wir halten einen Tante-Neffe-Ratsch.«

»Super.« Kati ging ebenfalls zu Michael hinüber und legte ihm kurz die Hand auf die Schulter. »Schön, dass du hier bist.«

»Wollen wir vielleicht miteinander eine kalte Limo trinken? Ich müsste welche im Kühlschrank haben, extra für diesen besonderen Anlass.« Sie zwinkerte Michael zu.

»Super.« Er strahlte. »Aber kannst du Oma anrufen, dass ich vielleicht etwas später komme?«

»Oma?«

Er nickte. »Ich schlafe heute bei ihr. Sie sagt, ich darf sogar im Kampenwandzimmer schlafen. Also, wenn du nichts dagegen hast, Kati.«

»Ganz und gar nicht.« Ihr fiel etwas ein. »Meine Güte, Michael! Hast du früher nicht eh immer in dem Zimmer geschlafen, wenn du bei Oma warst?«

Michael nickte erneut. »Ganz genau.«

»Danke, dass du es mir überlassen hattest.« Kati gab ihm einen Schmatz auf die Wange.

»Ach, kein Problem.« Er lächelte scheu, wie es oft seine Art war, wenn er verlegen wurde.

Nelly war schon am Telefon.

»Ich bin heute Abend auch daheim – wollen wir vielleicht wieder eine Runde Schach spielen?«, schlug Kati Michael vor. »Ich würde zu gern mal gegen dich gewinnen.«

»Sehr gerne!« Er klatschte in die Hände. »Prima!«

»Ich geh mal eben die Limo holen, dann stoßen wir an.« Nelly ging nach hinten, in Richtung Küche.

Jetzt in der Mittagszeit war zum Glück weniger los. Vorhin waren sie ständig von Laufkundschaft unterbrochen worden.

Als die Türglocke erneut klingelte, stand die alte Frau Hartl, seit Jahren Stammkundin, mit ihrem Rollator vor der Tür. Kati kannte sie noch aus Jugendtagen. Sie kam regelmäßig, manchmal mehrmals pro Woche. Schnell lief Kati zur Tür, um der mittlerweile gebrechlich wirkenden alten Frau zu öffnen.

»Servus, Christl! Mei, dich hab ich aber lang nicht gesehen.« Man sah ihr die Mühe an, die jeder Schritt sie kostete.

Kati hielt ihr die Tür weit auf und Frau Hartl

kam langsam herein. »Nein, Frau Hartl, ich bin die Kati.«

»Die Kati! Oh mei!« Sie winkte ab. »Bei dir ist es noch länger her. Aber du schaust deiner Schwester ganz schön ähnlich. Oh mei, oh mei. Ist das dein Bub?«

»Nein, Frau Hartl. Das ist der Sohn von der Christina.«

»Das weiß ich doch.« Überspielte Frau Hartl ihren Irrtum und winkte in Michaels Richtung, der die Geste schüchtern und entsprechend knapp erwiderte.

Nelly kam in diesem Moment mit der Limonade aus der Küche. »Ja, wen haben wir denn da? Meine Lieblingskundin!«

Über das Gesicht von Frau Hartl zog sich ein Strahlen, das Kati so bei ihr noch nie gesehen hatte. »Nelly! Wie schön.«

Sie schien ihren Rollator mit einem Mal schneller zu schieben, direkt auf den Verkaufstresen zu. Kati und Michael waren vergessen.

»Wie geht es Ihnen denn?«, fragte Nelly.

»Mei, Kind. Die Beine machen halt nimmer mit. Ich bin froh, dass ich es noch hierherschaffe, aber lang geht das nimmer, das sag ich dir.« Frau Hartl sprach in tiefem Dialekt.

»Das prophezeien Sie aber schon, seit ich Sie

kenne.« Nelly lachte Frau Hartl an und die alte Dame nickte.

»Wahr. Ich hab dem Schicksal schon so manches Mal ein Schnippchen geschlagen, oder?«

»Ganz sicher.« Nelly lachte.

»Vielleicht ist ja die Lakritze meine Medizin.« Frau Hartl hob die knochigen Schultern und kicherte wie ein junges Mädchen.

»Das will ich doch schwer hoffen.« Nelly lachte ebenfalls. Sie konnte wirklich super mit Frau Hartl umgehen, und Kati hätte wetten können, dass die Besuche im Laden zu den Höhepunkten in Frau Hartls Tag gehörten.

»Wissen Sie was? Ich packe Ihnen heute noch ein Fläschchen Lakritzlikör aufs Haus zu Ihrem Einkauf, ja?«

»Ach, Nelly, du verwöhnst mich!«

»Ach wo!« Nelly winkte ab. »Darf es heute wieder die sommerliche Zitruslakritze sein?«

»Aber unbedingt. Und ich hätte auch gern noch Erdbeerlakritze und was von der mit Chili.«

»Ehrlich? Die ist Ihnen nicht zu scharf?«

»Mein liebes Mädchen, in meinem Alter kann es nicht scharf genug sein.« Tatsächlich zwinkerte Frau Hartl Nelly zu und Kati musste nun auch lachen. In Frau Hartl steckte so viel Leben, man musste nur wissen, wie man es herauskitzelte, damit ihre Energie zum Vorschein kam – und das konnte Nelly. Kein Wunder, dass Frau Hartl so gern zu ihr in den Laden kam.

Als sie die Kundin fertig bedient hatte, begleitete Nelly sie noch zum Ausgang und hielt ihr die Tür auf. Frau Hartl schien Kati und Michael völlig vergessen zu haben. Zum Abschied tätschelte sie Nelly sogar noch die Wange, dann ging sie mit dem Rollator ihrer Wege.

»Meine Güte, war das süß«, entfuhr es Kati. »Ich könnte Frau Hartl niemals so glücklich machen wie du.«

»Blödsinn. Man lernt das schnell. Außerdem war dein Job bis jetzt doch auch, Leute glücklich zu machen.«

Dem hatte Kati nichts entgegenzusetzen.

»Wie ist es denn jetzt, wollen wir Limonade trinken?«, fragte Michael, der noch immer geduldig an dem kleinen Ladentisch saß.

»Aber unbedingt.« Nelly brachte die große Flasche und die Gläser, die sie vorhin auf der Theke abgestellt hatte, zum Tisch, schenkte ein, und die drei stießen an.

»Auf uns!«, sagten sie alle drei der Reihe nach und genossen ein kaltes Getränk an einem heißen Tag.

Das befriedigende Gefühl, eine Arbeit gut zu ihrem Ende gebracht zu haben, hüllte Kati ein, als sie mit den Fotos auf ihrem Handy den Laden verließ. Sie hatte Nelly versprochen, ihr die Bilder zu schicken, allerdings wollte sie davor noch mal drübergehen und schauen, ob sie gelungen waren, und sie ein bisschen bearbeiten. Das hatte sie früher schon mit den Bergbildern für ihre Homepage gemacht – meistens konnte man durch Nachbearbeitung qualitativ noch etwas rausholen. Aber auch so gefielen zumindest ihr selbst die Bilder schon sehr gut. Sie sahen aus wie das, was sie sein sollten: liebevoll hausgemacht.

Nelly war noch im Laden geblieben, weil die Minzlakritze ausgegangen war und sie für Nachschub sorgen wollte. Jetzt im Sommer war die frische Süßigkeit ein Verkaufsschlager.

Draußen war es warm. Die Sommersonne schien auf den Priener Marktplatz mit seinen farbenfroh bepflanzten Blumenkübeln. Der Schatten des Kirchturms zeichnete sich auf dem Kopfsteinpflaster ab. Linker Hand stand der prächtige Maibaum, direkt vorne an der Straße. Es war schon Nachmittag und Kati knurrte der Magen. Sie erwog, nach Hause zu fahren, entschied sich dann aber für das kleine Café, in dem sie neulich erst mit Nele gesessen hatte. Womöglich war im Gastgarten die Hollywoodschaukel frei, und sie könnte sich gemütlich in den Schatten setzen und eine Kleinigkeit essen.

Sie ging hinüber in Richtung des Maibaums, über die Straße und auf das gemütliche Café zu. Schon von Weitem sah sie, dass ihr Wunschplatz tatsächlich frei war. Sie ließ sich in die Hollywoodschaukel fallen, die sofort in Bewegung geriet. Herrlich! Ein Urlaubsmoment mitten im Alltag. Sie bestellte Kaffee und Butterkuchen mit Streuseln. Dann zückte sie auch schon ihr Handy. Mal sehen, was sie mit den Lakritzfotos noch anstellen konnte. Sofort war sie in die Bilder vertieft.

»Darf ich mich zu dir setzen und dich in die reale Welt zurückholen?«

Kati schaute auf. »Fabian!«

Sie konnte gar nicht anders, als sich wie verrückt zu freuen, ihren alten Freund zu sehen. Sie stand auf und schloss ihn freundschaftlich in die Arme. Dann fiel ihr seine Isabella ein und sie zog sich ganz schnell zurück.

»Störe ich dich?«, fragte er leise.

»Nein, auf keinen Fall. Setz dich«, forderte Kati ihn auf und steckte ihr Handy in die Tasche. »Ich hab nur gerade ein paar Fotos sortiert.«

»Kann ich mit auf die Schaukel?« Er grinste.

»Na klar, hier ist Platz für zwei.«

»Aber pass auf, ich schaukele ziemlich wild.« Da war er – Fabians unverkennbarer Humor, der seine Augen aufblitzen ließ. Sie hatten sich nur ein paar Tage nicht gesehen, trotzdem spürte Kati, dass es guttat, ihn wiederzusehen. Die Funkstille zwischen ihnen beiden war ungewöhnlich und keinesfalls das, was sie sich wünschte.

»Na, ich werde es schon überleben.«

Fabian setzte sich und winkte der Kellnerin fröhlich zu, die sofort zu ihrem Tisch kam. Ein Sandwich und eine Hollerschorle wurden geordert und dann galt Fabians volle Aufmerksamkeit wieder Kati.

»Was für Fotos hast du denn sortiert? Hast du noch mehr Schmetterlinge fotografiert?« Er klang nicht abschätzig, sondern interessiert.

Kati schüttelte den Kopf, spießte ein Stück Kuchen auf und wedelte eine lästige Wespe mit der Hand weg. »Nein. Ich habe für Nelly Fotos gemacht. Sie möchte eine kleine Internetpräsenz für den Laden erstellen lassen, weil so viele Urlauber auch gern von zu Hause aus ihre Lakritzen bestellen möchten. Nelly erhofft sich davon einen weiteren kleinen Geschäftszweig.«

»Ich find das klasse. Vielleicht könnte man sogar auf der Homepage des Tourismusverbands auf den Laden hinweisen. Schließlich hat er Tradition in Prien.«

»Meinst du?«

»Klar. Ich kann mal mit den Kollegen telefonieren und vorfühlen, wenn du magst.«

»Das würde Nelly sicher gut finden. Und ich auch.«

»Heißt das, du arbeitest jetzt in der *Süßen Liebe*?«

»Vorerst, ja.« Sie dachte an den SUP-Kurs und die neue Perspektive, die sich damit ergeben konnte.

»Vorerst?« Fabians Blick war kritisch und neugierig zugleich.

»Na ja. Ich habe mich für einen Kurs zum SUP-Instructor entschieden.«

»Echt?« Fabian hob die Augenbrauen.

Bevor Kati antworten konnte, kam die Kellnerin mit Fabians Bestellung zurück. Das war ja schnell gegangen!

»Danke dir!«

Die Frau strahlte Fabian an. »Brauchst du noch was?« Sie schob sich eine Haarsträhne hinters Ohr. Meine Güte, dachte Kati, die zieht alle Register.

»Das wäre erst mal alles.« Fabian lächelte freundlich, aber geistesabwesend, was der Frau nicht entging.

»Wenn du was brauchst, ich komm sofort zu dir.«

Der Gastgarten war voll. Kati schaute zu Fabian, dem die übermäßige Freundlichkeit der Frau nicht einmal auffiel. Er hatte seine Aufmerksamkeit schon wieder Kati zugewandt, sein Glas in der Hand.

Mit säuerlichem Gesichtsausdruck wandte sich die Kellnerin ab und ging zum Nachbartisch.

»SUP-Instructor? Was bedeutet das?«, hakte Fabian nach.

»Na ja. Mir fehlt die Bergführertätigkeit. Und dann habe ich im Supermarkt einen Aushang gesehen, weißt du?«

Sie erzählte ihm von ihrer Tour auf der Alz. »Das war fantastisch. Die Teilnehmer waren so begeistert – inklusive mir, ich auch. Und Raffael macht das ziemlich cool, da kann ich so viel lernen.«

Fabian trank einen riesigen Schluck seiner Schorle. »Wie von Paolo?«, fragte er, nachdem er sein Glas abgesetzt hatte.

»Na ja, sie sind schon beide Frohnaturen, die die Leute begeistern können.«

»Und gut aussehen.«

Kati schwieg. Was wollte Fabian eigentlich? Er klang missmutig und unzufrieden.

»Ich will einfach wieder raus in die Natur. Rafael hat angeboten, dass ich vielleicht bei ihm anfangen kann, Touren zu begleiten. Es gibt auch noch eine Fortgeschrittenen-Ausbildung fürs SUP und ich würde das total gerne machen.«

»Schon klar.« Fabian klang mit einem Mal wie ein Fremder.

»Was hast du denn?«

Fabian räusperte sich. Er hatte noch keinen einzigen Bissen von seinem Sandwich genommen. »Du, gar nichts. Ich dachte nur, das wär unser Ding, wir würden das gemeinsam machen, mit dem SUP.«

»Können wir doch auch! Das eine schließt doch das andere nicht aus«, rechtfertigte sich Kati. Was war denn mit dem los? Drehte Fabian jetzt durch?

»Schon gut, Kati.« Fabian trank sein Glas leer.

»Das kommt mir aber nicht so vor.«

»Nein? Kommt es dir nicht?« Er schnaubte. »Ich weiß, wie es endet. Du bist wieder dauernd unterwegs, hast nie Zeit und endest bei diesem Raffael.«

»Endest?«

»Na, begeistert bist du auf jeden Fall, das wirst du ja wohl nicht leugnen?«

»Nein, das leugne ich natürlich nicht.« Kati merkte, wie sie auch wütend wurde. Schließlich gönnte sie Fabian sein Glück mit Isabella – warum konnte der dann nicht so nett sein und sich ebenfalls für sie freuen? Schließlich hatte sie nichts Schlimmes getan, sie hatte nur angefangen, wieder Perspektiven in ihrem Leben zu sehen. Trotzig dachte sie an Raffaels breites Kreuz, seine Begeisterungsfähigkeit und daran, wie offen er auf sie zugekommen war.

»Siehst du!«, rief Fabian in triumphierendem Tonfall aus.

»Aber du hast doch auch deine Isabella kennengelernt. Wo ist denn dein Problem?«

Fabian starrte Kati an. Dann nahm er einen tiefen Atemzug, schloss sogar für einen kurzen Moment die Augen, bevor er wieder etwas sagte.

»Weißt du was, wenn du Lust hast, melde dich in den nächsten Tagen, dann kannst du *meine Isabella* kennenlernen.« Er stand auf, langte in seine Hosentasche und klemmte einen Zehner unter sein Glas.

»Äh, in Ordnung.« Was war denn nur los? Wie hatte ein einziger Tag mit dem SUP auf dem See ihre Beziehung so durchschütteln können?

Sie wollte etwas zu Fabian sagen, wollte die Stimmung ins Positive wenden, aber es schien keinen Weg zu geben. Kati sah jedenfalls keinen. Fabian ging. Erst als er den Garten des Cafés schon fast verlassen hatte, drehte er sich zu Kati um.

»Vielleicht sehen wir uns dann ja mal die Tage.« Er klang gleichgültig. Fabian hatte ihr gegenüber noch nie gleichgültig geklungen.

»Ich melde mich.«

Kein einziges Mal in ihrem Leben hatte Kati sich so weit weg von Fabian gefühlt wie in dem Moment, als er um die nächste Hausecke verschwand, ohne sich noch einmal umzudrehen.

»Schachmatt.« Michaels konzentrierter Gesichtsausdruck wandelte sich binnen Sekundenbruchteilen zu einem strahlenden Grinsen, und er sah nicht mehr aus wie ein alter Mann, sondern wie der Schuljunge, der er war.

»Meine Güte. Ich hab nicht den Hauch einer Chance gegen dich gehabt.« Kati lehnte sich auf ihrem Stuhl zurück und betrachtete die Schachfiguren mit einer Mischung aus Bewunderung für Michael und auch ein wenig Selbstkritik. Allerdings wusste sie von Anton, dass er seinen Enkel seit Monaten nicht mehr besiegt hatte – und im Gegensatz zu Kati spielte Anton regelmäßig gegen ihn.

»Meine Gratulation!« Sie streckte die Hand über das Schachbrett hinweg aus und Michael schüttelte sie energisch.

Eine Mücke schwirrte um Katis Kopf herum und sie wedelte das Tier weg. Jetzt zur Sonnenuntergangszeit waren die Viecher unerträglich, draußen auf der Terrasse.

»Möchtest du reingehen?«, fragte Kati ihren Neffen. »Ich bin sicher, wir dürfen uns noch einen kurzen Dokumentarfilm bei mir unten anschauen, bevor wir ins Bett gehen.«

Michael nickte ernst. »Es war schon Notenschluss.«

Kati lachte. »Na, dann steht einem schönen Abend zu zweit nichts im Wege, oder?«

»Nein. Bei Tante Nelly schauen wir dann immer die Sterne an«, sagte Michael.

»Ich weiß. Sie hat das magische Dachfenster, oder?«

»Genau.«

Über dem Bett von Nelly und Quirin gab es ein riesiges Fenster, durch das man die Sterne beobachten konnte.

»So was habe ich leider nicht. Aber ich könnte meine Lavalampe anmachen und wir schauen uns einen Film über Vulkane an«, schlug Kati vor. »Und wir könnten uns eine Pizza kommen lassen.«

»Pizza? Das wäre der Wahnsinn! Auf der Insel gibt es die nämlich nie. Außer Tiefkühl.«

Stimmt, fiel Kati auf. Pizza war mit Sicherheit nirgendwo zu bekommen auf dem kleinen Eiland. Die Fraueninsel war eher ein Ort für Aalsemmeln und Fischsuppe.

»Wir holen genau die Sorte Pizza, die du dir wünschst«, sagte Kati.

»Klasse. Und hast du was über den Vesuv?«

Michael war immer sehr spezifisch.

»Weißt du was, da schauen wir jetzt dann gleich mal nach, in Ordnung?« Sie begann, die Schachfiguren in ihre Kiste zu legen und das schöne alte Schachspiel aufzuräumen, das ihrem Vater gehörte.

Michael hob einen kleinen Bauern auf, der ihm runtergefallen war, und gab ihn Kati.

Dann stand er auf. »Oma? Oma!« Er lief ins Haus. Aus der Ferne hörte sie ihn rufen. »Kati sagt, wir bestellen uns jetzt Pizza!«

Kati lächelte. Es war schön, mehr Zeit mit ihrem Neffen zu verbringen. Es war schön, im Garten ihrer Eltern Mücken zu verscheuchen und von Gitti selbst gemachte Hollerschorle zu trinken, während es nach Rosenblüten duftete. Einen kurzen Moment hielt Kati inne. Grillen zirpten leise, eine Fledermaus huschte in der späten Dämmerung vorbei, ein Nachtfalter bestäubte die Kletterrose rechts neben der Terrassentür. Ihre Heimat sah heute verdammt schön aus.

»Kommst du, Kati?«

»Ja, Mama. Bin schon da.«

»Das wird auch gut sein, mein Enkel verhungert hier gleich.«

Kati ging lächelnd ins Haus. Als sie sich umdrehte, fiel ihr auf, dass sie das Schachspiel vergessen hatte. Sie machte kehrt und da sah sie sie: die riesige Katze!

Sie saß am Rand der Terrasse und beobachtete Kati aus ihren smaragdgrünen Katzenaugen.

»Da bist du ja wieder.« Kati ging langsam auf das Tier zu. Hoffentlich schrie nicht gleich noch mal wer nach ihr und verscheuchte ihre Freundin.

Sie streckte der Katze vorsichtig die Hand entgegen. »Na, das ist aber eine schöne Überraschung.« Vorsichtig strich sie der Mieze über das weiche Fell. Sie wirkte nicht hungrig oder verwahrlost. Allerdings maunzte sie leise, bevor sie Kati um die Beine strich. Man spürte die Kraft, die in ihrem Körper steckte. Kein Wunder, die Jägerin war weit größer als jede andere Katze, die Kati je im wahren Leben getroffen hatte. Solche riesigen Tiere kannte sie sonst nur von Fotos.

»Kati?« Sie drehte sich um. Da stand Michael an der Terrassentür.

»Ich komme schon. Schau mal, magst du mal eine riesige Katze sehen?«

»Wo denn?«

Kati wandte sich der Katze zu, aber da, wo sie eben noch auf der Terrasse gelegen hatte, war gähnende Leere.

»Hm.« Sie stand auf und ging zu Michael hinüber, nicht ohne das große Schachspiel vom Tisch zu nehmen. An der Terrassentür ließ sie einen weiteren Blick durch den Garten schweifen, aber langsam war die Dunkelheit in die Ecken gekrochen und der Rosengarten bot noch mehr Verstecke als im hellen Tageslicht ohnehin schon.

»Ich glaube, die Katze ist schon ihrer Wege gezogen«, sagte Kati bedauernd zu ihrem Neffen.

Vielleicht sehen wir uns ja mal wieder, dachte sie bei sich, hatte aber so eine Vermutung, dass schon die zweite Begegnung mit der Katze ein glücklicher Zufall gewesen war.

15. Kapitel

Die Prüfung zum SUP-Instructor war nicht schwer. Kati hatte sie mit wehenden Fahnen bestanden, und als sie am Abend nach Hause kam, hatte sie insbesondere eine nette Frau, Andrea, kennengelernt, und sie hatten sich spontan entschieden, in Kontakt zu bleiben. Andrea kam aus Chieming, das war auch nicht allzu weit weg, um sich zu treffen oder gemeinsam auf SUP-Tour zu gehen. Es tat Kati gut, einen neuen Kontakt zu knüpfen. Sie liebte ihre Familie und war gern mit allen zusammen, aber Fabian war ihr einziger echter Kontakt außerhalb des familiären Verbunds und im Moment war das Verhältnis zu ihm ja denkbar schwierig.

Auf dem Heimweg vom Kurs, der in Breitbrunn am Chiemsee stattgefunden hatte, klingelte schon ihr Handy, und sie hielt das Auto in einer Parkbucht an, um zu sehen, wer sie hatte erreichen wollen. Es war eine unbekannte Nummer. Sie rief zurück.

»Hallo, Kati! Na, war's bärig?« Raffael hielt sich nicht mit einer Begrüßung auf, sondern kam sofort zum Wesentlichen.

»Ja, ich hab ordentlich was gelernt.« Sie konnte ihr SUP jetzt perfekt manövrieren. Sie beherrschte den C-Schlag und den Ziehschlag, die man besser nicht verwechselte, diente doch der eine, um eine seitliche Entfernung zurückzulegen und der andere, um den Kurs zu korrigieren. Kati hatte sich gleich noch zum zweiten Modul angemeldet, und das erzählte sie Raffael jetzt auch.

»Du bist echt motiviert, großartig.« Er lachte. »Du, sag mal, hast du noch Lust auf die Eibsee-Tour? Ich könnte wirklich Hilfe brauchen. Es haben sich zehn Leute angemeldet, das ist allein immer ein wenig viel.«

Darüber musste Kati gar nicht nachdenken. »Na klar hab ich Lust.«

»Sehr gut. Dann kann ich Dieter auch noch Bescheid sagen.«

»Wie jetzt? Der kommt tatsächlich nur, wenn ich dabei bin?« »Nein. Das war ein Spaß. Aber er freut sich bestimmt, wenn er hört, dass du auch mit von der Partie bist.« Raffael lachte.

»So wie ich«, fügte er noch hinzu. Seine Stimme hatte eine andere Färbung angenommen, eine, die Kati lächeln ließ.

»Danke. Das ist echt nett.«

»Na klar. Ich schicke dir alle Daten per Mail, oder? Wir fahren schon am Dienstag los und übernachten dann vor Ort – die Kosten für die Nacht trage in deinem Fall natürlich ich, schließlich wird das dein Praktikumstag.«

»Wir übernachten?«

»Ja, bring ein Zelt mit. Man muss schon zum Sonnenaufgang da sein, wenn man den See bei gutem Wetter genießen will. Das wird am Eibsee sonst schnell zu voll, und dann haben die Gäste nicht mehr das Gefühl, ein exklusives Erlebnis zu haben.«

»Ah, dann versteh ich das.«

»Ja, wir machen dann am Vorabend ein Lagerfeuer und setzen uns zusammen, das ist immer total nett.«

»Alles klar. Dann weiß ich Bescheid. Ich melde mich, wenn noch Fragen auftauchen.« Sie startete den Motor. Sie war hungrig. Sie wollte nach Hause.

»Wir machen auf jeden Fall ein Picknick auf einer der kleinen Inseln, das mögen die Gäste immer sehr. Könntest du das besorgen, ich hab ziemlich viel Stress in den Tagen vor der Tour. Snacks reichen völlig aus.«

»Kein Problem.« Kati würde Lakritzen mitnehmen. Ihr Vater hatte immer eine große Auswahl zu

Hause, als ob er Angst hätte, dass sie ihm ausgehen könnten.

»Wunderbar. Getränke bringen die Gäste selbst mit.«

»Ist in Ordnung.«

»Dann sehen wir uns am Mittwoch, ja? Vielleicht können wir zwei nach der Tour noch eine Nachbesprechung machen? In Rimsting hat eine tolle neue Pizzeria aufgemacht, hab ich gehört. Und wenn alles gut läuft, könnten wir auch überlegen, inwiefern du bei mir arbeiten könntest.«

Kati dachte an Nelly und die *Süße Liebe*. In nächster Zeit würde sie dort hauptberuflich tätig sein – aber das war nichts, was sie sich für immer vorstellen konnte. Dafür war sie zu gern unterwegs und draußen.

»Ja, gut. Das machen wir so.«

»Schön. Ich find es einfach pfundig, dass wir uns getroffen haben.«

Seine Begeisterung war ansteckend. Kein Wunder, dass seine Touren sich so gut verkauften. Kati freute sich darauf, ihn wiederzusehen, und obwohl sie gerade vom SUP gestiegen war, freute sie sich auch darauf, wieder zu paddeln. Es war wie beim Bergsteigen: Sie konnte einfach nicht genug davon bekommen.

Als sie den Wagen in der Garage parkte und ausstieg, hörte sie Musik im Garten ihrer Eltern. Das war nicht die Blasmusik, die ihr Vater üblicherweise ohrenbetäubend laut hörte, wenn Gitti mal nicht zu Hause war, das hier war Partymusik vom Feinsten. Jetzt erst sah Kati, dass an der Straße der Jeep von Quirin parkte. Außerdem waren da noch zwei weitere Fahrzeuge, die Kati nicht zuordnen konnte, die aber auch nicht in die Wohnsiedlung gehörten, in der sich das Haus ihrer Eltern befand. Man kannte sich hier und damit auch die Autos, die regelmäßig den Bordstein säumten. Neugierig trat sie ein. Die Musik verstummte und es wurde leise im Garten.

Der Weg zum Haus war mit Schildern gesäumt, die jemand mit Pflöcken in den Boden gerammt hatte. Kati lächelte. Frau Maria hatte es also wirklich getan, allerdings hatte Kati sich unter einer Intervention etwas ganz anderes vorgestellt – keine Weisheiten, die auf weißem Papier, das mit Reißzwecken auf Holzschildern befestigt war, den ganzen Garten zierten.

Nicht weil es schwer ist, wagen wir es nicht, sondern weil wir es nicht wagen, ist es schwer.

Das erste Schild, ein Zitat von Seneca. Kati ging weiter. Da war ein Ausspruch von Thoreau: *Ein neues Leben kannst du nicht anfangen, aber täglich einen neuen Tag.*

Katis Herz klopfte wie wild vor Freude. *Man sollte viel öfter einen Mutausbruch haben.*

Diesen Spruch fotografierte Kati mit ihrem Handy. Dann ging sie weiter durch den Schilderwald. *Am Ende des Lebens wirst du nur die Dinge bereuen, die du nicht getan hast.*

Kati war sicher, all die Schilder hatte Frau Maria höchstpersönlich angefertigt. Sie alle handelten von Mut und Veränderung und steckten neben dem Weg, es gab aber auch welche, die, mit Wäscheklammern in den Rosenbüschen befestigt, wie zusätzliche Blätter an den Pflanzen wirkten. Das ganze Setting war einfach nur wunderschön geworden.

Triff deine Entscheidungen, sonst treffen sie dich!, las Kati im Vorbeigehen. Diesen Spruch mochte sie besonders gern.

Alles, was du dir wünschst, ist auf der anderen Seite der Angst.

Es gab noch unzählige weitere Weisheiten und dazu war der ganze Weg zum Haus mit Rosenblättern dekoriert. Die Nonne musste auch Anton und Gitti ins Boot geholt haben, oder Benedikt hatte es getan, das wusste Kati nicht, aber sie würde es mit

Sicherheit noch herausfinden. Jetzt war sie fast beim Haus, der Kies knirschte unter ihren Sohlen.

»Überraschung!«, rief Gitti, als sie Kati sah, und Sekundenbruchteile später: »Ach, du bist es nur.«

»Eigentlich sollte ich jetzt beleidigt sein, aber ich verstehe schon.«

Die Terrasse war herrlich dekoriert. Weitere Rosen standen überall in Blumenvasen verteilt, Rosenblätter übersäten den Boden. Kati liebte besonders die goldenen Luftballons, die überall angebracht worden waren und den Rahmen noch feierlicher machten. Es gab sogar eine Art Ballonbogen, unter dem Benedikt stand. Er war gerade im Begriff gewesen, sich hinzuknien, als er erkannte, dass nicht Christina es war, die da soeben gekommen war.

»Mensch, Kati!«, sagte er vorwurfsvoll. Unter seinen Achseln sah man aus der Nähe Schweißflecken. »Als ob ich nicht schon aufgeregt genug wäre!«

»Heute scheint sich keiner zu freuen, dass ich da bin …«

»Nichts gegen dich, der Mann ist nur nervlich ziemlich fertig.« Unter all den feierlich gekleideten Menschen fiel die Nonne in ihrer Tracht durchaus auf.

»Frau Maria, da sind Sie ja.« Kati umarmte die Nonne. »Das sieht alles ganz wunderbar aus.«

»Ich weiß.« Die Klosterschwester strahlte sie an.

»Aber Sie hätten mich ruhig einweihen können, dass heute der große Tag ist«, meinte Kati vorwurfsvoll.

»Stimmt. Aber ihr Schwestern seid so vertraut, dass ich selbst Nelly erst heute Bescheid gegeben habe.« Die Nonne kicherte wie ein junges Mädchen. »Sonst hättet ihr euch vielleicht verplappert.«

Kati nickte und schaute sich im Kreis der Anwesenden um. Da waren Melanie, Quirins Schwester, mit ihrem Mann, Nelly, Anton und Gitti, eine junge Frau, die vermutlich eine Freundin von Christina war, jedenfalls hatte Kati sie noch nie gesehen, Michael, der einen Anzug in genau den gleichen Farben wie Benedikt trug, und jetzt noch sie selbst – im Sportoutfit. Außerdem saß ein älteres Ehepaar an einem der Tische, das Kati als Benedikts Eltern erkannte, sowie ein jüngerer Mann, der Benedikt sehr ähnlich sah. Alle wirkten freudig angespannt. Michael zappelte herum, zupfte an seiner Fliege, konnte sich kaum still halten vor Anspannung.

»Wann kommt Christina denn?«, wollte Kati wissen.

Benedikt schaute auf seine Armbanduhr. »Vor zehn Minuten. Gitti hat sie vor einer Stunde angerufen, damit sie Michael abholt. Wir haben behauptet, ihm ist schlecht geworden von zu viel Eis. Dabei ist *mir* schlecht vor lauter Aufregung.«

Er wischte sich mit einem Taschentuch den Schweiß von der Stirn. »Meine Güte, was mach ich nur, wenn sie trotz alledem hier Nein sagt?«

Michael war von hinten an Benedikt herangetreten, und Kati sah jetzt, wie sich seine Hand in die seines potenziellen Stiefvaters schlich. »Dann gehen wir angeln.«

Ein paar der Anwesenden lachten leise. Aber Michaels Blick, der hinauf zu Benedikt gewandert war, der neben dem Jungen wie ein Riese wirkte, war ganz ernst.

Benedikt kniete sich hin und umarmte Michael. »Weißt du was? Genau das machen wir, mein Freund. Du hast völlig recht. Danke.«

In dem Moment ging ein Zischeln durch die Menge, und auch Kati hörte, wie das Gartentor ins Schloss fiel. Christina kam!

Und Kati, die überhaupt nichts mit der Liebe ihrer Schwester zu tun hatte, spürte, wie ihr Herz einen Schlag aussetzte.

Mein Gott, wie musste da erst Benedikt sich fühlen? Aber der fing gerade an, an seiner Fliege herumzunesteln und sie schließlich ganz abzulegen, ein kleines Lächeln auf den Lippen. Kati schaute zu Frau Maria, aber die blickte kein bisschen kritisch drein, im Gegenteil. Die Nonne wirkte höchst zufrieden mit der Situation.

Als Nächstes knöpfte Benedikt sein Hemd auf, schlüpfte heraus und hängte es ordentlich über einen Gartenstuhl.

»Es ist einfach zu heiß«, erklärte er sich und stand jetzt in einem weißen, kurzärmligen T-Shirt da. »Besser. Und du, Michael? Magst du auch was ausziehen?«

Der Junge schüttelte den Kopf, sichtlich stolz auf sein schönes Outfit.

»Sie kommt!«, zischte Gitti, die immer wieder einen Blick ums Hauseck geworfen hatte. Alle verstummten. Sonst geschah gar nichts, sosehr Kati auch lauschte. Michael begann, auf und ab zu hüpfen. Katis Mutter schmiegte sich an ihren Vater, der den Arm um sie legte und ihren Scheitel küsste, eine kleine Geste, die Kati schon seit Jahren nicht mehr gesehen hatte. Nelly trug plötzlich ein Tablett voller Sektgläser heran, das wohl schon auf seinen Einsatz gewartet hatte, Benedikts Eltern waren gemeinsam mit seinem Bruder aufgestanden. Frau Maria hatte die Hände vor dem Körper gefaltet, und Kati war sich nicht sicher, ob die Nonne betete oder einfach nur mit halb geschlossenen Augen und der Andeutung eines Lächelns auf den Lippen dastand. In jedem Fall umgab die Klosterschwester eine Aura von Feierlichkeit.

Benedikts Haltung straffte sich. Kati fand, dass er im T-Shirt viel besser aussah als im steifen Oberhemd. Seine kräftigen Arme, seine breite Brust – er wirkte sehr maskulin.

Die Zeit schien stillzustehen, bis Christina endlich um die Ecke kam, einen Zettel in der Hand, Tonreste vorne auf ihrem T-Shirt und die Haare mit einem Tuch aus dem Gesicht gebunden. Ihr Gesicht zeigte keine Freude, im Gegenteil. Kati kannte ihre Schwester gut genug, um zu wissen, dass sie stocksauer war.

»Was soll das hier?«, setzte sie an und hielt den Zettel hoch. »Wie ich sehe, habt ihr euch alle schön hinter meinem Rücken hier versammelt.«

Zu Katis Überraschung lachte Benedikt laut auf. »Warte, Christina, bevor du richtig loslegst.«

Michael lief zu seiner Mutter und Christina schloss ganz automatisch die Arme um ihren Sohn.

Dann verschränkte sie, den Zettel zerknüllt in ihrer Hand, die Arme. »Ich warte.«

Benedikt räusperte sich. »Ich bin heute hier, um dir zu sagen, dass ich dich nicht mehr heiraten will.«

Der Ausdruck auf Christinas Gesicht war mit Geld nicht zu bezahlen. Aber auch Quirin tauschte einen überraschten Blick mit Nelly, und Benedikts Mutter setzte sich wieder hin, als hätten die Worte ihres Sohnes sie zurück auf den Stuhl gedrückt.

»Stattdessen möchte ich dir hier vor deiner Familie sagen, wie gerne ich mit dir mit dem Kanu rausfahre und am Steg vor meinem Elternhaus den wunderbaren Kartoffelsalat meiner Mutter futtere.«

Christinas verknotete Haltung löste sich und sie stemmte ihre Hände in die Seiten. Man sah ihr an, dass sie nur Bahnhof verstand.

»Ich möchte dir sagen, dass ich leidenschaftlich gern mit Michael auf den See rausfahre und unglaublich gern mit dir und ihm bei euch daheim Lego baue. Außerdem liebe ich es, wenn du für uns kochst.«

Alle begannen zu lachen. Es war in der ganzen Familie bekannt, dass Christina vieles war – aber keine gute Köchin. Auch um Christinas Mundwinkel zuckte es.

»Und dafür hast du diesen ganzen Aufwand betrieben?«, wollte sie wissen.

»Nein. Eigentlich habe ich diesen Aufwand betrieben, gemeinsam mit Maria übrigens, um dir noch mal einen Heiratsantrag zu machen.«

»Dass Frau Maria da mit dahintersteckt, habe ich mir schon gedacht.« Christina wedelte mit dem Zettel in ihrer Hand und schaute zu der Nonne, aber die stand noch immer lauschend und bewegungslos da.

Benedikt sprach ungerührt weiter. »Aber dann hat Michael mir die Augen geöffnet.«

»Hat er?«

Benedikt nickte. »Es geht nicht darum, verheiratet zu sein. Es ging mir immer nur darum, bei dir zu sein. Ich wollte dir beweisen, dass ich zu dir stehe. Ich wollte unsere Liebe in Zement gießen. Aber Liebe ist frei und passiert jeden Tag neu, jeden Tag anders. Es geht um die kleinen Dinge. Und wenn wir miteinander sein können und den Alltag genießen dürfen, dann ist das mehr, als die meisten Menschen haben. Mir ist klar geworden, dass mein Heiratsantrag dich gequält hat. Und nichts liegt mir ferner, als dir wehzutun. Da muss ich dann eben mein blödes Ego einpacken. Am Ende hätte dieser Heiratsantrag fast dazu geführt, dass ich unsere Liebe zum Erstarren bringe, mit Sturheit und Egoismus. Und das will ich nicht, das will ich auf keinen Fall. Lieber geh ich morgen mit Michael zum Fischen und komm danach ganz locker auf einen Kaffee bei dir vorbei. Ich war schon viel zu lange nicht mehr auf einen Kaffee bei dir.« Jetzt standen Benedikt, dem großen, starken Benedikt, Tränen in den Augen.

»Also nehme ich jetzt diesen verfluchten Ring«, er griff in die Tasche seiner Anzughose und zog eine kleine Schachtel hervor. »Und bring ihn zurück zum Juwelier. Soll er jemand anders glücklich machen.«

Benedikt lachte leise zwischen seinen Tränen. »Uns wird er jedenfalls nicht knechten.«

Christina flog förmlich die Stufen zur Terrasse herauf und direkt in Benedikts Arme. Auch sie weinte jetzt. Tränen der Rührung? Tränen der Erleichterung? Kati wusste es nicht. Benedikt schloss seine Arme um ihre Schwester, hielt sie fest, flüsterte etwas in ihr Ohr.

Aus dem Augenwinkel sah Kati, dass Frau Maria ganz unauffällig an den Rosenkranz fasste, den sie um ihren Hals trug. Dann begann sie, in die Hände zu klatschen.

»Bravo!«, rief sie laut aus. Alle anderen Anwesenden fielen mit ein und klatschten ebenfalls in die Hände.

Anton Rieger lachte. »Eine Nonne, die sich für die wilde Ehe begeistert. Das kann sich auch keiner ausdenken.«

Alle Anwesenden lachten.

»Wie sieht es aus? Wollen wir dann mal auf das glückliche Paar anstoßen?«, schlug Kati vor, die die ganze Zeit als stille Beobachterin am Rand gestanden hatte.

Michael lief zu seiner Tante Nelly und holte sich einen Orangensaft, den er in einem Schluck hinunterkippte, während Nelly noch damit beschäftigt war, die Sektflöten zu verteilen.

Benedikt und Christina hielten einander noch immer in den Armen, wie zwei Magnete, die endlich ihr Gegenstück wiedergefunden hatten.

Und Kati war sich in diesem Moment ganz sicher, dass Benedikt schon sehr bald seinen Kaffee wieder in Christinas Küche trinken würde.

Katis Wangen waren noch gerötet vom Tanzen, sie konnte es spüren. Und möglicherweise auch von dem ungewohnten Alkohol. Denn eigentlich trank sie nie. Es war ein rauschender Abend gewesen. Sie hatten den Terrassentisch zur Seite geschoben und die Musikanlage, die Quirin extra aufgebaut hatte, in Betrieb genommen. Ein paar Nachbarn waren noch neugierig dazugekommen und gemeinsam hatte man getanzt und einfach das Leben gefeiert. Irgendwann waren alle müde geworden. Die Snacks, die Katis Mama serviert hatte, waren aufgegessen, und es war so spät, dass man die Musik leiser drehen musste, wenn man keinen spätabendlichen Besuch der Polizei riskieren wollte.

Christina und Benedikt waren auch am Ende des Abends nicht verlobt, aber sie sahen sehr, sehr glücklich aus, als sie sich gemeinsam mit Michael von allen verabschiedeten.

Kati war erfüllt von den Bildern der letzten Stunden, und sie fühlte die Müdigkeit, die sich auf dem Weg nach unten in ihre Wohnung wie eine Decke um sie hüllte.

In ihrem Wohnzimmer war es schön kühl. Das war der Vorteil daran, im Souterrain zu leben. Sie machte das Licht an, erledigte im Bad ihre Abendroutine, und dann legte sich ein breites Grinsen auf ihr Gesicht, als sie in ihr Schlafzimmer kam.

»Du schon wieder!« Auf dem Bett, fast über die ganze Breite, lag die Katze und schaute ihr mit halb geschlossenen Augen entgegen. Dann streckte sie sich und gähnte.

»Wenn du meine Katze wärst, bräuchten wir ein größeres Bett. Du brauchst unfassbar viel Platz.«

Kati zog sich aus und legte ihre Kleidung auf den Stuhl neben dem Bett, dann schlüpfte sie unter die Decke und begann, die Waldkatze zu streicheln, die daraufhin ihr absurd helles Schnurrgeräusch hören ließ.

»Allerdings freu ich mich immer viel zu sehr, wenn du da bist.« Kati hörte selbst, dass ihre Stimme eine andere Klangfärbung angenommen hatte und Zärtlichkeit und Wärme verströmte, als sie die Katze am Kinn kraulte. Wie war es der fremden Fellträgerin gelungen, so schnell ihr Herz zu erobern? Lächelnd streichelte sie der Katze den

Bauch, kraulte sie wieder hinter den Ohren und musste lachen, als die Katze ihren schweren Kopf gegen Katis Hand stieß, um sie zu weiteren Zärtlichkeiten zu motivieren. Was für ein süßes Tier!

Erneut stupste die Katze mit dem Kopf gegen ihre Hand und Kati kam der Aufforderung zu noch mehr Liebesbekundungen nur zu gerne nach. »Meine Süße bist du, hm?«

Die Antwort war ein noch lauteres Gurren.

Als Kati sich schließlich hinlegte, ihren Körper so um die Katze herumdrapierte, dass sie nur das Tier nicht störte – und dabei natürlich selbst nicht eben bequem lag –, schlief sie dennoch mit dem Wunsch ein, dass die Mieze noch ein wenig blieb.

16. Kapitel

Kati hatte sich intensiv auf die Tour am Eibsee vorbereitet. Längst taten ihr die Arme nicht mehr weh vom SUPen, sie hatte an jedem einzelnen Abend auf dem Chiemsee geübt, ihre Technik verfeinert und festgestellt, dass man auch mit dem SUP völlig außer Atem kommen und sich zu Höchstleistungen pushen konnte. Sie hatte mittlerweile das Gefühl, ihr Board zu fast einhundert Prozent unter Kontrolle zu haben, und wenn sie so in die Teilnehmerrunde blickte, sah sie, dass sie technisch schon so weit war, sich guten Gewissens als SUP-Instructor zu präsentieren. Gitti hatte mit ihr geschimpft, weil sie so viel Zeit am See verbrachte und sie Sorge hatte, Katis Bein könnte das nicht gut verkraften, aber es war eher das Gegenteil der Fall. Ihr Bein fühlte sich kräftiger an als seit Langem.

Der Eibsee lag jetzt vor Kati wie ein Wunder. Sie hatte sich im Vorfeld Fotos im Internet angeschaut, aber so viel landschaftliche Schönheit hatte sie nicht erwartet. Es wurde langsam hell, das Wasser des Sees war glasklar. Man konnte bis auf den Boden sehen, als die Gruppe über das Wasser glitt.

»Seht ihr die Inseln dort drüben? Vor ungefähr dreitausend Jahren kam es zu einem gewaltigen Felssturz, so sind sie entstanden.«

»Karibik in Bayern«, murmelte eine Teilnehmerin, eine Frau um die fünfzig namens Tine, die das SUPen, wie sie am Lagerfeuer erzählt hatte, vor ein paar Jahren für sich entdeckt hatte und seitdem immer mal wieder einen Ausflug in der Gruppe buchte, um mit Gleichgesinnten unterwegs zu sein. Ihr Mann interessierte sich nämlich überhaupt nicht für ihr Hobby. Er war begeisterter Jäger. Tine verzog das Gesicht, als hätte sie Schmerzen, als sie davon erzählte.

Kati konnte ihr nur zustimmen, was die Landschaft anging. Sobald die Sonne hinter den Bergen hervorkroch, färbte sich das Wasser türkis. Es wirkte also nicht nur vom Berg aus so leuchtend, sondern auch, wenn man direkt auf dem Wasser dahinpaddelte. Man bekam tatsächlich sofort etwas wie Karibik-Feeling.

Ein Entenpaar schwamm vorbei und man sah ihre Schatten auf dem Grund des Sees. Tief bewegt glitt Kati auf ihrem Board durchs Wasser. Sie bildete das Schlusslicht der Gruppe, die von Raffael angeführt wurde. Langsam glitten sie über den leisen See in der Morgenstimmung. Das Sonnenlicht färbte die Landschaft golden, die Bergspitzen, allen voran die Zugspitze, waren noch mit letzten Schneeresten gezuckert und die Bergsilhouetten spiegelten sich auf der spiegelglatten Wasseroberfläche. Kati zückte ihr Handy, das sie in einer wasserabweisenden Hülle um den Hals trug, um ein Foto zu machen. Ohne darüber nachzudenken, drückte sie auf »Weiterleiten« und tippte Fabians Kontaktdaten an. Er musste das einfach sehen! Kati war sich sicher, dass es ihm hier gefallen würde, dass er mit ihr gemeinsam hier den besten Tag hätte, dass sie selbst einen noch besseren Tag hätte, wäre Fabian hier. Das SUPen mit ihm auf dem Chiemsee war einfach wunderschön gewesen.

Der schönste Tag, dachte Kati.

»Schau mal, da drüben!« Tine deutete auf einen Greifvogel, der majestätisch über dem See seine Bahnen zog und schließlich in der Krone eines Nadelbaums landete, von wo aus er sie beobachtete.

»Raubvögel sind so erhabene Tiere, oder?«, antwortete Kati versonnen und paddelte ganz langsam weiter.

»Einfach wunderschön. Das hier ist bis jetzt meine schönste Tour mit dem SUP.« Tine strahlte.

Es wurde schnell wärmer, und Kati spürte die Sonne im Rücken, als sie weiterpaddelten. An einer kleinen Insel legte Raffael an, half den Teilnehmern, nicht auf Grund zu laufen und ihre SUPs sicher an Land zu bringen.

»Das hier ist die Ludwigsinsel«, informierte Raffael. »Wer möchte – wir haben ein kleines Picknick dabei und anschließend könnten wir alle eine Runde schwimmen.«

Das Bergpanorama war grandios. Es war ein klarer Tag, und daher wirkte es, als wären die Berge zum Greifen nah. Sogar die Felsstrukturen waren deutlich zu sehen. Kati erkannte die Eisenzeit, eine aufregende Route mit Kletterpassagen, die abenteuerlich auf die Zugspitze führte und erst vor wenigen Jahren wiederentdeckt worden war. An Altschneefeldern entlang, an alten Drahtseilen, alte Seilrollen der Materialseilbahn, die seit fast hundert Jahre schon hier lagen, vergessene Zeugen der Vergangenheit in dem schwierigen Gelände. Zum ersten Mal tat die Erinnerung an eine Bergtour Kati nicht weh, sondern erfüllte sie mit Freude, weil sie so besondere Momente überhaupt erleben hatte dürfen. Das war neu. Kati atmete tief die morgendlich kühle Bergluft ein, dann begann sie, Brezen und Äpfel aus dem wasserfesten Sack zu holen und als Schmankerl eine kleine Tüte Lakritzen.

Raffael kam zu Kati und brachte ein paar salzige Kräcker und Käse mit. Außerdem holte er eine Picknickdecke aus seinem wasserabweisenden Sack, auf der sie alles schön anrichteten.

»Wusstest du, dass man auf der Maximiliansinsel sogar heiraten kann?«, fragte Raffael aus heiterem Himmel.

»Welche ist das?«

»Die mit dem Blockhäuschen, an der wir vorbeigepaddelt sind. Das Eibsee-Hotel veranstaltet die Hochzeiten.«

Kati schaute hinüber zu dem kleinen Inselchen. Sie kam nicht mehr dazu, Raffael zu antworten, denn da kam Dieter, der sich schon die Hände rieb. »Sieht köstlich aus. Ich hab echt schon wieder Hunger.«

Die Gäste bedienten sich, Kati erzählte von der Zugspitze, alle gingen baden. Soweit Kati das beurteilen konnte, war Raffaels Tour ein voller Erfolg. Ihr machte es Spaß, mit ihm zusammenzuarbeiten. Die Arbeitsschritte waren klar und unkompliziert, besonders mit so netten Gästen wie an diesem Tag.

Am Abend dann saß die Gruppe am knisternden Lagerfeuer im Garten der Pension. Man hatte sich entschieden, noch eine Nacht dranzuhängen, um am nächsten Tag noch eine kleine Klammwanderung zu unternehmen. Immer wieder stoben Funken auf und flogen gen Himmel. Kati saß neben Raffael, der eine Gitarre dabeihatte und leise Melodien klimperte. Was war das nur mit Männern am

Lagerfeuer mit Gitarren, dachte Kati. Raffaels perfektes Profil im orangefarbenen Licht, seine leise Stimme, mit der er manchmal nicht den Ton traf, was die ganze Performance irgendwie noch ansprechender machte, ehrlicher, näher. Immer wieder suchte er Blickkontakt mit ihr, und sie hatte immer mehr das Gefühl, ihm zu gefallen, was sie unruhig auf ihrem Campingstuhl hin und her rutschen ließ. Der einzige Teilnehmer der Tour, der außer Kati und Raffael noch wach war, war Dieter, der manchmal einen Song leise mitbrummelte, der Rest der Gruppe hatte sich nach dem langen Tag ins Bett verabschiedet.

Kati war bleiern müde und saß nur deshalb noch da, weil sie zu faul war, um aufzustehen.

Raffael sang *Blowin' in the Wind* und spielte ein Gitarrensolo. Dieter gähnte herzhaft. Schließlich stand er auf und fasste sich mit der freien Hand hinten an den Rücken, wobei er das Gesicht verzog. »So, Leute. Ich geh dann auch mal schlafen. Ich bin völlig erledigt.«

Raffael schaute auf. »Gute Nacht, Dieter!«

»Ja, schlaft ihr auch mal gut, ihr Nachteulen.«

Kati fühlte sich von der Wärme des Feuers so träge, wenn sie jetzt nicht aufstand, würde sie die ganze Nacht hier sitzen – eingeschlafen auf einem Klappstuhl.

»Ich geh dann auch«, sagte sie zu Raffael, als Dieter im Haus verschwunden war. Die Unterkunft befand sich gleich am See und war eine schöne Pension mit Einzel- und Doppelzimmern. Einfach, aber sauber, und vor allem gemütlich war es hier und Kati hatte sich sofort wohlgefühlt.

»Warte doch noch. Es ist so schön, dass wir zwei jetzt unter uns sind.« Raffael legte seine Gitarre in den Koffer, der aufgeklappt neben ihm gelegen hatte. Anschließend rutschte er mit seinem Stuhl noch näher an Katis heran. Kam die Wärme vom Feuer oder kam sie auch von Raffael? Ihre Arme berührten einander beinahe.

»Danke übrigens für die Brotzeit, die du zum SUPen mitgebracht hast. Wir müssen das noch abrechnen morgen, als Spesen.«

»Nein, das ist schon in Ordnung. Ich hab echt viel von dir gelernt. Das ist quasi ein Praktikum für mich. Außerdem betreibt meine Schwester das Lakritzgeschäft in Prien. Die Zuckerl hab ich umsonst gekriegt.«

»Echt? Die *Süße Liebe* gehört deiner Familie?« Raffael klang begeistert.

»Ganz genau.«

»Ich liebe den Laden. Dann ist deine Schwester die mit dem flippigen Kleidungsstil und den blauen Haaren?«

Kati lachte. Ihre Art, sich anzuziehen, hatte Nelly aus Berlin mitgebracht – und nicht geändert. Sie liebte Klamotten aus Secondhandshops und kombinierte sie mit Jeansjacken mit Glitzerperlen oder Selbstgenähtem. »Ja, das ist sie.«

»Noch ein Vorteil, wenn ich dich einstelle. Dann habe ich immer *Süße Liebe* um mich herum.«

Kati wandte sich vom Feuer ab, schaute zu Raffael, der sofort Blickkontakt aufnahm. Nein, sie hatte seine Aussage nicht missgedeutet. Er war eindeutig an ihr interessiert, das verriet sein Blick, der eine Antwort forderte.

Sie wusste nicht recht, was sie erwidern sollte, zögerte. »Danke«, sagte sie schließlich lahm, als hätte sie noch nie in ihrem Leben geflirtet. Dann saßen sie und Raffael wieder schweigend da, mit Blick auf das Feuer, das leise knackste.

»Es ist übrigens großartig, wie gut du mit den Gästen umgehen kannst. Man merkt dir deine Berufserfahrung an«, brach Raffael schließlich das Schweigen.

»Ja. Ich habe meine Arbeit als Bergführerin geliebt. Es war mein Traumberuf, Menschen durch die Berge zu geleiten. Ich hatte immer das Gefühl, unvergessliche Erinnerungen zu erschaffen.«

Raffael strahlte sie an. »So empfinde ich es auch.«

Kati nickte. »Ja, das ist in deinem Beruf ganz sicher nicht anders.«

»Nein. Und das hier ist auch gerade ein unvergesslicher Moment für mich.« Raffael lachte leise, dann griff er nach Katis Hand.

Sie schluckte schwer. Was sollte das hier werden? Ja, sie fühlte sich geschmeichelt, Raffael war ein attraktiver Mann, aber gleichzeitig kam ihr das hier nicht stimmig vor. Jetzt fing er auch noch an, sanft ihren Handrücken zu streicheln. Kati versuchte sich zu entspannen. Er war ein schöner Mann, jemand, dem die Frauen mit Sicherheit reihenweise zu Füßen lagen. Und sie fand ihn ja auch attraktiv. Wenn sie nur ihr Unbehagen und ihre Zweifel hätte abstellen können. Raffaels Haut fühlte sich ganz weich an. Seine Hand war feingliedrig und passte gut zu ihrer. Kati schloss die Augen, um nur noch zu fühlen. Es reichte nicht. Irgendwie reichte die Berührung nicht aus, um ihr Innerstes zu erreichen.

Und in diesem Moment traf es sie wie ein Blitz – Fabian. Das war das Problem: Fabians Hand beim Aufwachen aus der Narkose, Fabians Hand auf dem SUP. Beide Male hatte sie sich ganz gefühlt. Ganz sie selbst und ganz mit Fabian. Kati sprang auf.

»Tut mir leid, Raffael. Aber das passt nicht, mit uns. Es hat nichts mit dir zu tun.« Plötzlich sah Kati alles ganz genau vor sich.

»Hab ich was falsch gemacht?«, fragte Raffael unsicher.

Kati schüttelte energisch den Kopf. »Nein, du nicht. Aber ich.«

Sie rannte in Richtung Haus, ohne sich noch ein weiteres Mal umzusehen und ohne Raffaels mögliche Antwort abzuwarten. Es war ihr egal, was er von ihr dachte. Sie musste jetzt allein sein. Die Müdigkeit war komplett verschwunden, als Kati ihr Zimmer erreichte, hineinstürmte und sich von innen gegen die Tür lehne. Schwer atmend, mit geschlossenen Augen, stand sie da und versuchte, die Erkenntnis zu verarbeiten, die ihr soeben mitten ins Herz geschossen war wie ein Pfeil: Sie war in Fabian verliebt.

Wie oft hatte sie ihm Bilder aus den Bergen geschickt? Wie oft war sie zu ihm gerannt, wenn das Leben ihr Zitronen hingeworfen hatte und sie jemanden brauchte, der Limonade mit ihr daraus kochte?

Und wann war aus ihrer Freundschaft Verliebtheit geworden?

Schwer atmend versuchte Kati, den Aufruhr in ihrem Innersten zu bekämpfen. Fabian war seit Jahren ihr bester Freund. Warum verursachte er ihr jetzt Schmetterlinge im Bauch? Weil er Rehe rettete? Weil er ihre Hand beim Aufwachen aus der Narkose gehalten hatte?

Sie dachte an Paolo, an das Feuer zwischen ihr und ihm. Nein, so fühlte sie für Fabian nicht, deshalb hatte sie die Verliebtheit vermutlich auch nicht gleich als solche wahrgenommen, war blind dafür gewesen, bis Raffael dahergekommen war und ihr ganz unfreiwillig die Augen geöffnet hatte.

Kati holte ihr Handy vom Nachttisch. Da war ein Foto von Fabian, lächelnd, das Rehkitz in den behandschuhten Händen, dazwischen eine Schicht Heu, und er strahlte in die Kamera. Wärme durchflutete Katis Magen, nein, ihren ganzen Bauch. Fabian, ach Fabian. Am liebsten hätte sie ihn sofort angerufen. Aber dann fiel ihr ihre letzte Begegnung ein – und damit auch Isabella.

Einen Augenblick hörte Kati auf zu atmen. Sie fühlte den Schock bis in die Fingerspitzen, die plötzlich eiskalt geworden waren. Isabella! Es gab keine Chance, Fabians Herz zu gewinnen. Er war mit Isabella zusammen. Da durfte sie sich nicht einmischen, auf gar keinen Fall. Und außerdem: Es war nicht wahrscheinlich, dass er ihre Gefühle erwiderte, schließlich kannten sie sich schon ihr halbes Leben.

Mit einem lauten Stöhnen ließ Kati sich nach hinten auf die Matratze fallen. Kein Wunder, dass das Auftauchen dieser Isabella ihr ein blödes Gefühl vermittelt hatte.

Eifersucht, das war es gewesen, sie hatte es nur nicht einordnen können. Zu spät, dachte Kati. Schließlich gab es jetzt eine andere Frau in Fabians Leben – und sie hatte das Nachsehen.

»Servus, Raffael.« Kati hielt ihm die Hand zum Abschied hin. Sie hatten miteinander alle Gäste zu ihren Autos begleitet und am Ende hatte Kati auch ihr eigenes SUP in den Kofferraum des kleinen Autos ihrer Mutter gehoben. Gitti hatte es ihr geliehen, weil ihr Rheuma sie im Moment so sehr plagte, dass sie eh plante, zu Hause zu bleiben. »Und sonst«, hatte Gitti gesagt, »hab ich auch noch Papas Wagen.«

Anton hatte sich angewöhnt, fast alle Wege mit seinem Elektrorad zurückzulegen, sodass sein Auto meistens in der Garage stand. Er genoss seine Radtouren sehr, und es kam mittlerweile sogar vor, dass man Anton, mit seinem stattlichen Bauch in einen neongrünen Fahrraddress gezwängt, nicht nur durch Prien, sondern auch durch Bernau oder Rimsting juckeln sah.

»Günter hat gesagt, er kommt wieder, wenn du wiederkommst«, witzelte Raffael und lehnte sich gegen den Kofferraum, die Arme verschränkt.

Kati versuchte ein Lächeln. Die Nacht war kurz gewesen. Sie hatte nicht geschlafen und wollte nur noch heim und ins Bett. Jetzt, nach einer Nacht sinnlosen Grübelns, wusste sie noch weniger, was sie denken sollte.

»War schon schön«, sagte sie deshalb lahm, denn das stimmte. Der Eibsee war ein landschaftliches Kleinod. Auch wenn er später am Tag von Touristenmassen nur so überrannt wurde.

»Verrätst du mir wenigstens, warum du gestern so plötzlich weggerannt bist? Hab ich dich zu sehr überfallen oder singe ich so mies?« Raffael lachte leise.

Kati lehnte sich neben ihm gegen das Auto. »Nein. Das ist es nicht. Mir ist nur etwas klar geworden, als du meine Hand genommen hast.«

»Darf ich fragen, was?«

Kati schluckte. »Es gibt da einen anderen Mann, schon seit einer Weile. Ich hatte ihn nur nicht auf dem Schirm. Und auch wenn er nicht in mich verliebt ist, muss ich erst mal verdauen, dass ich ihn toll finde.«

»Du wusstest nicht, dass es ihn gibt?« Raffaels linke Augenbraue war nach oben gewandert.

»Neeeiiin. Das wusste ich natürlich. Aber ich wusste nicht, dass es meine Gefühle für ihn gibt, weißt du?«

Raffael stieß sich von Katis Auto ab. »Und das heißt jetzt, du musst ihm das sagen.«

»Nein. Oder doch. Ich hab keine Ahnung. Es ist kompliziert.« Und schmerzhaft, fügte sie noch in Gedanken hinzu. Und verwirrend, und aufwühlend, und ja, sogar beängstigend. Immerhin hatte sie ihre eigenen Gefühle und Bedürfnisse nicht einmal dann deuten können, als sie mit Fabian zusammen gewesen war.

»Meistens ist das Leben kompliziert.« Raffael klatschte in die Hände. Für ihn war das Thema damit abgeschlossen. »Aber sag, hast du Lust, weiter bei mir zu arbeiten? Wir machen oft die abenteuerlichsten Touren, und ich bin mir sicher, du bist geradezu dafür gemacht!« Offenbar war für ihn die Sache am Lagerfeuer damit vergessen.

»Das wäre natürlich schon toll«, räumte Kati ein. »Ich schau mal und melde mich spätestens in vierzehn Tagen.«

»Und ich bin auch noch da, wenn du das mit diesem Mann durchhast. Ich meine, ich bin doch ein super Typ, oder?« Er breitete die Arme aus und lachte. Aber Kati ahnte, dass es ähnlich wie bei Paolo war: Raffael verpackte seine Worte mit Humor, aber er hielt sich durchaus für unwiderstehlich.

»Wir sehen uns«, sagte Kati lahm und bückte sich zu ihrer wasserdichten Tasche hinunter. Wo hatte sie noch mal den Autoschlüssel hingesteckt? Statt ihn gleich in der Hand zu behalten, musste sie ihn eingepackt haben, zerstreut, wie sie gerade war. Statt des Schlüssels fand sie ihr Handy und steckte es sich in die Hosentasche. Dann endlich hörte sie das leise Klimpern des Schlüsselbunds ihrer Mutter mit dem kleinen Metallanhänger, den Christina der Mutter vor fünfzehn Jahren zum Muttertag geschenkt hatte.

»Ja, wir sehen uns.« Raffael streckte Kati die Hand hin und sie verabschiedeten sich wie ein zukünftiges SUP-Team: fester Händedruck, Blickkontakt. Dann stieg Kati in den Wagen und startete den Motor. Es war so heiß im Auto, dass sie sofort auf den Knopf für die Klimaanlage drückte. Sie holte ihr Handy aus der Tasche – keine Nachricht. Nur Nelly hatte angerufen. Fabian hatte bis jetzt nicht auf das Foto vom See reagiert, das sie ihm gestern beim Losfahren geschickt hatte, was sonst überhaupt nicht seine Art war.

Kati seufzte, löste die Handbremse und gab Gas.

|

17. Kapitel

Just in dem Moment, als Kati das Auto ihrer Mutter in die Garage steuerte, klingelte ihr Handy.

»Hi, Nelly.«

»Wo bist du?«

»In der Garage bei Mama und Papa.« Sie machte den Motor aus.

»Ach ja. Weißt du, was heute ist?« Nelly klang irgendwie komisch. Hatte sie Geburtstag? Kati dachte kurz nach, sie war unglaublich schlecht mit Zahlen.

Aber Nellys Geburtstag war im November, da war sie sich ziemlich sicher.

»Also?«, hakte Nelly nach.

»Warte, ich muss nachdenken!« Kati nahm ihr Handy kurz vom Ohr, um das Datum zu überprüfen.

»Lass gut sein, ich weiß eh, wo du warst. Ich habe Mama gefragt. Du hast dir eine SUP-Tour gegönnt.« Nelly klang so wütend, wie Kati sie noch nie gehört hatte.

Kati starrte auf das Datum. »Oh, verdammt.«

Heute war der sechzehnte Juli. Sie hätte gestern im Laden anfangen sollen.

»Es tut mir so leid, Nelly.«

»Es tut dir also leid, dass deine Mutter mit ihren rheumatischen Händen für dich eingesprungen ist? Süß von dir.«

Kati fühlte sich furchtbar. »Aber Nelly, das wollte ich nicht, wirklich.«

»Schon klar. Du willst ja nie irgendwas. Du ziehst halt dein Leben durch.«

»Wie bitte?«

»Ist dir das noch nie aufgefallen? Meine Güte, du und Christina, ihr hattet das Gespräch doch schon einige Male.«

»Welches Gespräch?«

»Na, in dem sie dir sagt, dass sie immer zurückgesteckt hat für dich, weil du immer dein Ding durchziehst. Du denkst einfach nie an andere. Du bist gar nicht in der Lage, dich mal für jemand anders zurückzunehmen. Erst waren es die Berge, jetzt ist es das SUP. Und dann wunderst du dich, wenn du zu Hause in der Familie nichts mitbekommst. Familie zu haben bedeutet aber auch, dass man das Wohl der anderen Familienmitglieder im Blick hat, nicht nur das eigene.«

»Aber ich versuche das doch.«

»Ehrlich? Wann hast du denn für einen von uns auf etwas verzichtet? Wer war denn mit Gitti bei ihren Arztterminen? Wer hat Christina normalerweise im Laden vertreten? Wo bist du gewesen, als Michael eingeschult wurde – als Patentante?« Nellys Stimme zitterte. »Für dich sind wir alle doch nur die Erfüllungsgehilfen deines Lebens.«

Kati spürte, wie Nellys Wut regelrecht in ihr Handy kroch und ihre Hand immer heißer wurde, während sie das Telefon fassungslos an ihr Ohr drückte. Nellys Ärger war ein Schock. Nelly war im Grunde nie wütend. Aber jetzt musste sie offensichtlich Dampf ablassen. Kati konnte nichts erwidern, sie konnte nur zuhören, die Worte auf sich einprasseln lassen wie eiergroße Hagelkörner. Und jedes tat auch mindestens genauso weh.

»Du bist echt die schlimmste Egoistin, die ich kenne.«

»Nelly, ich hab doch gesagt, dass es mir leidtut. Ich hatte einfach das Datum nicht im Blick.«

»Aber es hat gereicht, um am richtigen Tag am richtigen Ort zu sein, was die SUP-Tour angeht.«

Was sollte Kati sagen? Sollte sie ganz kompliziert erklären, dass Raffael den Wochentag, nicht aber das Datum erwähnt hatte? Dass sie auf das Datum gar nicht geachtet hatte? Es kam ihr selbst wie eine ziemlich lahme Ausrede vor. Sie hätte natürlich den

Laden priorisieren müssen – hatte es aber nicht getan. Nelly war zu Recht sauer.

»Nelly, bitte, ich komm gleich jetzt ins Geschäft«, bot Kati an.

»Danke. Aber nein, danke. Papa ist jetzt da, und wir brauchen niemanden hier, der seine Arbeit nicht ordentlich macht.«

»Nelly, bitte, gib mir eine Chance!«

Es blieb still in der Leitung, keine Antwort.

»Nelly?«

Nichts.

Da begriff Kati, dass ihre Schwester einfach aufgelegt hatte. Sie legte ihre Stirn gegen das Lenkrad. Das hatte sie ja ordentlich in den Sand gesetzt. Großartig. Allerdings – so angehen hätte ihre Schwester sie in dieser Sache auch nicht müssen. Von wegen, sie sei eine Egoistin.

Kati merkte erst jetzt, wie warm es im Auto war und dass dunkle Schweißkreise unter ihren Armen ihr T-Shirt verfärbten.

Sie stieg aus, schloss die Autotür und entschied, das SUP später herauszuholen und erst einmal kalt zu duschen. Das würde ihr guttun nach diesem Gespräch. *Egoistin*, hallte es in ihrem Kopf nach. Sie war nah dran, in Tränen auszubrechen.

Langsam ging sie durch das Gartentor, unter den Rosenbögen hindurch. Sie hatte keinen Blick für die verirrte blaue Libelle, die einmal um ihren Kopf kreiste und dann weiterflog. Auch die kräftig gelben Rosen, die ihre Köpfe der Sonne entgegenstreckten, fielen ihr nicht auf. Katis Blick richtete sich nach innen, tief in Gedanken versunken stieg sie die Stufen zur Terrasse hinauf. Wie erwartet stand die Tür auf die Veranda offen und sie trat ins kühle Haus.

Meditationsmusik schlug ihr entgegen. Gitti lag mit geschlossenen Augen auf dem Sofa.

»Nicht erschrecken, Mama«, sagte Kati leise, und sofort machte ihre Mutter die Augen auf und kam langsam in eine sitzende Position, wobei sie das Gesicht verzog. Katis schlechtes Gewissen machte ziehender Scham Platz. Bestimmt ging es Gitti so mies, weil sie gestern den ganzen Tag im Laden geholfen hatte, obwohl sie davor schon gesundheitlich so angeschlagen gewesen war.

»Da bist du also«, stellte die Mutter fest und musterte Kati von Kopf bis Fuß. »Hat Nelly dich erreicht?«

»Ja. Mama, es tut mir so leid.« Sie ging auf das Sofa zu, um ihre Mutter zu umarmen, die die Geste müde erwiderte.

»Ich wollte nicht egoistisch sein, es ist nur – ich hab das Datum nicht im Blick gehabt.«

Gitti nickte. »Hattest du noch nie. Außer es ging um Berge.«

Die Worte trafen Kati. »So in der Art hat Nelly das auch ausgedrückt.«

»Hat sie, hm?« Gitti rutschte vorsichtig auf dem Sofa nach hinten und lehnte sich an. »Dann kennt sie dich ja ganz gut.«

»Überrascht dich das?«, fragte Kati.

»Ein wenig schon, weil du so selten hier warst. Nelly ist ja erst seit kurzer Zeit Teil unserer Familie und hatte nicht allzu viele Gelegenheiten, Zeit mit dir zu verbringen.«

»Ich halte mich nicht für eine Egoistin.«

»Ach, Kati«, sagte ihre Mutter nur. Und es klang resigniert und traurig zugleich.

»Du bist nicht wütend«, stellte Kati fest, immerhin das, fügte sie in Gedanken hinzu. Doch die Erleichterung währte nur kurz.

»Ich kenne dich doch schon so lang. Und es ist eben jeder anders«, erwiderte die Mutter und seufzte leise. »So, ich brauch jetzt was zu trinken. Möchtest du auch eine Johannisbeerschorle?«

»Danke.« Kati blieb nachdenklich auf dem Sofa sitzen, sah aus dem Augenwinkel, dass ihre Mutter sich mit dem Aufstehen abmühte. Heute war wirklich ein außergewöhnlich fieser Rheuma-Tag. Sie gab sich einen Ruck, wollte keine Egoistin sein, die ihre kranke Mutter herumkommandierte, damit sie etwas zu trinken bekam.

»Warte, ich mach das.« Sie sprang auf und rannte fast in die Küche. Als sie den Kühlschrank öffnete und die zwei Schorle-Flaschen herausnahm, hallten Nellys Worte in ihrem Kopf wider, und auch die ihrer Mutter schlugen ja in die gleiche Kerbe – insofern gab es nur eine Wahrheit, nämlich die, dass sie sich ganz schön egoistisch ihrer Familie gegenüber verhalten hatte.

Bergrausch, dachte sie bei sich. Das war es gewesen, nicht mehr und nicht weniger. Sie hatte ihrer Arbeit als Bergführerin alles untergeordnet. Ihre Leidenschaft waren die Berge gewesen. Und wenn sie ehrlich war, wusste sie auch, dass sie, wenn sie könnte, noch immer irgendwo in den Alpen unterwegs wäre, um das zu tun, was ihre größte Leidenschaft war.

Am Ende hatte Nellys Urteil sie deshalb so sehr getroffen, weil sie insgeheim wusste, dass es stimmte.

Jetzt allerdings, wo sie in der Küche ihrer Mutter das zweite Glas Johannisbeerschorle einschenkte, dachte sie an den nicht stattgefundenen Heiratsantrag von Benedikt, an Michael, der sie umarmte, an Marzipan von Frau Maria, an ihren Papa, der laut am Frühstückstisch lachte. Sie dachte an die Katze, die neuerdings immer mal wieder in ihr Schlafzimmer kam, und wie gemütlich sie das fand. Und Kati dachte an Fabian, immer wieder an Fabian.

Sie wusste, dass sie ihr Zuhause nie wirklich geschätzt hatte, ihre Familie, die immer so selbstverständlich für sie da gewesen war.

Als Jugendliche war sie ihrer Wege gegangen, obwohl sie wusste, wie sehr ihre Mutter sich um sie sorgte. Sie hatte Christina wenig mit dem Baby geholfen, das diese viel zu jung bekommen hatte, war nur im Notfall in die *Süße Liebe* gegangen, um zu helfen, und jetzt, wo Nelly sie brauchte, vergaß sie ihren ersten Arbeitstag, weil sie dabei war, sich mit dem SUP gleich in die nächste Leidenschaft zu verrennen. Wem passierte denn so was? Dass er den ersten Arbeitstag verpeilte? Kati spürte, wie sie rot wurde. Sie hob die beiden Gläser an, das zweite war viel zu voll geworden, und balancierte sie vorsichtig zu ihrer Mutter hinüber. Sie reichte ihr das weniger volle Glas und trank dann ihr eigenes noch im Stehen aus.

»Brauchst du noch irgendwas? Kann ich dir noch irgendwie helfen?«, fragte sie dann und wischte sich undamenhaft mit dem Handrücken über den Mund.

»Nein danke, mein Schatz. Das Einzige, was ich mir wünsche, ist, dass du dich mit deiner Schwester wieder verträgst. Sie war total sauer.«

»Ja, das ist mir auch aufgefallen.« Kati fiel noch etwas anderes ein. »Danke, dass wenigstens du nicht sauer auf mich bist. Und entschuldige bitte, dass ich so unachtsam war. Es kommt nicht wieder vor.«

Sie war am Boden zerstört. Der Raum kam ihr zu eng vor, das Haus kam ihr zu eng vor. Früher, vor ihrem Unfall, waren die Berge ihr in Krisensituationen stets eine Zuflucht gewesen, und so drängte es sie auch jetzt nach draußen.

»Ich geh noch einen Spaziergang machen.«

»Ist gut. Soll ich dich zum Abendessen einplanen?«

»Nein danke. Das ist lieb von dir.« Wie oft, schoss es Kati durch den Kopf, hatte ihre Mutter in ihrem Leben schon für sie gekocht? Wobei, so weit musste sie gar nicht zurückblicken. Es reichte die Zeit ihrer Verletzung, seit sie wieder zu Hause lebte. Sie selbst hatte keine Mahlzeiten zubereitet. Vielleicht mal ein Brot geschmiert, Pizza geholt, als Michael zum Schachspielen da gewesen war, das ja. Aber gekocht oder die Küche geputzt hatte sie nie. Schon wieder kam sie sich schäbig vor – und rücksichtslos.

»Weißt du was? Ich könnte später was vom Inder mitbringen. Wie wäre das? Dann musst du nicht kochen.«

»Ich hab noch nie indisch gegessen. Dein Vater sicher auch nicht.« Gitti lachte und trank einen

Schluck. »Aber es schadet ihm gar nicht, mal keine bayerische Küche zu essen.«

»Alles klar. Ich besorg das Abendbrot, abgemacht.« Sie war schon an der Terrassentür. »Oh, und Mama?«

»Ja?«

»Danke, dass du immer für mich da warst, besonders in der letzten Zeit.«

Gitti winkte ab. »Ich bin deine Mutter. Nun werde mal nicht sentimental.«

Nachdem Kati das Haus verlassen hatte, stand sie im Licht des späten Nachmittags auf der Terrasse. Wohin jetzt? Sie musste dringend nachdenken. Ihre Füße trugen sie wie automatisch in den Garten hinunter und zum Gartentor. Kati stutzte. Da war ja schon wieder die riesige Katze, halb versteckt zwischen zwei Rosenbüschen.

»Meine Süße, da bist du ja schon wieder.« Langsam ging Kati auf ihre Fellfreundin zu und ging in die Hocke, während die Katze in ihre Richtung schnupperte. Sie schnurrte schon, bevor Kati damit begonnen hatte, sie zu streicheln.

»Dich zu treffen, tut mir immer so gut.« Sanft legte Kati ihre Hand auf den Kopf des Tieres und begann, es hinter den Ohren zu kraulen, bis die Katze sich auf den Rücken drehte und sich am Bauch streicheln ließ. Kati entfernte gleich noch ein paar Kletten, die sich in ihrem langen Fell verfangen hatten.

»Was ist das denn?« Als die Katze sich genüsslich rekelte, kam einer der Zettel vom Verlobungstag zum Vorschein, der scheinbar übersehen worden war.

Du musst dein Ändern leben. Rainer Maria Rilke

Kati schluckte. Der Spruch traf sie bis ins Mark. Sie starrte auf die Worte auf dem Zettel. Es fühlte sich an, als stünde die Nachricht da nur für sie, als hätte Rilke diese Botschaft einzig und allein für sie verfasst oder als wäre der Zettel nicht verloren gegangen, sondern hätte hier auf sie gewartet, auf diesen Moment. Kati sprang auf und in ihrem Knie zog es schmerzhaft, aber dafür war jetzt keine Zeit. Es gab nur eine Sache, die Kati wirklich wollte: die Dinge mit den Menschen um sie herum in Ordnung bringen.

»Danke, Katze, dass du mir den Zettel gezeigt hast.« Sie bückte sich noch mal zu dem Tier hinunter, streichelte ihr ein letztes Mal übers Fell. »Ich muss jetzt ganz dringend los«, flüsterte sie der Katze zu.

Und dann, ja dann, rannte Kati zum ersten Mal seit der Operation einfach los, zum Gartentor hinaus und die Straße hinunter, bis sie vor Fabians Haus stand, außer Atem und mit pochendem Herzen. Genau hier, hinter den gelben Wänden und den weißen Fensterläden, dem verschnörkelten Balkon und der Eingangstür, in die ein großer Stern geritzt war, lebte der Mensch, der ihr schon immer durch die schlimmsten Krisen geholfen hatte.

Der Klingelknopf war kalt wie Eis. Jedenfalls kam es Kati so vor.

Sie schwitzte, nachdem sie die Treppe, die auf den Balkon führte, hinter dem Fabian seine Wohnung hatte, völlig schmerzfrei hinaufgelaufen war. Sicher sah sie fürchterlich aus. Kati fuhr sich durch die Haare, übers verschwitzte Gesicht.

Als die Tür aufging, blieb ihr Herz einfach stehen. Da stand Fabian und starrte sie an.

»Kann ich dir was erzählen? Ich hab echt ein Problem«, fragte Kati ohne eine Begrüßung. Die Worte hätten sich am liebsten schon hier an der Tür herausgedrängelt, so ungeduldig zappelten ihre Gedanken in ihrem Verstand herum.

»Du kommst unangemeldet hierher und willst mir was erzählen?« Er lächelte, aber es sah nicht besonders fröhlich aus.

Kleinlaut fragte Kati: »Hast du keine Zeit?«

»Theoretisch habe ich natürlich Zeit, aber praktisch will ich sie mir für dich nicht nehmen. Ich hab mir das überlegt und bin zu dem Schluss gekommen, dass du mir nicht guttust.« Er füllte die ganze Türöffnung aus, hatte die Tür keinen Spalt zu weit geöffnet und sah aus, als wäre er ihr Feind.

»Aber ich würde echt gern mit dir reden.«

»Warum? Hat der SUP-Coach keine Zeit für dich? Ist heute keine Tour geplant?« Fabian hatte sich gegen den Türrahmen gelehnt. Aber er wirkte nicht lässig, sein Körper war ein Ausrufezeichen.

»Ich …« Kati wusste nichts zu sagen. »Ich hatte dir ein Foto geschickt, die Tour war gestern.«

»Oh, das habe ich noch gesehen, ja.« Warum klang er so wütend? War heute die ganze Welt wütend auf sie? Kati verstand wirklich gar nichts mehr.

»Aber … warum können wir nicht über das reden, was dich stört?« Kati war wie vor den Kopf geschlagen.

»Weil du mich nicht siehst, Kati. Weil du mich einfach nicht sehen kannst als die Person, die ich bin.«

»Doch, kann ich wohl. Ich …«

»Nein. Kannst du nicht.« Fabian schüttelte energisch den Kopf, bevor er weitersprach. »Denn ich habe dich geliebt, Kati, immer und überall. Nichts war so unkaputtbar wie meine blöde Liebe. Scheinbar hielt sie irgendwie alles aus. Sie überlebte alle Paolos dieser Welt, alle Bergführer-Ausbildungen, alle SUP-Lehrer. Aber eins sag ich dir – jetzt reicht es. Ich habe diese Liebe ermordet. Ich habe keine Lust mehr, mich von ihr drangsalieren zu lassen. Ich habe keine Lust mehr, meine Zeit mit Gefühlen zu vertrödeln, die doch nicht erwidert werden, und jetzt habe ich endlich, endlich Maßnahmen dagegen ergriffen.«

Kati wollte antworten, sie wollte ihm sagen, dass sie ihn liebte, dass sie hier war, dass sie genau deshalb da war, um ihr Ändern zu leben, um es besser zu machen. Aber sie fand die Worte nicht. Stattdessen streckte sie einfach ihre Hand aus, um Fabian zu berühren. Der trat zurück, schüttelte nur den Kopf und legte einen Finger auf seinen Mund, als er sah, dass Kati nun doch etwas sagen wollte.

Dann schloss er leise die Tür und ließ Kati draußen stehen.

Sie wollte noch mal klingeln, aber sie kannte Fabian gut genug: Er würde nicht öffnen. Das hatte ihr sein Gesichtsausdruck verraten.

Heute war wohl der Tag der Wahrheit, dachte sie, im wahrsten Wortsinn. Sie schaffte es nicht, zu verdauen, was sie gerade gehört hatte. Aber zugleich verstand sie jetzt so viele Dinge: Fabians Traurigkeit, als sie mit diesem Paul, mit dem sie natürlich keinen Kontakt mehr hatte, zum Abschlussball der Realschule gegangen war. Sein Geburtstagsgeschenk zu ihrem Neunzehnten – ein Fotoalbum mit Bildern ihrer gemeinsamen Erlebnisse. Dass er ihre Lieblingsfarbe und ihren Lieblings-Dosenkaffee wusste und sogar eine Dose im Auto für sie parat hatte. Wie er im Krankenhaus ihre Hand gehalten hatte, die Linien ihrer Adern mit den Fingern nachzeichnend, als wären sie das Wertvollste auf der Welt.

Und hier schloss sich wieder ein Kreis: Was hatte Kati je für Fabian getan? Nichts. Dabei war alles, was sie jetzt wollte, seine Hand halten.

Kein Wunder, dass er sich die Liebe zu ihr austreiben wollte.

Maßnahmen, dachte Kati. Er hatte Maßnahmen ergriffen und seinerseits das Ändern gelebt.

»Isabella«, sagte Kati leise zu sich selbst und stand auf, wischte sich die Tränen von den Wangen. Sie war zu spät gekommen, hatte zu lange gebraucht, um festzustellen, dass sie in Fabian verliebt war.

Sie hörte ein Maunzen. Als sie in Richtung Straße blickte, kam die Katze auf sie zu, die mittlerweile schon zu einer alten Bekannten geworden war.

»Na, bist du mir gefolgt?« Das Tier strich ihr um die Beine, und da war es auch schon wieder – das wunderschöne Schnurren, das Kati mittlerweile lieb gewonnen hatte. »Du bist mir wirklich eine ganz Wunderschöne.«

Sie strich ihr über den ganzen Rücken, das karamellfarbene Fell glänzte im Sonnenlicht. Die Mieze ließ sich einfach fallen.

»Die Stelle, an der du am liebsten gestreichelt wirst, ist eindeutig der Bauch, hm?« Kati kamen immer neue Tränen, liefen ihr über die Wangen und landeten im Katzenfell, aber das schien die Waldkatze nicht zu stören. Sie streckte sich lang aus, genoss die Berührung und hielt ganz still.

Es beruhigte das innere Chaos in Kati ein wenig, sich um das Tier zu kümmern. Eine Katze, dachte sie bei sich. Sie würde sich eine anschaffen, sobald sie in einer eigenen Wohnung lebte. Ihr Vater war allergisch gegen die Tiere, und deshalb stand es nicht zur Debatte, eine Katze in ihrem Elternhaus zu halten.

»Ich glaube, ich geh dann mal besser«, sagte sie. Auf keinen Fall wollte sie vergessen, indisches Essen mit zu ihren Eltern zu bringen. Sie musste sich jetzt, obwohl sie sich so traurig fühlte, zusammenreißen.

Kati holte ihr Handy aus der Tasche. Sie würde so leicht nicht aufgeben. Auch wenn es keine Beziehung mit Fabian geben würde, wollte sie ihn nicht als Freund verlieren.

Sekunden später wusste sie, was er damit gemeint hatte, als er sagte, er hätte das Foto *noch* bekommen. Fabian hatte sie blockiert. Sie konnte ihm nicht schreiben, ihn nicht anrufen, gar nichts. Es fühlte sich an, als wäre sie ins Gesicht geschlagen worden.

Langsam trat Kati aus dem Garten und auf die Straße hinaus, ganz in Gedanken versunken. Plötzlich fiel ihr die Katze ein. Aber als Kati sich nach ihr umdrehte, lag sie noch immer friedlich vor Fabians Haustür und hatte damit angefangen, sich die Pfote zu putzen.

Zu spät, dachte Kati, sie war zu spät zu Fabian gekommen.

Sie ging mit schweren Schritten und gesenktem Kopf die Straße hinunter in Richtung des indischen Restaurants, das das beste Dal in ganz Prien zubereitete. Sie fühlte sich völlig zerschlagen. Ihr Leben fühlte sich an wie einer von Christinas Tontöpfen, der in Scherben auf dem Boden lag. Nur dass sie im Gegensatz zu Christina bloß diesen einen Topf besaß und ihn reparieren musste, auch wenn ihr das gerade aussichtslos vorkam.

Das Letzte, was sie wollte, war essen. Aber das ließ sie nicht gelten. Nicht heute, wo ihre Mutter solche Schmerzen litt und ihr Vater im Laden gearbeitet hatte, weil sie ihren Arbeitsbeginn versemmelt hatte. Sie schlug den Weg zum Inder ein. Heute würde sie ihre eigenen Wünsche für ihre Familie zurückstellen.

18. Kapitel

Nach dem Essen mit ihren Eltern war Kati ins Bett gegangen. Aber an Schlaf war nicht zu denken gewesen. Zu sehr wirbelten ihr die Gedanken durch den Kopf – an Fabian, Nelly, ihr Leben im Allgemeinen. Sie fand keine Ruhe, wälzte sich hin und her. Auch die Katze kam nicht, obwohl Kati das Fenster offen ließ, quasi als Einladung. Schließlich hatte sie in den frühen Morgenstunden einen Entschluss gefasst, das SUP ins Auto ihrer Mutter gehievt und sich auf den Weg zur Fraueninsel gemacht. Kurz vor Sonnenaufgang hatte sie bereits die Herreninsel passiert, war gerade bei der Pauls Ruh angekommen. Die Sonne schob sich schließlich hinter den Bergen hervor und warf erste Strahlen aufs Wasser. Auch jetzt dachte sie wieder an Fabian, wie sie zusammen hier gewesen waren, wie sie seine Gegenwart genossen hatte. Er war es gewesen, der ihr genau hier als Erster vom SUPen auf der Alz erzählt hatte. Sie hätten, dachte sie bei sich, das auch gemeinsam erleben können. Hatte er nicht scherzhaft angeboten, sie vor Haien zu beschützen? Und vor Piraten?

Unweigerlich hatte Kati bei der Erinnerung aufgehört zu paddeln und sich auf ihr SUP gesetzt. Plötzlich schien sie keine Kraft mehr zu haben und brauchte dringend eine Pause.

»Ach, Fabian«, sagte sie leise zu sich selbst, zog ihren Packsack unter dem Befestigungsnetz hervor und wühlte nach ihrem Handy, das sie in einer wasserfesten Hülle dabeihatte.

Aus dem Nichts fiel ihr die Muschelschale ein, die sie eigentlich Michael hatte geben wollen, ihren Fund von der Pauls Ruh. Am Ende hatten sie es vergessen, fiel ihr auf. Ob die Muschel wohl noch auf dem Boden von Fabians wasserdichtem Sack lag?

Kati rief die Kontaktdaten von Fabian auf, konnte aber noch immer keine Nachricht an ihn schicken. Auch in der Nacht hatte sie das schon versucht, konnte nicht hinnehmen, dass Fabian seine Konsequenzen zog. Kati seufzte. Selbst der wunderschöne Sonnenaufgang tröstete sie nicht über ihren Kummer hinweg.

Sie tippte eine Nachricht an Nelly, es war nun schon die dritte. *Bitte rede mit mir!!!* Dann packte sie das Handy wieder ein, schob den Packsack unter das Netz und stand auf.

Um ein Uhr morgens hatte sie damit angefangen, die restlichen Fotos für ihre Schwester zu bearbeiten, und hatte ihr gleich die ersten zehn per Mail zukommen lassen. Irgendwann hatte sie das Gefühl gehabt, dass ihre Konzentration litt. Aber später würde sie weitermachen, bis alle Fotos ihren Weg zu Nelly gefunden hatten.

Sie paddelte an den Untiefen östlich der Herreninsel vorbei – für das SUP war seichtes Wasser ja kein Problem – und legte wenig später am Steg an der Fraueninsel an. Sie hievte ihr SUP in der morgendlichen Stille auf den Steg. Alles kam ihr ohrenbetäubend laut vor, sogar das Plätschern des Wassers, ihr eigener Atem und ihr Herzschlag in ihrem Ohr. So früh am Tag lag die Fraueninsel völlig verwaist da. Sonst waren auf dem Weg, der außen um die Insel herumführte, fast immer Touristen unterwegs. Morgentau ließ die Grashalme auf der Wiese am Chiemseeufer glitzern. Ein Entenpärchen saß an dem kleinen Kiesstrand rechts vom Steg und hielt seine Köpfe noch in den Federn versteckt. Was für ein friedliches Bild!

Kati befestigte ihr SUP mit einem Schloss mit Kette, das sie in Antons Garage gefunden hatte, an dem Baum, an dem sie und Fabian auch ihre Boards festgebunden hatten. Nur wie anders die Stimmung damals gewesen war. Damals, dachte sie bitter. Aber es stimmte: Der Tag schien ihr eine Ewigkeit her zu sein, fast als wäre er nur im Traum geschehen.

Es war noch ziemlich kühl, trotzdem ging Kati barfuß, schon wegen der Erinnerung an den Tag mit Fabian, den sie so sehr genossen hatte. Da war es ihr egal, ob ihre Füße kalt wurden. Fast hätte sie wieder weinen müssen, aber ein tiefer Atemzug half, die Tränen zurückzudrängen. Was wollte sie eigentlich hier? Um die Insel herumlaufen und melancholisch sein? Sie war losgepaddelt, weil sie sich hier Fabian näher fühlte. Das war die Wahrheit. Ihr letztes großes gemeinsames Erlebnis war es, das sie heute Morgen auf den See getrieben hatte. Aber sie konnte wohl kaum den ganzen Tag nachstellen, zumal sie allein war. Der Gedanke an Fisch zum Frühstück drehte ihr eher den Magen um, als dass er machte, dass es ihr besser ging.

Kati holte erneut tief Luft. Unschlüssig ging sie in Richtung des Dampferstegs, der um diese Tageszeit ebenfalls verwaist dalag. Sie drehte sich einmal um die eigene Achse. Da war der See, die kleinen Boote der Insulaner in ihren Steganlagen, die blumengeschmückten Häuser, die Inselkirche. Kurz entschlossen ging Kati nachschauen, ob die Kirche offen war. In der Schule hatte sie gelernt, dass diese Kirche eine der ältesten in Bayern war und schon im Jahr 782 geweiht worden war. Sie wusste das deshalb so genau, weil sie es damals unfassbar gefunden hatte, dass das Münster schon über tausend Jahre alt war. Damals war Kati mit ihrer ganzen Klasse auf die Insel herübergekommen, um die Kirche zu besichtigen. Anschließend hatten sie auf die Herreninsel übergesetzt, um Räuber und Gendarm zu spielen. Fabian war mit ihr in den alten Eichenwald gerannt, sie konnte sich noch genau daran erinnern. Dort hatten sie miteinander einen Baum umarmt, indem sie sich an den Händen genommen hatten, den dicken Stamm der Eiche zwischen sich. Damals waren sie in der achten oder neunten Klasse gewesen und Hannes aus der Parallelklasse hatte sie gesehen. Sie waren tagelang das Gespött der ganzen Schule gewesen. Aber wenn Kati zurückdachte, war der Moment nichts als kostbar. Damals hatte das natürlich anders ausgesehen, und sie war insgeheim ganz schön sauer auf Fabian gewesen wegen seiner doofen Ideen und weil sie es so ätzend gefunden hatte, aufgezogen zu werden.

»Kati? Bist du das wirklich?«

Längst war sie am Klosterladen vorbeigegangen. Rechts von ihr lag jetzt der Garten, der zum Benediktinerinnenkloster gehörte, und zwischen zwei großen Johannisbeersträuchern, an denen rot die Beeren leuchteten, tauchte Frau Maria auf und winkte ihr fröhlich zu.

»Guten Morgen!« Kati ging auf den Zaun zu, der den Garten vor neugierigen Urlaubern beschützte.

»Wie schön! Was machst du denn hier um diese Zeit?«

»Ehrlich gesagt weiß ich es nicht so genau«, gab Kati zu. »Ich wollte in die Kirche.«

»Hm. Weißt du, wie kalt es dort gerade ist? Du hast ja kaum was an, Kind«, rügte die Benediktinerin mütterlich.

»Ich wollte nur mal kurz reinschauen.« Kati blickte in Richtung des Kirchturms mit seinem Zwiebeldach.

»Bleib lieber hier und quatsch ein bisschen mit mir«, schlug die Nonne vor. »Wenn du eh nicht genau weißt, was du machen willst.«

»Sehr gern.« Kati fand, dass sie durchaus etwas Ablenkung von ihren trüben Gedanken brauchen konnte.

»Hast du das gemacht, was ich dir gesagt habe?«, wollte die Nonne wissen, während sie schon losging in Richtung des kleinen Gartentors. Kati folgte auf ihrer Seite des Zauns ganz automatisch.

»Was denn?«

»Als ich den Krankenbesuch bei dir gemacht habe, da hatte ich dich doch gebeten, dem Sommer eine Chance zu geben, oder? Und mal zu sehen, was das Leben außer Bergen noch für dich bereithält.«

Kati nickte. Jetzt erinnerte sie sich an das Gespräch und auch an das köstliche Klostermarzipan, das die Nonne ihr mitgebracht hatte.

»Möchtest du mit mir pflücken? Du könntest deiner Mutter ein paar frische Johannisbeeren mitbringen«, schlug Frau Maria vor.

»Mach ich gerne. Allerdings ist mir nicht ganz klar, wie ich die Beeren auf dem SUP transportieren soll.«

»Ach, uns fällt schon was ein. Auch wenn ich diesen neumodischen Trend nicht ganz verstehe.«

»Das Leben hat aber wohl das SUP für mich bereitgehalten«, lachte Kati.

Frau Maria öffnete das Gartentor und ließ Kati ein. »Wir müssen hier wirklich absperren, sonst würden die Leute sogar in unseren Garten kommen und ihn plündern, stell dir das mal vor«, sagte sie kopfschüttelnd.

Als Kati sich umschaute, sah sie, wie reich der Klostergarten bepflanzt war. Es gab nicht nur verschiedene Apfelbäume, der Garten war auch mit so vielen Blumen bestückt, dass er in allen Farben leuchtete. Kati sah Zucchinipflanzen, Gurken und Tomaten genauso wie ein kleines Erdbeerfeld und Himbeerranken, die sich um ein Gitter schlangen. Fraglos war der Klosteranger ein kleines Paradies.

»Na komm, wir gehen zurück zu den Johannisbeeren. Eine Mitschwester will heute Marmelade einkochen. Wir machen meinen Eimer gemeinsam voll und dann packe ich dir später ein Pfund in eine Plastikdose um.«

»Klingt gut.«

Die Tätigkeit war so einfach, dass sie keine gedankliche Aufmerksamkeit forderte, ja sie kam regelrecht meditativ daher.

»Du hast vorhin gesagt, das SUP ersetzt dir die Berge?«, fragte die Nonne in die beim Pflücken entstandene Stille hinein.

»Ja, ein wenig. Es macht mir sehr viel Spaß, und ich habe überlegt, das SUP zum Beruf zu machen.«

»Konsumiert es dich?«, fragte Frau Maria.

»Wie bitte?« Kati richtete sich auf. Das Pflücken ging ganz schön in den Rücken, wenn man es nicht gewohnt war.

»Na, bist du ständig unterwegs, denkst dauernd daran, noch besser zu werden, machst es zu deiner höchsten Priorität und so weiter und so weiter«, die Nonne machte eine drehende Bewegung mit der Hand, die einen endlosen Zyklus beschrieb.

Kati stutzte. »Na ja. Vielleicht ein wenig«, gab sie zu.

»Aha.« Die Nonne pflückte eine große Beerenrispe und warf sie in den Eimer.

»Was heißt *das* denn, Frau Maria? Dieses *Aha*?«

»Hat man das gehört? Dass ich das nicht gut finde? Entschuldige, Kind, es geht mich ja eigentlich gar nichts an.«

Kati lachte. »Ich hatte bisher immer den Eindruck, dass Sie alles was angeht.«

Die Nonne lachte auch. »Könnte sein, dass ich manchmal den Eindruck vermittle, ja.«

»Wollen Sie mir nicht sagen, was Sie denken?«

»Bist du sicher, dass du das wissen willst?«

Kati warf eine Handvoll Johannisbeeren in den Eimer. »Unbedingt.«

»Also – du hast dir eine Ersatzbefriedigung gesucht. Du lenkst dich einfach weiter vom wahren Leben ab, fliehst an alle möglichen schönen Orte dieser Welt und treibst weiter fanatisch Sport, um deine Figur um jeden Preis zu halten und dich nicht mit dir selbst auseinandersetzen zu müssen. Das ist genau das Gegenteil von dem, was ich damit meinte, dass du den Sommer genießen sollst.«

»Ich verstehe nicht ganz.«

»Sag jetzt nicht, dass du dir allzu viele Gedanken über dich selbst gemacht hast. Du hast dir Gedanken über dein SUP gemacht. Das ja. Aber das ist etwas anderes.«

Kati schluckte. Was die Nonne sagte, stimmte.

»Um ehrlich zu sein, bin ich auf die Insel gepaddelt, weil ich genau das selbst herausgefunden habe und jetzt nicht weiterweiß.«

»Na, da war die Kirche gar keine so schlechte Idee.« Kurz wanderte die Hand der Nonne zu ihrer Halskette mit dem Kreuz. »Magst du mir erzählen, was genau passiert ist?«

Kati zögerte und sagte dann: »Es gibt da Fabian. Nein, gab.«

Dann erzählte sie der Nonne alles und die alte Frau hörte ihr zu. Längst hatten sie aufgehört, Beeren zu pflücken. Stattdessen setzten sie sich einfach nebeneinander in die Wiese, beschienen von der Morgensonne, umgeben vom herrlichen Klostergarten. Ein Marienkäfer krabbelte über Frau Marias Fuß, aber keine von ihnen sah ihn seiner Wege ziehen, weil Maria so aufmerksam zuhörte und Kati so sehr in ihre Geschichte vertieft war.

»Ich habe nicht gemerkt, dass ich Fabian liebe, wissen Sie? Vermutlich, weil ich mich wirklich in die Berge verrannt habe, im wahrsten Sinne des Wortes.«

Die Nonne nickte.

»Liebe ist langweilig, Kati. Sie ist ruhig und nicht so aufgeregt wie Verliebtheit und sie ist auch immer eine Entscheidung. Wenn die Liebe leise daherkommt, übersieht man sie manchmal.«

»Ja! Genau das ist mir passiert. Und erst wenn man sie verloren hat, merkt man, was sie wert war.«

Kati hatte angefangen zu weinen. Sie wusste, sie würde noch oft wegen Fabian weinen. »Und jetzt ist es zu spät. Fabian hat nämlich jemanden kennengelernt.«

Frau Maria nickte mitfühlend. »Das tut mir sehr leid für dich. Aber ich glaube, ich freue mich für Fabian. Er scheint etwas Glück verdient zu haben, nicht wahr?«

Die sanft gesprochenen Worte der Nonne versetzten Kati einen Stich, aber zugleich wusste sie, dass die Klosterfrau die Wahrheit auf den Punkt brachte.

»Stimmt. Und ich wäre die Letzte, die ihm das nicht wünscht. Er hat so viel Zeit in mich investiert, ist sogar nach Österreich gekommen, als ich im Krankenhaus war. Jahrelang war er immer für mich da, und ich habe das für selbstverständlich gehalten und ihm nie gedankt. Das tut mir wahnsinnig leid, jetzt im Nachhinein.«

Die Nonne entgegnete nichts, sagte keine tröstlichen Worte, wo es keinen Trost gab.

»Am besten ist es sicher, wenn ich ihn einfach in Ruhe lasse.« Wie weh es tat, das laut auszusprechen. Aber Kati spürte, dass das der richtige Weg war. Wenn Isabella Fabian glücklich machte, dann war das doch genau das, was sie sich für ihn wünschte.

»Vermutlich hast du recht. Das ist ein sehr selbstloser Schritt.« Frau Maria rückte an Kati heran und legte ihr den Arm um die Schulter. »Siehst du, schon denkst du an andere, hm?«

Kati seufzte. »Nur leider kommt das etwas zu spät.«

Die Umarmung der Nonne tröstete sie, aber keine Umarmung war so tröstlich wie die Fabians. Es würde lange dauern, bis sie über ihn hinwegkam. Schließlich war er nicht nur der Mann, den sie klammheimlich und vor sich selbst verborgen geliebt hatte, sondern er war auch ihr bester Freund gewesen.

»Aber du lebst jetzt dein Ändern, nicht wahr?« Frau Maria drückte sie fest an sich, während Kati nickte.

»Ich bin sehr stolz auf dich, mein Mädchen, sehr stolz. Nicht jeder schafft es, sich selbst gegenüberzutreten.«

Kati seufzte. »Es ist hart.«

»Ich weiß«, sagte Frau Maria. »Damals, als ich noch Bikerin war …«

»Wie bitte?«

Die Nonne lachte. »Glaubst du ernsthaft, ich war mein Leben lang hier im Kloster? Ich hatte die dickste Harley in ganz Südbayern. Aber lassen wir die alten Geschichten für heute ruhen.« Sie winkte ab. »Ich erzähle sie dir gern ein anderes Mal.«

»Darauf komme ich zurück.« Kati stellte sich die Nonne auf einem Motorrad vor, in Lederkluft und mit wehenden Haaren. Und irgendwie passte das Bild ziemlich gut. Das musste sie unbedingt Christina und Nelly erzählen.

Nelly. Sofort war die vorübergehende Heiterkeit wieder gedämpft.

»Was, denken Sie, könnte ich wegen meiner Schwester machen? Haben Sie eine Idee?«

Frau Maria lachte und klopfte Kati auf den Rücken, bevor sie Anstalten machte, aufzustehen. »Nein. Aber du wirst eine haben, da bin ich mir ganz sicher.«

Kati schnaubte nur und schaute gedankenverloren einem Schmetterling zu, der über die Johannisbeersträucher flatterte. Im Moment kam ihr noch immer alles aussichtslos vor.

»Hast du vor, aufzugeben?«, wollte die Nonne wissen.

»Natürlich nicht«, antwortete Kati entrüstet.

»Siehst du. Dann wird es auch einen Weg geben. Schließlich gibt es keinen einzigen plausiblen Grund, es nicht immer weiter zu versuchen.« Frau Maria hatte wieder angefangen, Beeren zu pflücken. Also stand auch Kati auf, um weiterzumachen. Nach dem Gespräch mit der Nonne war eigentlich nichts anders. Aber irgendwie fühlte es sich an, als würde genau hier, zwischen ihrer Traurigkeit und den Johannisbeersträuchern des Klostergartens, ihr Leben ein weiteres Mal neu beginnen.

Mitten unterm Beerenpflücken war Kati plötzlich unruhig geworden, als ihr klar geworden war, dass sie um die Beziehung mit Nelly kämpfen wollte, am liebsten sofort. War die Tätigkeit des Beerenpflückens vorher noch beruhigend gewesen, beeilte sie sich jetzt, was zu einem wohlwollenden Nicken der Nonne führte. Im Handumdrehen waren sie fertig, und Maria ließ es sich nicht nehmen, noch den Klosterladen aufzusperren und Kati einen Fisch in Marzipanform mitzugeben.

»Der ist für Nelly«, sagte die Nonne nur und Kati nickte.

Als Kati schließlich in See stach, stand Frau Maria am Ufer und schlug ein Kreuzzeichen hinter Katis Rücken, von dem nie jemand erfahren würde. Dazu zeigte ihr Gesicht den Ausdruck, den es schon auf der nicht stattgefundenen Verlobung von Christina und Benedikt gezeigt hatte: zufrieden in dem Wissen, dass das Leben schon immer wieder irgendwie in Ordnung kam, wenn auch auf verschlungenen Pfaden.

Bevor es richtig heiß wurde – und es würde ein sehr warmer Sommertag werden, das kündigte die Sonne, die auf ihren Rücken schien, als sie zurückpaddelte, schon an –, kam Kati wieder zurück nach Prien. Sie hatte so sehr ihr Ziel, die Versöhnung mit Nelly, im Auge, dass sie tief in Gedanken ihren Weg fand, ohne ihrer Umgebung Beachtung zu schenken.

Ihr entging der entrüstete Blick einer Frau, die für ihr Morgenyoga ans Ufer beim Strandbad gekommen war, als sie die Luft zischend aus ihrem SUP ließ. Sie packte alles in Gittis Auto und fuhr auf dem Heimweg noch durch die Waschstraße, um ihrer Mutter einen Gefallen zu tun.

»Hallo, Mama«, rief sie durch das Haus, als sie kurz nach neun ankam. Dass ihre Eltern wach waren, erkannte sie am Kaffeeduft, der in der Luft lag.

»Kati! Willst du Kaffee? Es gibt auch frische Semmeln.«

»Nein danke. Ich hab keine Zeit.« Sie warf ihrem Vater, der mit seiner Kaffeetasse in der Hand am Tisch saß, im Vorbeigehen eine Kusshand zu und lief in ihre Wohnung, wo sie sich sofort an ihren Laptop setzte. Als sie vier Stunden später fertig war, zog sie den Speicherstick aus dem Computer und steckte ihn in die Tasche ihrer Shorts.

»So. Los geht's«, sagte sie zu sich selbst. Sie hängte sich eine einfache Stofftasche um, in die sie den Marzipanfisch, Handy und Geldbeutel packte. Dann war sie wieder draußen. Es war Mittagszeit, das bedeutete, dass sicher nur wenige Kunden in der *Süßen Liebe* waren.

Kati hatte alle ausgewählten Fotos bearbeitet und schön in Szene gesetzt. Ein Profi war sie noch immer nicht, aber sie wurde besser und merkte, dass ihr die Bildbearbeitung Spaß machte. Außerdem hatte sie an einem Logo für die *Süße Liebe* gebastelt, das man vielleicht als Aufhänger auf der Homepage und als eine Art Wasserzeichen für die Bilder verwenden konnte. Schließlich schlief die Konkurrenz nicht, und noch dazu gab es in Rosenheim ein Lakritzgeschäft, das schon seit Jahren versuchte, die *Süße Liebe* erfolgreich zu kopieren. Pikanterweise handelte es sich beim Betreiber um Christinas Ex, Michaels Vater. Die ganze Familie war sich einig, dass er menschlich keine fünf Cent wert war, und entsprechend wollte Kati kein Risiko eingehen.

Sie konnte es kaum abwarten, Nelly mit ihrer Arbeit zu überraschen, nahm zwei Stufen auf einmal, die Treppe aus dem Souterrain hoch, und dachte gar nicht an ihr verletztes Knie dabei.

»Ich bin dann wieder weg«, rief sie nur in Richtung ihrer Eltern, und bevor die etwas erwidern konnten, war sie auch schon zur Tür hinaus, nur um fast über die fremde Katze zu fallen, die sich direkt vor der Haustür breitgemacht hatte.

»Himmel!« Kati musste einen riesigen Schritt machen, um sie nicht zu treten. »Was tust du denn schon wieder hier?«

Die Mieze stand auf, streckte sich und machte einen Buckel. Dann ging sie auf Kati zu, eindeutig in der Absicht, sich eine Portion Streicheleinheiten abzuholen. Dabei maunzte sie kläglich.

»Ist das dein Ernst?«, sagte Kati. »Du siehst wirklich nicht aus, als würdest du gleich verhungern oder wärst sonst irgendwie verwahrlost.«

Sie beugte sich zu der Katze hinunter, die angefangen hatte, ihr um die Beine zu streichen.

»Es tut mir leid, Süße. Ich hab gerade wirklich keine Zeit für dich. Ich muss nämlich zu meiner Schwester, weißt du?«

Die Mieze maunzte erneut, dieses Mal lauter.

Kati betastete den Körper der Katze, aber bei so viel Fell war gar nicht so leicht festzustellen, ob sie regelmäßig gefüttert wurde. Bisher hatte Kati sie nie gefüttert, einfach weil man das nicht machte – fremde Katzen füttern. Allerdings war die Norwegische Waldkatze jetzt schon so etwas wie ein Stammgast bei ihr zu Hause.

»Wenn du noch da bist, wenn ich zurückkomme, gebe ich dir ein bisschen Hackfleisch, okay?«

Kati lief zur Garage. Sie wollte mit dem Rad fahren. Im Sommer, wenn die Stadt wegen der Touristen aus allen Nähten platzte, war es im Priener Zentrum mit dem Rad viel einfacher durchzukommen als mit dem Auto.

Als Kati sich umdrehte, schaute ihr die Katze missmutig hinterher. Noch nie hatte sie gesehen, dass eine Katze ein so ausdrucksstarkes Gesicht hatte. Kati musste grinsen. Langsam, aber sicher schloss sie diese Mieze wirklich in ihr Herz.

Die Ladenglocke klingelte, als Kati eintrat. Sie hatte extra gewartet, bis der Kunde, der in der *Süßen Liebe* war – ein Junge, der höchstens in der dritten Klasse war –, das Geschäft verließ und auf seinem Roller davonbrauste, auf dem Gesicht einen Ausdruck totaler Glückseligkeit. Kati erinnerte sich noch daran, wie sie selbst so jung gewesen war, dass eine solche Kleinigkeit wie die richtige Süßigkeit ihr ein solches Strahlen ins Gesicht gezaubert hatte. Allerdings war es bei ihr eher Schokolade gewesen, sehr zum Leidwesen ihres Vaters, der nichts anderes machte als Lakritzen.

Beherzt trat Kati in den Laden, ließ sich vom Salmiakduft einhüllen, der das Geschäft bis in den letzten Winkel ausfüllte.

»Komme gleich«, hörte sie die Stimme von Nelly aus der Küche und sofort versteifte sich ihr ganzer Körper. Kati zwang sich, bis zur Theke zu gehen. Ihr Knie schmerzte mit einem Mal, aber Kati war sich nicht ganz sicher, ob sie das richtig fühlte oder ob ihr Körper einfach auf die Aufregung reagierte, die er gerade spürte. Kati holte den USB-Stick aus ihrer Hosentasche und legte ihn vorsichtig auf den alten Holztresen.

»Tut mir leid, ich …« Nelly kam um die Ecke, ihr dunkles Haar zu einem wilden Knoten auf dem Kopf gebunden. Als sie Kati sah, verlangsamte sich ihr Schritt sofort.

Sie setzte zum Sprechen an, aber Kati hob die Hand.

»Egal, was du jetzt sagen willst, du hast vermutlich mit allem recht.«

Nelly ging hinter die Ladentheke, die jetzt wie eine Barriere zwischen ihnen stand. Sie trug ein kurzes Latzkleid, den sommerlichen Temperaturen angemessen, und hatte vergessen, eine Schürze anzuziehen. Kein Wunder, den Laden alleine zu betreiben, war einfach zu viel. Da vergaß man schon mal was.

»Ich höre«, sagte sie.

»Ich habe mich nicht wie jemand verhalten, der seine Familie liebt und achtet. Ich war egoistisch und möglicherweise auch ein wenig bergsüchtig.

Deswegen habe ich die Berge über alles andere gestellt und darüber das wahre Leben vergessen. Darunter hattet nicht nur du und Christina zu leiden, sondern auch die Eltern und Michael.« Kati standen Tränen in den Augen. »Ich war eine Idiotin.«

Automatisch wanderten ihre Gedanken auch zu Fabian, und sie spürte, wie ihre Knie zu zittern begannen.

»Ich wünschte, ich hätte manches anders gemacht«, sagte sie leise. »Aber ich kann nicht mehr ändern, was vergangen ist, oder? Allerdings wünsche ich mir, dass du mir verzeihst, und ich will dir beweisen, dass ich es ernst meine. Hier ist mein erster Schritt«, sie schob den USB-Stick in Nellys Richtung.

»Was ist das?« Nelly griff nicht danach.

»Alle Fotos für die Website und die Werbeaktionen. Ich habe übrigens entschieden, eine gute Digitalkamera zu kaufen. Das Fotografieren macht mir total Spaß, und ich dachte, wir könnten dann noch bessere Bilder machen.« Außerdem wollte Kati auch weiterhin Insekten fotografieren – einfach, weil sie Freude daran hatte, aber das würde sie Nelly ein anderes Mal erzählen.

»Hm.« Nelly schaute auf den Stick, dann wieder in Katis Gesicht, prüfend und ernst.

»Außerdem möchte ich wirklich gern die Stelle im Laden haben.«

»Wirklich? Irgendwie nehm ich dir das nicht ab.« Nellys Gesicht hatte einen herausfordernden Ausdruck angenommen.

Kati holte tief Luft. »Das ist nicht mein Traumjob, und das weißt du auch. Aber ehrlich gesagt weiß ich gerade überhaupt nicht, was mein Traumjob sein *könnte*. Kurz dachte ich, ich würde als SUP-Lehrerin arbeiten, aber jetzt denke ich, dass ich mir die Zeit nehmen muss, mich besser kennenzulernen. Du dagegen lebst hier deinen Traum.«

Als Kati sich im Laden umschaute, sah sie, dass Nelly in den letzten Tagen das Regal mit den Lollis umgeräumt hatte und die Likörflaschen eine eigene kleine Ecke bekommen hatten.

»Und ich möchte dich bei deinem Traum unterstützen. Wenn die Homepage online ist und der Verkauf über das Internet gut läuft, wirst du eh Personal brauchen, und dann kannst du mich ersetzen. Im Moment wäre ich ehrlich gesagt sehr dankbar für den Job – und du musst mich nicht groß im Laden einarbeiten, weil ich die Abläufe kenne.«

»Das stimmt allerdings. Ich hätte trotzdem gern jemanden hinter dem Tresen, der die Kundschaft freundlich begrüßt und nicht verärgert ist, weil er seinen Tag in einem geschlossenen Raum verbringen muss.«

Kati konnte gar nicht anders: Sie musste lachen, weil Nelly sie so gut kannte. »Der Punkt geht an dich. In der Vergangenheit war ich so. Aber ich verspreche dir, dass ich das besser kann. Wenn nicht, kannst du mich ja immer noch feuern.«

Nelly schwieg, und Kati versuchte, ihrem prüfenden Blick standzuhalten.

Schließlich trat Nelly zögernd einen Schritt nach vorn und griff nach dem Stick. »Du hast alle Fotos bearbeitet? Echt?«

»Ja, und ich habe versucht, auch ein hübsches Logo zu gestalten, als Wasserzeichen für die Bilder und vielleicht auch als Erkennungsmerkmal der Seite. Es ist an der Visitenkarte der *Süßen Liebe* angelehnt. Schau es dir einfach an – wenn es dir nicht gefällt, mache ich ein neues. Wir hatten ja noch nicht über die Farben gesprochen, die dir vorschweben. Aber ich hätte ein paar Ideen. Wenn du magst, erzähl ich es dir.«

Nelly runzelte die Stirn. »Du klingst ziemlich begeistert.«

»Ich *bin* ziemlich begeistert«, bestätigte Kati. »Also, was meinst du? Gibst du mir eine Chance?«

Nelly wog den Speicher-Stick in der Hand, schien nicht sofort eine Antwort zu wissen.

Kati gelang es nicht, ruhig abzuwarten. »Bitte, Nelly. Ich will diesen Job unbedingt.«

Langsam kam Nelly hinter dem Tresen hervor und Kati machte einen Schritt zurück. Nelly steckte den Stick in die große Tasche am Latz ihres Kleides, während Kati gebannt all ihre Bewegungen verfolgte. Würde das der Rauswurf?

Doch das Gegenteil geschah. Nelly breitete die Arme aus. »Na los, komm her!«

Das ließ Kati sich nicht zweimal sagen. Sie warf sich regelrecht in die Arme ihrer Schwester. »Danke«, konnte sie ihr nur ins Ohr flüstern. »Vielen Dank für die Chance. Ich verspreche dir, dass ich mein Bestes geben werde.«

»Ist ja gut. Wir machen schließlich alle mal einen Fehler, oder? Weißt du noch, wie ich behauptet habe, ich bin diese Cornelia, diese Aushilfe?« Nelly lachte bei der Erinnerung und löste sich von Kati.

Vor dem Tod ihrer leiblichen Mutter hatte Nelly ihren Vater gar nicht gekannt. Als Nelly dann nach ihrem Tod in Prien angekommen war, hatte sie sich als Aushilfe ausgegeben, weil sie ihren Vater besser kennenlernen hatte wollen. Natürlich war es ein Fehler gewesen, sich nicht sofort zu erkennen zu geben, aber was Katis Blick auf die Dinge anging, so fand sie, dass Nelly auf diese Weise einen guten Weg gewählt hatte, um ihrer aller Herz zu erobern.

»Sagen wir so«, sagte Kati. »Niemand ist unfehlbar, oder? Aber wir bemühen uns.«

»Das machen wir. Am besten bleibst du gleich da.«

»Nur zu gern, weißt du, ich …«

Kati kam nicht dazu, ihren Satz zu beenden, weil die Ladenglocke erneut klingelte. Sie schaute auf und ein altersloser Mann im Fahrraddress trat ein. Im Gehen nahm er seinen Helm ab.

»Guten Tag, die Damen! Meine Güte, eine schöner als die andere.« Er grinste breit.

»Herr Huber! Schön, dass Sie da sind, ich hab Ihnen die Minzlakritze schon zurückgelegt. Sind Sie heute wieder auf einer Radtour unterwegs?«

»Freilich, bei dem Wetter. Ich war schon in Söllhuben bei der kleinen Kapelle. Kennen Sie die? Man hat eine herrliche Aussicht über die ganze Bergkette und bis Rosenheim.« Als der Mann näher trat, sah Kati, dass er sicher schon über siebzig war. Dennoch: Seine Waden verrieten, dass er viele Stunden auf dem Fahrrad verbrachte. »Bei dem schönen Wetter gibt es nichts Besseres als eine Radtour!«, fügte Herr Huber jetzt auch hinzu und strahlte sowohl Kati als auch Nelly an, die längst wieder zurück hinter dem Tresen war und die süßen Versuchungen für den radbegeisterten Kunden in eine Tüte packte.

»Ich habe auch einen neuen Likör gemacht, davon lege ich eine kleine Probe mit dazu.«

Kati fielen die kleinen Fläschchen auf dem Tresen erst jetzt auf.

»Sehr schön. Und ein Flascherl Minzlikör nehm ich noch mit. Ich möchte meine Frau überraschen, wenn Sie wissen, was ich meine.« Er zwinkerte Nelly zu, die daraufhin laut loslachte.

»Also, Sie sind mir einer, Herr Huber.«

»Mei, was soll ich sagen? Wer kann, der kann.« Er fiel in ihr Gelächter ein. Dann winkte er ab. »Wissen Sie, in meinem Alter darf man für jeden guten Tag dankbar sein.«

Der Mann schaute in Katis Richtung. »Ist es nicht so?«

Kati nickte. Dann erwiderte sie: »Ich glaube, man darf in jedem Alter dankbar für alle guten Tage sein.«

»Da haben Sie völlig recht!« Herr Huber langte nach einem Geldschein in der Rückentasche seines Fahrraddresses.

»Behalten Sie den Rest, meine liebe Nelly.«

»Ganz sicher? Das ist ganz schön viel Trinkgeld.« Nelly hielt den Schein in der Hand.

»Ganz sicher. Machen Sie damit den heutigen Tag zu einem guten Tag.« Er langte nach der Papiertüte mit dem Werbeaufdruck der *Süßen Liebe*, die Nelly über den Tresen hinweg in seine Richtung geschoben hatte.

»Dann vielen Dank«, sagte Nelly. Ich werde davon meine Schwester nach der Arbeit auf einen Eisbecher einladen.

»Wunderbar!« Der Mann setzte seinen Helm wieder auf und schloss den Klickverschluss unterm Kinn, wozu er umständlich die Tüte zurück auf den Tresen stellte.

»Ich werde alt, sehen Sie das? Man wird so kompliziert.« Dann nahm er erneut die Papiertüte. »So. Ich geh dann mal.«

»Wiederschauen«, riefen die Schwestern dem Mann unisono hinterher, der von der Tür aus noch mal energisch die Tüte schwenkte und ihnen zuwinkte.

»Na, hoffentlich bringt der die Süßigkeiten heil nach Hause«, meinte Kati.

Nelly nickte. »Er ist unglaublich fit für seine achtzig Jahre.«

Durch Katis Kopf schoss eine Frage: Ob ich das wohl auch bin, wenn ich nicht mehr so viel Sport treibe? Wohin wohl jetzt meine Reise geht … Kurz schnürte Angst ihr die Kehle zu. Aber sie schaffte es, sie einfach wegzuschieben.

»So, geh du mal nach hinten und ich warte auf die nächste Kundschaft, okay?«

In Nellys Miene lag Erleichterung. »Klingt prima. Und später machen wir gleich noch den Arbeitsvertrag fertig, ja?«

»Unbedingt«, sagte Kati. »Ich kann es kaum erwarten.«

Und sie meinte es so.

19. Kapitel

Kati saß in ihrer Wohnung auf dem Sofa. Und ihr Schoß fungierte ebenfalls als Couch – für die Norwegische Waldkatze. Als Kati vorhin frische Luft ins Zimmer hatte lassen wollen, hatte sie gleichzeitig die Katze hereingelassen, die schon durchs Fenster geschaut hatte, in ungeduldiger Erwartung. Kati hatte sich ebenfalls gefreut, das Tier wiederzusehen, das sie inzwischen regelmäßig besuchte. Kati war überrascht, dass die Katze immer wieder zu ihr kam, obwohl sie sich am Ende entschieden hatte, sie nicht zu füttern. Bestimmt hatte sie ein Zuhause, und wenn Kati erst eine Wohnung für sich alleine fand, würde die Katze sicher irritiert sein, wenn es für sie kein Futter mehr gab. Allerdings – das mit der Wohnungssuche war in Prien eine Katastrophe. Mit Sicherheit würde es dauern, bis Kati fündig wurde.

Für den Augenblick genossen sowohl die Mieze als auch Kati die Streicheleinheiten, während Kati sich dazu einen Spielfilm gönnte. Einfach mal die Ruhe genießen, dachte Kati, die nach der Arbeitswoche in der *Süßen Liebe* müde war. Sie arbeitete jetzt schon die dritte Woche dort und trotzdem hatten ihre Beine sich noch nicht an das viele Stehen gewöhnt.

Das Schnurren der Katze entspannte sie auf wunderbare Weise.

Letztens hatte sie in einem Souvenirshop eine Postkarte gesehen, deren Aufdruck gelautet hatte: »Ein Leben ohne Katzen ist möglich, aber sinnlos.« Dem stimmte sie uneingeschränkt zu.

Gerade warf die frisch betrogene Hauptdarstellerin im Film die Tür hinter sich zu, um wutentbrannt davonzustürzen, als Kati ein sehr reales Poltern draußen auf der Treppe hörte, das dazu führte, dass die Katze aufsprang und ins Schlafzimmer flüchtete.

Ein energisches Klopfen, eine aufgerissene Tür und da stand auch schon Nelly mit dunkelroten Wangen. »Jemand hat bestellt.«

»Wie bitte?«

»Die Homepage! Jemand hat die erste Bestellung aufgegeben.«

Kati stand auf und umarmte ihre Schwester. »Das freut mich. Und dabei ist die Seite erst seit gestern online.«

Sie hatten am Abend noch eine Extra-Schicht eingelegt, um der Seite den letzten Schliff zu geben und sie online zu stellen. Und auch wenn durch ihre und Nellys Unerfahrenheit die Programmierung ziemlich lange gedauert hatte, waren sie am Ende beide stolz auf das Ergebnis gewesen.

»Hast du Lust zum Feiern? Quirin kann nicht, der gibt heute einen Segelkurs, und da Christina nicht wegkann, dachte ich, wir könnten vielleicht rüberfahren auf die Fraueninsel? Wir könnten in der Linde was essen und uns einen tollen Abend machen.«

»Ich paddele uns auf dem SUP rüber«, schlug Kati spontan vor. »Das wird prima.«

»Äh.« Nelly wirkte zögerlich. »Ich bin nicht sicher. Ich meine, ich werde doch so schnell seekrank.«

Kati winkte ab. »Ich glaube nicht, dass das ein Problem wird. Wir gehen es ganz gemütlich an, wenn du magst, können wir dir sogar ein eigenes SUP ausleihen. Wir machen viele Pausen, schwimmen mal ne Runde – du wirst sehen, das wird dir taugen.«

»Na gut. Ich meine, Versuch macht klug, oder?« Zu einhundert Prozent überzeugt war sie nicht, aber Nelly wäre nicht Nelly gewesen, wenn sie es nicht zumindest versucht hätte.

»Super, ich freu mich total. Du wirst sehen, es macht so viel Spaß. Als ich mein erstes Mal mit dem SUP draußen war, mit Fabian, das war so superschön.«

Nelly hob die Augenbrauen. »Wegen dem SUP oder wegen Fabian?«

Kati seufzte. Sie hatte ihrer Schwester längst erzählt, was zwischen ihr und Fabian vorgefallen war. »Vermutlich beides, wenn ich ehrlich bin. Ich war letzte Woche mal draußen auf dem See, und immer, wenn ich auf dem SUP bin, habe ich ein klein wenig das Gefühl, ihn bei mir zu haben. Ich weiß, wie lächerlich das klingt, aber …«

»Ja, ja, die Erinnerungen sind ein Paradies, aus dem wir nicht vertrieben werden können, oder?« Nelly dachte einen Moment nach. »Woher hab ich das nun wieder? Hat das Frau Maria mal gesagt? Oder habe ich es wo gelesen?«

»Abgesehen davon, dass das genau Frau Marias Wortwahl wäre – ich hab neulich beim Souvenirshop Postkarten angeschaut. Der Spruch ist von Jean Paul.« Kati dachte daran, wie oft in letzter Zeit ein kluger Spruch eine Rolle in ihrem Leben gespielt hatte, angefangen bei der Nicht-Verlobungsfeier für Christina.

Außerdem lebte Kati noch immer ihr Ändern und das fühlte sich sehr gut an.

»Denkst du noch viel an Fabian?«, fragte Nelly besorgt. Katis Antwort kam wie aus der Pistole geschossen: »Jeden Tag.« Ihre letzte Begegnung mit Fabian war schon drei Wochen her. Drei Wochen, aber es war kein Tag vergangen, an dem sie ihn nicht vermisste.

»Es tut mir so leid«, sagte Nelly nur. Mehr gab es auch nicht zu sagen.

»Danke.« Abrupt wechselte Kati das Thema, um nicht in eine trübe Stimmung zu verfallen, die sie – das wusste sie von anderen Gelegenheiten – mit sich in die Tiefe ziehen würde wie ein Sog. Heute war Nellys Tag. Und den würde sie ihr nicht verderben. »Ich pack uns ein paar Snacks für den See ein, ja?«

»Sehr schön. Kannst du mir auch einen Bikini und ein Handtuch leihen?«, fragte Nelly. »Ich hab nichts dabei.«

»Ja klar, ich suche ein paar Sachen zusammen, auch eine Jacke für später, falls es kühler wird.« Kati lief in die Küche, warf im Vorbeigehen einen Blick ins Schlafzimmer, aber die Katze war längst im Garten verschwunden, um vor ihrer lauten Schwester zu fliehen.

Kati bugsierte ihr SUP in den Kofferraum von Quirins Jeep, der neuerdings einen großen Süße-Liebe-Aufkleber mitten auf der Motorhaube hatte. Mit

Sicherheit kannte jeder Nellys und Quirins Fahrzeug.

»Quirin ist mit dem Elektroroller zu seinem Kurs gefahren. Seit wir den haben, nutzt er das Auto fast gar nicht mehr«, erklärte Nelly, die die Tasche mit den Getränken und den Snacks neben dem SUP ablud und den Kofferraumdeckel mit Schwung zuwarf. »Wollen wir?«

»Sehr gern.« Kati ging auf die Beifahrerseite und stieg ein. Im Inneren des Fahrzeugs hing eine feine Salmiak-Note.

Nelly kam auf der Fahrerseite in Sicht und wollte einsteigen, stutzte aber dann. An der Windschutzscheibe hing ein kleiner eingerollter Zettel. Mit einer schnellen Bewegung zupfte Kati ihn ab und stieg ins Auto.

»Meine Güte, wollen die jetzt schon hier in Papas Hofeinfahrt meinen Wagen kaufen?« Sie lachte. »Das ist mal was Neues.«

Nelly faltete den Zettel auseinander, las ihn. »Ach so, ne. Ist nur eine verschwundene Katze.«

Sie reichte das Papier an Kati weiter.

Wer hat meine Katze gesehen?
Sie kommt nur noch unregelmäßig nach Hause,
wird hier aber sehr geliebt.
Bitte rufen Sie mich an unter …

Kati las die Nummer, starrte auf das Foto. Auf dem Bild sah man eindeutig die Norwegische Waldkatze, die sie so häufig besuchte.

Nelly startete den Motor, wollte rückwärts ausparken.

»Warte mal«, forderte Kati. »Ich kenne diese Katze!«

»Echt jetzt?«

»Ja, sie kommt fast jeden Tag her und besucht mich.«

Nelly schaute Kati vorwurfsvoll an. »Hast du sie angefüttert? Das macht man nämlich nicht.«

Kati schüttelte den Kopf. »Nein. Ich hab ihr noch nie was zu fressen gegeben, kein einziges Mal! Aber sie scheint mich irgendwie trotzdem zu mögen.«

»Dann solltest du mal schleunigst die Besitzer anrufen. Sicher machen sie sich schon Sorgen.«

Kati nickte, kramte ihr Handy aus der Hosentasche und gab die Nummer ein.

Als alle Zahlen eingetippt waren, traf es sie wie ein Schock.

»Oh Gott, das ist ja Fabians Nummer!« Nelly starrte auf das Display, das jetzt, wo die Nummer vollständig eingegeben war, den Namen anzeigte.

Nelly nahm ihr das Handy aus der Hand. »Echt jetzt?« Ungläubig schaute auch sie auf den kleinen Bildschirm.

»Natürlich. Ich bin ja nicht zu doof, die Nummer einzugeben.« Fabian! Sie konnte es nicht fassen. Wie hatte sie nicht einmal wissen können, dass er eine Katze besaß?

Nelly zuckte mit den Schultern. »Na, dann ruf an.«

»Ich … kann nicht. Er hat mich doch gesperrt.«

»Hm. Warte, ich mach das.« Nellys Handy lag in der Mittelkonsole. Sie griff danach, tippte ohne abzuwarten die Nummer ein und stutzte. »Äh, wo ist die Katze denn jetzt grade?«

»Ich habe keine Ahnung. Irgendwo zwischen Mamas Rosen, würde ich vermuten. Sie liegt gern hier im Garten, und vorhin, bevor du gekommen bist, war sie in meiner Wohnung, auf meinem Schoß.«

»So, so. Na gut.« Sie hob das Handy an ihr Ohr, und Katis Herz war kurz vorm Explodieren.

»Hallo, Fabian, hier ist Nelly, die Schwester von Kati. Nein, sie hat mich nicht vorgeschickt.« Nellys Blick flog zu Kati. »Nein. Es ist wegen der Katze, wir haben gerade deinen Zettel gefunden, und sie konnte dich ja nicht selbst anrufen, weil … genau. Kati hat sie in der letzten Zeit öfter gesehen.«

Was hätte Kati gegeben, um auch Fabians Anteil am Gespräch zu hören.

»Ja, genau. Natürlich ist Kati auch da, sie wohnt schließlich hier.«

Er wollte sie noch immer nicht wiedersehen. Das tat weh. Auch wenn Kati es verstand.

»Ja. Ist gut. Okay. Alles klar. Nein. Nein, sicher nicht. Mhm. Bis gleich.«

Kati starrte ihre Schwester an. »Was sagt er?«

»Er ist gleich da. Er will die Katze suchen und im besten Fall mit zu sich nach Hause nehmen. Fabian meint, sie müsste eigentlich Hunger haben, und hat mich gefragt, ob du ihr was zu fressen gegeben hast.«

»Hab ich nicht.«

»Das hab ich ihm gesagt. Du kannst das ja selber gleich noch mal bestätigen.«

Oh Gott, gleich würde sie ihn wiedersehen. Kati fasste sich an den Hals, klappte den kleinen Spiegel auf der Beifahrerseite aus, kontrollierte ihre Haare und kam zu der Feststellung, dass sie bis auf die roten Flecken am Hals, die sie manchmal bekam, wenn sie sich besonders aufregte, aussah wie immer. Das musste reichen. Zu Fabians Haus waren es vielleicht fünf Minuten. Mit Sicherheit war er gleich da.

Kati brach der Schweiß aus.

»Soll ich lieber ins Haus gehen?«, fragte sie Nelly.

»Nein, warum? Du bist doch die, die die Katze gesehen hat.«

»Auch wieder wahr. Zu mir kommt sie vielleicht.« Kati stieg aus dem Jeep. Atmete tief ein und ganz langsam wieder aus. Aber natürlich veränderte das ihren Gemütszustand um kein Stück. Wie es sich wohl anfühlen würde, Fabian zu sehen?

Sie schaute die Straße hinauf, wusste ja, aus welcher Richtung er kommen würde. Nelly war ebenfalls aus dem Wagen gestiegen und stand jetzt neben Kati.

»Komm, lehn dich ruhig dagegen. Das Baby hier hält es aus.« Ihre Schwester tätschelte die Kofferraumklappe. »Du siehst aus, als würdest du jede Sekunde in Ohnmacht fallen.«

Kati lehnte sich tatsächlich gegen das Auto, weil ihre Knie unkontrolliert zu zittern begonnen hatten. Ein Radfahrer kam um die Ecke und Katis Körper ging in Alarmhaltung, spannte sich an. Sie spürte einen Schweißtropfen, der von ihrem Rippenbogen hinab bis zum Bauchnabel lief. Kati schaute zu, wie Fabian auf das Tor zukam, um dann, als man seine Gesichtszüge sah, festzustellen, dass es nur ein Mann von ähnlicher Statur war.

»Meine Güte, wenn das so weitergeht, liege ich ohnmächtig auf dem Asphalt, bevor Fabian überhaupt hier ankommt.« Kati lehnte sich erneut gegen das Auto. Wann hatte sie sich eigentlich davon abgestoßen? Sie wusste es nicht.

Nelly grinste, legte den Arm um ihre Schwester und gab ihr einen dicken Schmatzer auf die Wange. »Warte mal ab, Mensch. Du kannst es doch jetzt eh nicht ändern. Mehr Gelassenheit, hm?«

»Du hast leicht Reden, du …« Kati kam nicht dazu, ihren Satz zu vollenden.

Ein Auto bremste direkt vor ihnen ab, um dann neben Nelly zu parken. Fabian, eindeutig.

Als er ausstieg, bekam Kati keine Luft mehr. Sie griff an die Seite des Autos und hielt sich fest. Es war, als sackte der Boden unter ihren Füßen weg. Seine Haare glänzten im Sonnenlicht, er hatte ein ganz banales weißes T-Shirt über einer schlabbrigen kurzen Hose an, seine Sommersprossen hatten sich in den letzten Wochen noch vertieft und seine Flipflops waren alt, wirklich alt und abgelatscht. Aber er war der schönste Mann, dem Kati in ihrem ganzen Leben begegnet war, ganz sicher, ohne Frage.

»Hi.« Fabian warf ihr nur einen Brocken hin.

»Hi«, erwiderte Kati. Wie schön, dich zu sehen. Wie gut, dass du da bist. Wie sehr ich dich vermisst habe, fügte sie in Gedanken hinzu, aber keiner dieser Sätze kam über ihre Lippen.

Fabian stopfte sich die Hände in die Hosentaschen, als er vor Kati und Nelly stand. Die Luft duftete nach Fabian.

»Ihr habt meine Katze gesehen?«

Nelly deutete auf Kati. »Ich nicht. Sie hat sie gesehen. Das hab ich dir aber doch schon gesagt.«

»Ah.«

Es gefiel Fabian sichtlich wenig, dass er mit Kati kommunizieren musste. Ihr Herz brannte, als er von einem Fuß auf den anderen trat, einen ernsten Ausdruck im Gesicht.

»Hast du sie dir gezähmt und sie ins Haus gelockt?«, fragte er. Man hörte durchaus, dass er verärgert war.

»Nein, sie lag an einem Abend vor vier, fünf Wochen plötzlich in meinem Bett.«

»Und du hast sie natürlich nicht rausgeworfen«, stellte Fabian fest.

Kati sagte nichts, schaute hinunter auf ihre Füße, die in einfachen Riemchensandalen steckten. Nein, sie hatte die Katze nicht rausgeworfen.

»Hab ich mir gedacht«, sagte Fabian. »Können wir dann jetzt mal schauen, ob sie noch hier ist?«

Er behandelte sie wie eine Fremde, wie jemanden, den er für sein Handeln verabscheute. Am liebsten hätte Kati geweint. Gleichzeitig sog sie jede Sekunde in seiner Nähe ein wie eine lebensnotwendige Medizin.

»Natürlich. Komm mit.« Kati ging voraus in den Garten, vergewisserte sich mit einem Schulterblick, dass Fabian und Nelly ihr folgten.

»Leute, ich geh kurz zu Papa und Gitti ins Haus, eine kalte Cola trinken. Wenn ich hier bin, wird die Mieze eh nicht kommen, schließlich kennt sie mich nicht«, wandte Nelly ein und winkte, während sie schon in Richtung Haustür abbog.

Als Nelly weg war, standen sich Fabian und Kati unbeholfen gegenüber.

»Wenn es jetzt früh am Morgen wäre, könnten wir deine Katze mit der Drohne suchen«, meinte Kati und versuchte ein Lächeln. Sie fühlte sich, als wäre sie sechzehn.

Auf keinen Fall hatte sie damit gerechnet, dass auch Fabian lächelte, aber er tat es und seine Miene hellte sich auf. »Stimmt, das wäre auch eine Idee gewesen. Aber um diese Tageszeit …«

»… ist der Boden schon zu warm. Ich weiß.«

Die beiden tauschten einen Blick, der erahnen ließ, wie gut sie einander eigentlich kannten. Endlich lächelten sie miteinander! Immerhin das.

»Sollen wir sie rufen?«, fragte Kati. »Ich meine, vielleicht kommt sie ja.«

Jetzt sah Kati, dass Fabians Haare nicht nur glänzten, sondern auch irgendwie verstrubbelt waren. Sie hätte am liebsten hineingefasst. Er nickte.

Dann setzte er sich mitten auf dem kleinen Gartenweg auf den Boden. »Ich möchte sie nicht verschrecken«, erklärte er dazu.

»Ich hatte das gar nicht mitbekommen«, sagte Kati. »Also, dass du dir eine Katze zugelegt hast.«

»Sie ist vom Tierschutz. Einer meiner Freunde aus dem Kitzretter-Verein hat sie mir gebracht, weil ihr Frauchen verstorben ist. Er selbst hat schon zwei Kater und konnte sie deshalb nicht bei sich aufnehmen.«

»Also bist du eingesprungen, wer sonst?« Kati setzte sich Fabian gegenüber. Natürlich war er sofort bereit gewesen, eine Katze aufzunehmen. Schließlich hatte er das Herz am richtigen Fleck und lebte sein Ändern so selbstverständlich, dass Kati es kaum fassen konnte.

»Ja, ich hab das gern gemacht. Und ich hätte nie gedacht, wie schnell man an so einem Tier hängt.«

In diesem Moment hörten sie beide ein Rascheln neben sich im Gebüsch – und da war sie. Die wunderschöne Katze, die vorhin noch auf Katis Schoß gesessen war.

»Isabella, da bist du ja!« Fabian hatte sofort die Hand ausgestreckt und die Katze schmiegte ihren Kopf gegen seinen Handrücken.

»Moment. Wie bitte? Wie heißt die Katze?« Kati konnte es nicht fassen.

»Na, ich hätte sie ganz sicher nicht so genannt, das darfst du mir glauben. Isabella – das ist doch echt kein Katzenname! Aber sie hieß eben schon so.« Er zuckte mit den Schultern. »Ich wollte sie dir ja vorstellen, aber du hattest keine Zeit.«

Kati betrachtete die Katze, die sich laut schnurrend zwischen ihnen beiden auf das Pflaster gelegt hatte. Das also war Isabella, die neue Frau in seinem Leben. Die, wegen der es ihm so leichtfiel, Kati zu vergessen – jedenfalls hatte sie das angenommen. Sie starrte auf die Katze, auf Isabella, die sich so lang ausstreckte, dass sie links und rechts über den Gartenweg hinausragte. Und dann gab es kein Halten mehr. Ein Lachen brach aus ihr heraus, so laut, dass Isabella zusammenzuckte und Kati die Hand vor den Mund schlug in dem Versuch, leise zu sein.

»Feine Bella«, gurrte Fabian, und in seiner Stimme lag eine riesige Portion Zärtlichkeit, während seine schönen, kräftigen Hände die Katze streichelten.

»Was ist denn so lustig?«, fragte Fabian in Katis Richtung, als sie sich ein wenig beruhigt hatte.

»Ich dachte, Isabella ist eine Frau.«

»Was? Das musst du mir erklären.«

»Nelly meinte, du hättest ein Date mit einer Frau, die Isabella heißt. Jedenfalls hatte sie das wohl so verstanden.«

Fabian lachte leise auf. »Das muss bei meinem letzten Einsatz auf ihrem Hof gewesen sein. Sie hat mich zum Kaffee eingeladen, und ich hatte keine Zeit, weil ich Isabella noch nicht so lang allein in der Wohnung lassen wollte. Also habe ich gesagt, dass ich ein Date mit Isabella habe, und bin gefahren.«

»Jedenfalls dachte ich die ganze Zeit, es gäbe eine neue Frau in deinem Leben.«

»Dachtest du das?« Fabians Gesichtsausdruck verfinsterte sich schlagartig wieder.

»Ja, das dachte ich.«

Er zuckte nur mit den Schultern, weiter seine Katze streichelnd. So, als ginge ihn das alles gar nichts an.

Jetzt, dachte Kati, jetzt.

»Könntest du mir kurz deine Hand geben?«, fragte sie, einem Impuls folgend.

»Warum?«

Kati verdrehte die Augen. »Könntest du es einfach machen? Um der alten Zeiten willen?«

Zögernd – und unter Isabellas protestierendem Blick – nahm er seine rechte Hand aus dem Bauchfell der Katze und streckte sie Kati entgegen. Sie musste ein wenig in seine Richtung rücken, näher an Isabella heran, der sie ihre eigene linke Hand auf den Bauch legte, um sie zufriedenzustellen.

»Mach die Augen zu«, verlangte Kati und zu ihrer Überraschung protestierte Fabian dieses Mal nicht.

Sie griff nach seiner Hand. Es war wie ein Stromschlag und eine warme Decke. Es war Heimkommen und Neuland. Es war fremd und vertraut.

»Bitte sag mir, dass du es noch spürst«, flüsterte sie.

Fabian wollte ihr seine Hand entziehen, aber Kati hielt sie fest. »Fabian. Bitte.«

»Du hast fünf Minuten.«

Fieberhaft dachte Kati darüber nach, was sie sagen sollte, wo anfangen, wie sich verständlich machen. Sie hatte fünf Minuten. Aber eigentlich, das verstand sie fast sofort, brauchte sie nur eine.

»Als ich aus der Narkose aufgewacht bin, hast du meine Hand gehalten. Und ich habe mich so sicher und so geborgen gefühlt wie nie zuvor in meinem Leben. Ich dachte, es wäre Paolos Hand, die mich zurück in die Wirklichkeit holt, die mich beschützt und der ich vertraue. Aber es war deine.«

Kati schaute in Fabians Gesicht, mit den geschlossenen Augen, der geraden Nase, den eher schmalen Lippen, den Sommersprossen, und wartete. Dann sah sie es. Eine einzelne Träne, die unter seinem Augenlid hervorschlüpfte und seitlich des Nasenbeins ganz langsam hinunterlief, bis sie schließlich über seiner Oberlippe in den Bartstoppeln hängen blieb. Kati konnte nicht anders. Sie handelte einfach. Vorsichtig beugte sie sich vor,

Fabians Hand weiter in der ihren. Als ihre Lippen die Träne küssten, zuckte er zurück. Aber nur für eine Sekunde, eine so kurze Zeit, dass sie kaum existierte, dann hielt Fabian wieder still. Kati schmeckte das Salz der Träne auf ihren Lippen, roch Fabians Atem, der leicht nach Minze und Schokolade duftete. Sie nahm ihre freie Hand aus dem Fell der Katze und legte sie auf Fabians Wange. Dann ließ sie ihre Lippen wandern. Mut, dachte sie, nur Mut. Und dann trafen Katis Lippen auf Fabians zum ersten Kuss.

Kati merkte nicht, wie die Katze aufstand und ein paar Schritte zur Seite trat. Sie begann, ihre Pfote zu putzen, so tuend, als würde sie das alles nichts angehen.

Fabian tastete nach Katis Hand und legte sie gegen seine Brust. Sie konnte spüren, wie sein Herz schlug.

Schnell wie eine Nähmaschine, würden sie später sagen und lachen.

Aber jetzt küssten sie einander und küssten, während Kati Fabians Herzschlag durch ihre Hand hindurch spürte.

Als sie sich schließlich voneinander lösten, um sich in die Augen zu schauen, nur für einen kurzen Moment, sprach Kati die Worte laut aus, die ihre Seele schon immer gewusst hatte.

»Ich liebe dich, Fabian«, flüsterte sie und küsste ihm eine weitere Träne aus dem Gesicht, ganz nah unter seinem Auge.

»Dann haben wir ja Glück, dass Isabella eine Katze ist«, stellte Fabian fest und grinste. Kati schlug ihm mit der Faust gegen den Oberarm, wie sie es schon früher immer getan hatte.

»Was soll ich denn sagen?«, antwortete Fabian da mit blitzenden Augen. »Dass ich dich liebe, weißt du ja schon.«

»Heißt das, du hast deine Liebe noch nicht ermordet?« Die Worte ihres letzten Gesprächs hallten in Kati nach. Fabian hatte gesagt, er würde seine Liebe einfach umbringen, daran erinnerte sie sich noch viel zu genau.

»Du kannst dir gar nicht vorstellen, wie durchhaltefähig diese Liebe ist. Die ist nämlich wie eine Katze. Sie hat mindestens sieben Leben.« Er lachte. Dann stand er auf und zog Kati ebenfalls auf die Füße, um sie endlich, endlich ganz fest in seine Arme zu schließen. Und Kati spürte, dass es jetzt keine Rolle mehr spielte, wenn ihre Füße nachgaben – denn ab diesem Augenblick würde sie allen Halt in ihrem Leben haben, den sie brauchte.

Epilog

Sie konnte nicht aufhören, daran zu denken. Seit sie mit Kati gesprochen hatte, spürte Maria, wie ihre frühere Leidenschaft in ihr glomm.

Gott, da war sie sicher, hatte nichts gegen das Motorradfahren einzuwenden.

Jetzt saß Frau Maria in Lederkluft auf dem Sattel einer Harley, die sie sich vom Bruder einer Mitschwester ausgeliehen hatte. Noch ein Zeichen Gottes, fand Maria, dass ihr die Kluft des Bruders, der eher schmächtig war, passte, als wäre sie für sie gemacht.

Christina hatte nur lachend den Kopf geschüttelt, als die Nonne ihr von ihrem geplanten Ausflug erzählt hatte. Michael, den Mund voller Klostermarzipan, hatte begeistert den Daumen gehoben. Und Benedikt hatte ihr kurzerhand angeboten, sie mit dem Fischerboot nach Prien zu bringen, und so war es dann auch geschehen.

Jetzt saß sie im Sattel und schwelgte in Erinnerungen an eine Zeit, die längst vergangen war.

Maria war eine Runde über die Ratzinger Höhe gefahren, den Aussichtspunkt, an dem man einen Blick übers Land und bis zu den Bergen hatte. Sie legte sich in die Kurven, genau wie früher, spürte den Fahrtwind im Gesicht und ja, fühlte sich frei. Zurück auf dem Weg nach Prien hinunter bremste sie, als sie beim Ortsschild war, die Maschine ab und fuhr langsam in den Kreisverkehr ein. Maria entschloss sich, bei der Realschule zu parken und zu Fuß zum Marktplatz hinüberzugehen. Sie wollte Kati im Laden besuchen. Deren ungläubiger Blick, als sie ihr von ihrer Harley-Leidenschaft erzählt hatte, war Frau Maria ebenfalls nicht aus dem Kopf gegangen. Außerdem hatte sie natürlich für Kati und Nelly Marzipan und Kräuterlikör dabei.

Auf dem Marktplatz roch es nach frisch Gebackenem und Blumen. Maria genoss es, heute inkognito unterwegs zu sein, und fasste an die Halskette mit dem Kreuz, die sie unsichtbar unter der Lederjacke trug.

Sie wusste, dass dank ihres Aufzugs niemand damit rechnete, dass sie eine Klosterschwester war. Allerdings war ihr fürchterlich warm. Heute war ein warmer Tag für Ende September. Trotzdem setzte Frau Maria den Helm noch mal auf – für den Überraschungseffekt. Sie freute sich diebisch auf Katis überraschtes Gesicht.

Da war auch schon die *Süße Liebe*. Sicher war es im Laden kühler. Erleichtert öffnete Maria die Ladentür und trat in das Halbdunkel des Geschäfts.

»Was kann ich für Sie tun?«

Zu Marias Enttäuschung stand Nelly hinter dem Verkaufstresen. Frau Maria nahm den Helm ab und sah Nellys Stirnrunzeln.

»Ich dachte schon, Sie wollen mich ausrauben«, sagte Nelly mit Schalk in der Stimme. »Wegen der Sonnenbrille.«

»Oh, die hab ich ganz vergessen!« Frau Maria nahm mit einer schnellen Geste die verspiegelte Brille ab.

Nelly schaute die Klosterfrau ungläubig an und Frau Maria lachte. »Noch nie eine Nonne in Lederkluft gesehen?« Sie zwinkerte der Lakritzbäckerin zu.

»Nein, wirklich nicht.« Nelly lachte. »Jedenfalls nie bewusst. Aber dann stimmt die Geschichte – Sie waren früher wirklich mit einer Harley unterwegs. Kati hat mir das nämlich erzählt.«

Maria lachte ebenfalls. »Und ihr habt mir das nicht zugetraut, was?«

Nelly schüttelte den Kopf. »Dabei steht Ihnen die Tracht wirklich super!«

»Diese oder die Nonnentracht?«

»Ich würde sagen, beide.«

Maria nickte. So empfand sie es auch, aber alles im Leben hatte eben seine Zeit. Das heute war nur ein Ausflug in die Vergangenheit, ein Spaß, ein Zurückspüren in das, was einst gewesen war.

»Ist Kati denn da?«, fragte Maria Nelly.

»Nein. Die zieht heute um.«

»Oh. Wohin denn?«

»Na, zu Fabian!«

Frau Maria schüttelte ungläubig den Kopf. Da hatte sie wohl einiges nicht mitbekommen. »Ich dachte, der hätte eine andere Frau kennengelernt.«

»Meinen Sie Isabella?«

»Ja, ganz genau.« Frau Maria erinnerte sich noch an ihr Gespräch mit Kati zwischen den Johannisbeeren.

»Isabella wohnt auch noch immer bei Fabian. Aber vielleicht sollten Sie sich selbst ein Bild von der Situation machen. Ich bin sicher, dass Kati sich freut, wenn Sie vorbeischauen.«

»Na, neugierig bin ich jetzt auf jeden Fall.« Was hatte Nellys amüsierter Unterton zu bedeuten? Sie wollte nachhaken, aber dann entschied sie sich, stattdessen genau das zu tun, was Nelly ihr empfohlen hatte.

»Gib mir die Adresse!«

Zehn Minuten später saß sie wieder auf dem Bock und fuhr durch Prien. Sie erkannte das Haus mit der gesternten Tür sofort und bremste. Ganz langsam ließ sie ihr Bike weiterrollen. Außen führte eine Treppe hinauf in den ersten Stock, ein Mann mit einem T-Shirt, auf dem *Rettet die Rehkitze* stand, sprang gerade aus einem Sprinter, der am Straßenrand parkte, und öffnete die Hecktüren. Oben auf der Balkonbrüstung saß eine riesige Katze und schaute dem Treiben zu. Neben der Katze lehnte Kati an der Brüstung und winkte dem Fahrer des Sprinters fröhlich zu, der die Geste erwiderte. Neben Kati, den Arm um sie gelegt, stand Fabian. Er sah aus wie an dem Tag, an dem Maria ihn zum ersten Mal getroffen hatte – und ganz anders. Glück macht schön, dachte Frau Maria. Auch von Kati ging ein Strahlen aus, das die Nonne noch nie an ihr gesehen hatte. Die Klosterschwester winkte ihnen zu, ganz erfüllt vom Anblick des glücklichen Paars. Sie war so gefangen davon, dass sie fast in den Transporter gefahren wäre. Im letzten Moment bremste sie scharf ab.

»Können Sie nicht aufpassen?«

»Entschuldigung, das war keine Absicht«, sagte die Nonne zu dem Kitzschützer, der sie aus riesigen Augen erschrocken ansah und selbst ein wenig wie ein Rehkitz wirkte.

»Warte, Andy, wir helfen dir!«, rief Fabian vom Balkon aus. Er strich der Katze über das Fell, küsste Kati und war dann, zwei Stufen auf einmal nehmend, schon auf dem Weg zu Andy und Frau Maria, die von ihrem Motorrad gestiegen war, ein paar Meter rückwärtsging, um nicht im Weg zu sein, und dann ihr Bike abstellte.

Kati kam nun ebenfalls die Treppe herunter, vorsichtiger als Fabian. In diesem Moment nahm Frau Maria den Helm ab und Kati blieb mit offenem Mund stehen.

»Sie sind aber mutig!«, rief sie der Nonne entgegen. »In Ihrem Alter noch mal aufs Motorrad zu steigen.«

Frau Maria lachte. »Ich finde dich viel mutiger, meine liebe Kati. Wie lange bist du jetzt mit Fabian zusammen? Und schon ziehst du bei ihm ein. Noch dazu mit einem so – äh – alternativen Konzept.« Es stand ihr keine Wertung zu, fand Frau Maria. Aber ihre Meinung durfte sie durchaus mitteilen.

Kati kam auf die Nonne zu und nahm ihr Helm und Brille ab. »Sie müssen durstig sein. Wollen Sie eben reinkommen?«

Maria nickte. Tatsächlich fühlte sie sich in der Lederkluft wie in der Sauna – auch so etwas, das sie vor Jahren das letzte Mal gemacht hatte.

Hinter Kati her stieg sie die Treppe nach oben.

»Und warum sollte es mutig sein, mit Fabian zusammenzuziehen? Ich kenne ihn schon mein halbes Leben«, sagte Kati, nachdem sie oben angekommen waren.

Maria ging hinter Kati her. Im Flur standen Kisten herum, sicher dem Umzug geschuldet. Aber besonders fiel der Nonne ein gerahmtes Bild auf, das eine dicke Hummel in einer Rosenblüte zeigte.

»Hier entlang, dort drüben ist die Küche. Setzen Sie sich.«

»Danke. Gern.« Die Lederhose gab ein knirschendes Geräusch von sich, als Frau Maria sich setzte. »Schön habt ihr es hier.« Maria sah, dass auch am Kühlschrank ein Insektenfoto hing. In diesem Fall war es eine leuchtend blaue Libelle, die auf einem SUP saß, das man nur unscharf sah.

Kati goss ein Glas Hollerschorle ein und stellte es vor der Nonne auf den Tisch. Die junge Frau sah großartig aus, fand Maria. Endlich war sie nicht mehr so erschreckend dünn. Man musste sie eigentlich nicht fragen, ob es ihr gut ging. Man sah ihr an, dass dem so war.

»Ja, oder? Ich mag die Wohnung sehr. Besonders, weil wir hier ja schon als Kinder gespielt haben, Fabi und ich. Dort drüben, wo wir jetzt schlafen, war früher Fabians Kinderzimmer. Seine

Eltern haben die Wohnung für ihn umgebaut, also bleiben wir auf jeden Fall erst mal hier«, erklärte Kati.

»Sag bloß, du hast eine neue Heimatliebe entwickelt?«

»Könnte man so sagen.« Kati lachte. »Und Chiemseeliebe, die auf jeden Fall auch. Sie wissen schon, wegen dem SUPen. Fabian und ich gehen ganz oft zusammen raus auf den See.« Wenn Kati von Fabian sprach, begannen ihre Augen zu glitzern, stellte Maria fest. Aber eine Sache wollte sie dann doch noch genauer wissen.

»Wie geht es eigentlich Isabella?«, fragte die Nonne und trank einen kräftigen Schluck von der Schorle. Eiskalt! Das tat gut.

»Ach, die! Stellen Sie sich vor, sie ist schwanger.«

Kati hatte sich schräg gegenüber der Nonne an den Tisch gesetzt. Frau Maria verschluckte sich, hustete und rang schließlich um Atem.

»Schwanger?«

»Oh ja. Wir wussten gar nicht, dass sie überhaupt schwanger werden kann, wissen Sie? Wir dachten, sie wäre sterilisiert.«

»Sterilisiert?«

»Ganz genau. Deshalb hat sie sich in letzter Zeit auch so viel herumgetrieben. Na ja. Ihre Kinder dürften jetzt jeden Tag kommen.«

»Eine Zwillingsschwangerschaft?« Kati hatte echt Nerven, fand Frau Maria. Das waren ja Neuigkeiten! Und Kati erzählte davon, als würde sie sich auch noch freuen.

Sie wollte gerade noch etwas dazu sagen, aber da kam Fabian herein. Im Arm hatte er die riesige Katze, die vorhin auf dem Balkon gesessen hatte.

»Kati, kannst du mal eben Isabella nehmen? Sie ist ständig zwischen meinen Beinen, so kommen wir nicht voran.«

Er setzte die Katze auf Katis Schoß, was der Mieze sichtlich gefiel. Sofort begann sie in einem sehr hellen Ton zu schnurren, der besser zu einem winzigen Katzenbaby gepasst hätte als zu dem riesigen Tier.

Frau Maria schaffte es gerade noch, ihr Glas abzustellen, bevor sie in lautes, hemmungsloses Gelächter ausbrach. Sie fasste sich automatisch an ihr Kreuz, das sie auch heute unter der Lederkluft trug. Die Katze schaute sie erschrocken an. Isabella, dachte Frau Maria. So ist das also.

Fabian blickte irritiert von einer zur anderen. Dann beugte er sich erneut zu Kati hinunter und küsste sie auf den Scheitel. Es war ein ganz beiläufiger Kuss, ein alter Kuss, wie man ihn sich nach vielen Jahren miteinander noch gab, wenn man Glück hatte und die Liebe blieb. Und zugleich lag in diesem Kuss so viel Zärtlichkeit.

»Ich geh dann mal wieder, ja?«, sagte Fabian und legte noch ganz kurz seine Hand in Katis Nacken.

»Danke, Fabian.« Die beiden tauschten ein Lächeln, während Katis Hände noch immer Isabella streichelten.

»Darf ich auch mal?«, fragte Frau Maria und deutete auf die Katze, die sich eingerollt hatte und nur eine Pfote majestätisch von sich streckte.

»Na klar!« Kati lächelte. »Sie gehören doch quasi zur Familie und Isabella spürt so was.«

»Tut sie?« Frau Maria rückte auf ihrem Stuhl nach vorne und fasste der Katze ganz sanft auf den Kopf, auch wenn es ihr etwas gewagt vorkam, einer Katze so viel Feinfühligkeit zuzuschreiben. Vorsichtig begann sie, das Tier hinter den Ohren zu kraulen. Die Mieze regte sich kein Stück. Nur ihr Schnurren wurde noch ein wenig lauter, wenn das überhaupt möglich war.

»Oh ja. Sie hat Fabian und mich zusammengebracht. Wenn es Isabella nicht gäbe, wäre ich heute gar nicht hier.«

»Ehrlich nicht? Was ist denn passiert?« Frau Maria war eine, die immer nachfragte, einfach immer.

Kati strahlte. »Das ist eine meiner allerliebsten Geschichten. Aber sie ist lang. Haben Sie Zeit?«

Frau Maria nickte eifrig. Da begann Kati mit leuchtenden Augen zu erzählen.

»Ein Debüt voller Nostalgie und Herz. So wie wir uns an unvergessliche Sommer erinnern, bleibt auch diese Liebesgeschichte weit über die Lektüre hinaus im Herzen.« USA Today

Nostalgie und Romantik pur: Der unwiderstehliche TikTok- und Bestseller-Hit

Unendlich viele Erinnerungen verbindet Percy mit Barry's Bay, dem idyllischen Ort in Kanada, an dem sie die Sommer ihrer Jugend verbracht hat. Fünf unvergessliche Sommer, in denen sie und der Nachbarsjunge Sam unzertrennlich waren: Eisessen am Steg, Wettschwimmen und Sternezählen am See. Doch die Sache mit den Erinnerungen ist – sie gehören der Vergangenheit an. Aber als Percy erfährt, dass Sams Mutter gestorben ist, kann sie nicht anders, als sofort nach Barry's Bay zu fahren. Und als sie Sam nach all der Zeit wiederbegegnet, ist plötzlich alles wieder da: das ganze Glück und der ganze Schmerz – über den einen Moment, der eine gemeinsame Zukunft unmöglich machte …

PENGUIN VERLAG